HEYNE <

Zum Buch

Wenn Tote nicht mehr zu erkennen sind, wenn ihr Mörder sie entstellt hat oder nur noch Skeletttteile übrig sind, wird Carina Kyreleis gerufen. Die junge Rechtsmedizinerin ist Spezialistin für die Rekonstruktion von Gesichtern. Wie kaum eine Zweite versteht sie es, den Toten Glanz einzuhauchen und ihnen ihre Identität zurückzugeben. Nachdem sie zwei Jahre als Knochen- und Mumienexpertin in Mexiko-Stadt gearbeitet hat, kehrt sie nach Deutschland zurück, um am Münchner Institut für Rechtsmedizin einen Neuanfang zu wagen. Kaum angekommen, steht sie vor ihrem ersten Fall. Ein Killer, der seinen Opfern die Gesichtshaut abzieht, um für immer ihr Antlitz zu bewahren.

»Stephanie Fey modelliert das Gesicht ihres Thrillers mit den richtigen Zutaten: dunkle Faszination und packende Spannung.«
Wulf Dorn

»Poetische Bilder, ungewöhnliche Blickwinkel, gepaart mit realistischen Szenen aus dem Rechtsmedizineralltag fesseln bis zur letzten Seite.«
Dr. Constanze Niess, Gesichtsrekonstrukteurin und Rechtsmedizinerin am Institut für Rechtsmedizin, Frankfurt/M.

Zur Autorin

Stephanie Fey wurde 1967 in Starnberg geboren. Nach einer Ausbildung zur Grafik-Designerin arbeitet sie als Illustratorin, Autorin und Malerin. Sie wohnt mit ihrer Familie am Starnberger See.

Stephanie Fey

DIE GESICHTSLOSEN

Thriller

WILHELM HEYNE VERLAG
MÜNCHEN

MIX
Papier aus verantwortungsvollen Quellen
FSC® C014496

Verlagsgruppe Random House FSC-DEU-0100
Das für dieses Buch verwendete FSC®-zertifizierte Papier
Holmen Book Cream für Taschenbücher liefert Holmen Paper,
Hallstavik, Schweden.

Originalausgabe 12/2011

Printed in Germany 2011
Redaktion: Tamara Rapp
Umschlaggestaltung: Geviert – Büro für
Kommunikationsdesign, München,
Michaela Kneißl unter Verwendung eines Motivs von
© Alisha Giroux, design@agiroux.com
Satz: Greiner & Reichel, Köln
Druck und Bindung: GGP Media GmbH, Pößneck
ISBN 978-3-453-43586-5

www.heyne.de

allerliebster Thomas: für Dich

Prolog

Die Knochen hatten lange genug gekocht. Sektionsnummer 225. An den Schnüren, die aus dem Topf hingen, suchte sie nach dem richtigen Schildchen, hob den Stoffsack wie einen großen Teebeutel heraus, öffnete ihn und tupfte behutsam letzte Wassertropfen von den Zähnchen. Ein Kinderschädel lag in ihrer Hand und verlangte sein Gesicht zurück.

Sehen.

In die knöchernen Höhlen setzte sie Glasaugen, klebte auf vierundzwanzig Stellen des Schädels genau abgemessene Gummistifte, die die Dicke des fehlenden Fleisches vorgaben. Langsam baute sie aus Knetmasse die Wangen, die Stirn und das Kinn auf. Dann formte sie winzige Augenlider und legte sie um die Glasaugen.

Riechen.

Aus einer Knetkugel drehte sie die Nasenspitze, stach zwei Löcher hinein, platzierte sie auf dem Nasenstachel, verstrich mit den Fingerspitzen die Nasenflügel zu den Wangen, bildete so die schmale Doppelfalte zwischen der Nase und den Lippen.

Hören.

Zwei winzige Ohrmuscheln entstanden in ihren Händen. Knorpel wie fein geschwungenes Garn liefen in den Ohrläppchen zusammen.

Sprechen.

Über den Milchzähnchen gestaltete sie den Mund, teilte die Lippen und glättete sie mit dem Modellierholz.

Fühlen.

Die Dreijährige hatte zu husten versucht, doch der Schnuller stülpte sich über ihren Kehldeckel und verschloss ihn. Sie war erstickt.

Tasten.

Carina Kyreleis zeigte den Eltern des vermissten Kindes die Rekonstruktion. Der Vater streckte die Hand aus, wollte das Gesicht berühren. Doch wie eine Schnecke ihre Fühler zog er die Finger zurück, als sie an das kalte, ölige Plastilin stießen.

Schweigen.

Ohne Ton hauchte er den Namen seiner Tochter. Vor einem Jahr hatte sich die Kleine im Kamin des Abbruchhauses versteckt. Dann zerschnitt der Vater die Stille mit seinem Geheul.

1.

Er schloss die Augen, und ihr Gesicht verschwand. Er wusste, dass er sie mit jedem Tag mehr und mehr verlor. Je stärker er sich ihr Bild in Erinnerung rief, desto mehr verblasste es. Nur die Wärme ihrer Haut spürte er noch, das leichte Kribbeln in den Fingerspitzen, als er ihren langen, glatten Hals gestreichelt hatte, die feinen Härchen auf und ab. Die wohligen Geräusche, die sie von sich gegeben hatte, mehr Tier als Mensch, bis er ihr beide Hände um den Hals legte und zudrückte, bis das Leben aus ihr herausgepresst war.

Er musste sie sich zurückholen.

Nach Einbruch der Dunkelheit durfte hier niemand mehr sein. Niemand außer ihm. Bei Tag musste er sich den Garten mit allen Münchnern teilen, auch wenn es zum Jahresende ruhiger wurde. Doch kurz vor Morgengrauen gehörte er ihm ganz allein. Das warmgelbe Licht der Laternen, seiner Laternen, erhellte das Pflaster. Die hohen Bäume, seine Bäume, reckten ihre kahlen Äste in den Nachthimmel, wiesen ihm wie mit Vogelkrallen den Weg.

Unter dem großen Spinnennetz grub er hastig, sank schon bald tiefer und tiefer. Nun war er froh, nicht das Labyrinth gewählt zu haben. Auch wenn es ein würdigerer Platz für sie gewesen wäre. Doch unter den Mulchwegen zwischen den verschlungenen Hecken waren die Wurzeln so dicht, dass er die Buchen nie mehr unbeschädigt auf ihr Grab hätte zurückpflanzen können.

Je näher er zu ihr gelangte, desto heftiger pochte sein Herz. Es schlägt für uns beide, dachte er, hauchte in die klammen Finger und schaltete die Stirnlampe an. Er faltete die karierte Decke auseinander. Ihr Gesicht war platt und verzerrt. Vorsichtig schlitzte er mit dem Taschenmesser die knisternde Folie auf. Die Süße ihres Mädchenduftes strömte ihm entgegen. Er sog sie tief in sich ein und hielt dann inne. Etwas Fauliges hatte sich daruntergemischt. Und wer hatte ihr die Wimpern weiß getuscht? Er betrachtete sie genauer. Auch in den Nasenlöchern und Mundwinkeln hing etwas Weißes. Sandkörner? Hatte er sie nicht fest genug umwickelt? Er zupfte die Klümpchen weg, rieb sie zwischen Daumen und Zeigefinger und richtete den Strahl der Lampe darauf. Winzige längliche Eier waren es, die sich nur schwer zerdrücken ließen. Es musste doch längst zu kalt sein für diese Viecher; keinesfalls durften die schlüpfen und ihm die Liebste stehlen. Er musste sich beeilen. In Gedanken war es leichter gewesen, doch immerhin blutete nichts mehr. Es waren viele Einschnitte nötig, die Haut löste sich nur in Stücken. Was sollte er mit diesen Fetzen bloß anfangen, sie etwa wie ein Puzzle zusammenfügen? Und wohin damit? Er hatte keine Tüte dabei, und die Folie war aufgebraucht. Besser wäre ein Buch gewesen, worin er ihr Gesicht hätte trocknen können wie eine Blüte.

Ein Schrei hallte durch die Stille. Sofort schaltete er die Stirnlampe aus. Für Hundebesitzer und Jogger war es noch zu früh. Im Sommer übernachteten Penner und Pärchen im Park, trotz des Verbots. Aber jetzt, Ende November?

Er lauschte, verharrte im Loch, hörte nur den ewigen Verkehrslärm, ein fernes Hupen. Stimmen hinter einem der Fenster aus den Häusern ringsum. Vermutlich ein Familienstreit irgendwo. Hoch über ihm blinkte ein Flugzeug. Die Stadt schlief nie.

Vor Aufregung war seine Hand unter die Folie gekrochen, hatte nach den eisigen Fingerspitzen seiner Liebsten getastet und hielt sie nun. Sie fühlten sich glitschig an, zwei Fingernägel hatten sich bereits gelockert. Hastig begann er mit der Säge seines Taschenmessers zu schneiden, zerrte und drehte am Gelenk. Endlich, mit einem Knirschen, löste sich ihre Hand.

Er atmete auf. Wenigstens das war ihm gelungen. Beim nächsten Mal würde er das Gesicht konservieren, noch bevor seine Liebste starb.

Erster Tag

Ich schaue den Leuten in die Seele, nicht ins Gesicht.

Paul Britton, britischer Kriminalpsychologe

2.

Zweiundzwanzig Monate später

Vergeblich suchte Carina in der Ankunftshalle am Flughafen die Reihe der Wartenden ab. Ihre Schwester hatte versprochen sie abzuholen. Die Maschine aus Mexiko-Stadt mit Zwischenstopp in Frankfurt war mit einer halben Stunde Verspätung gelandet. Also musste Wanda längst da sein.

Sie stellte ihre Reisetasche ab und massierte sich den Nacken. Erst einmal durchatmen. In ihren Ohren rauschte es, wie immer, wenn sie sich längere Zeit fast unbeweglich in einem beengten Raum befunden hatte. Obwohl sie nur einen Meter siebzig groß war, war sie gebeugt durch die Schleusen vom Flugzeug bis zur Gepäckhalle gegangen. Nur ruhig, hatte sie sich zugeredet, wenn sie während des Fluges aus dem Schlaf aufschreckte, das hier ist kein Auto. Zum Glück schien sie nichts geträumt zu haben, jedenfalls konnte sie sich nicht erinnern. Sie wischte den letzten Rest mexikanischen Straßenstaubs mit dem Saum ihres Shirts von der Brille und setzte sie wieder auf. *Bienvenida la urraca. La urraca*, so wurde sie von den lateinamerikanischen Kollegen genannt: die Elster, der Totenvogel. Von der mexikanischen Regenzeit in den goldenen Münchner Herbst.

Ihr Handy vibrierte. Wahrscheinlich steckte Wanda im Stau fest. Doch die SMS war nicht von ihrer Schwester.

Bin auch wieder in Deutschl., wir müssen uns sehen, vermisse dich, Lars, stand auf dem Display. Bevor sie sich aufregen konnte, stürmte Wanda herbei und umarmte sie völlig außer Atem. Carina freute sich, sie zu sehen. Noch immer war ihre Schwester in viel zu enge, pastellfarbene Klamotten gepresst. Ihre Hochsteckfrisur mit Fliegenpilz-Haarspangen, die noch aus ihrer Kindheit stammten, hatte sich aufgelöst. Blonde Locken umkringelten ihr verschwitztes Gesicht.

Plötzlich sprang im Café nebenan eine Frau kreischend von einem Stuhl auf. In ihrer einen Stiefelette steckte der Arm eines kleinen Jungen. Wanda hastete hinüber und zerrte Sandro wie einen widerspenstigen Hund unter dem Tisch hervor. Kein Wort der Entschuldigung gegenüber der fremden Frau, die fassungslos über eine große Laufmasche in ihrer Strumpfhose strich.

»Deine Tante ist da«, rief Wanda stattdessen übertrieben laut. »Endlich kann sie mit dir mal was unternehmen.«

Carina bückte sich, um ihren Neffen zu begrüßen. Sandro gab ihr die linke Hand, mit der rechten umklammerte er den wiedergefundenen kleinen Hüpfball.

»Ich habe ihm extra noch die Haare geschnitten.« Wanda zupfte an dem sehr kurzen Pony ihres Sohnes herum.

Ach ja, dachte Carina, die abgebrochene Friseurlehre. Seitdem schnitt Wanda nicht nur ihrem Sohn, sondern auch ihrem Vater die Haare. Den berühmten Kriminalhauptkommissar Matthias Kyreleis erkannte man auf den Zeitungsfotos vor allem an seinem Topfschnitt.

»Hast du mir was von den Indianern mitgebracht?«, fragte Sandro.

Das hatte sie. Sorgenpüppchen, kleine mit Stoff umwickelte Stöckchen in einem Beutel. »Wenn du mal nicht einschlafen kannst, weil du was Blödes erlebt hast, kannst du deinen Kummer den Püppchen erzählen und steckst sie unters Kopfkissen. Dann übernehmen sie über Nacht das Grübeln, und du träumst was Schönes.«

Sandro maulte, er hätte lieber ein Kriegsbeil gehabt.

Im Kofferraum von Wandas altem Kombi fand Carina kaum Platz für ihre Reisetasche, so zugemüllt war das Auto. Es kostete sie einige Überwindung, überhaupt einzusteigen. Sie hatte gehofft, sie würden mit der S-Bahn in die Innenstadt fahren. Seit ihrem Unfall in Mexiko-Stadt mied sie Autos. Mit einem Regenschirm und einer Maxipackung Klopapier zwischen den Beinen zwängte sie sich auf den Beifahrersitz.

»Heute Nachmittag ist Flohmarkt in Riem, hast du Lust mitzukommen?«, fragte Wanda. »Unser Hausflohmarkt letzten Samstag hat überhaupt nichts gebracht, seitdem fahre ich auch noch die Sachen von meiner Nachbarin spazieren.«

»Ich weiß nicht.« Carina zögerte. »Ich will später erst mal in meine Wohnung. Es hat doch alles geklappt mit dem Unterschreiben?«

»Schon.« Wanda zögerte. »Der Vermieter hatte ja deine Daten, und ich habe mich als deine Schwester ausgewiesen. Aber …«

Carina ahnte, was jetzt kam. Sie hatte Wanda inständig gebeten, ihrem Vater nichts von der neuen Wohnung zu sagen. Als Leiter der Münchner Mordkommission fand er es ohnehin schnell genug heraus. »Papa weiß es, oder?«

»Natürlich nicht, was denkst du von mir«, rief Wanda entrüstet. »Ich hab dichtgehalten, war doch so ausgemacht. Er glaubt, du wohnst bei mir. Deshalb strengt er sich auch so an, über seine Polizeispezis oder andere Schleichwege die richtige Bleibe für dich zu finden.« Sie lachte auf. »Macht Spaß, den Starermittler auszutricksen. Dass seine Lieblingstochter in meiner Unordnung hausen muss, ist ein ziemlicher Ansporn für ihn.«

»Hör auf mit deiner Eifersucht.« Ihr ewiges Thema; bei nur einem Jahr Altersunterschied waren sie meist wie Zwillinge behandelt worden, aber manchmal hatte Carina die Vernünftigere zu sein und Wanda das Nesthäkchen, je nachdem wie es ihre Eltern gerade brauchten. Doch mit dreißig und einunddreißig musste endlich mal Schluss sein. »Hat der Vormieter nicht richtig gestrichen und geputzt, oder was?«

Wanda fädelte sich auf dem Mittleren Ring nach links ein, was der dunkle Van neben ihnen mit einem lautstarken Hupkonzert kommentierte. Ihr Fahrstil erinnerte Carina an Mexiko-Stadt. Keiner dort schien zu wissen, wozu die Ampeln aufgestellt waren.

»Jetzt sag schon«, drängte sie.

»Also dein Vormieter … Das war wirklich ein komischer Kauz.«

Als Carina vor zwei Monaten mit ihm telefoniert hatte, wirkte alles ganz unkompliziert. Sie hatte die Dachgeschosswohnung übers Internet gefunden. War das etwa ein Schwindel gewesen? Wanda hatte doch die Besichtigung übernommen und war ähnlich begeistert gewesen wie sie. Sogar einen Zwiebelturm-Erker sollte es geben.

»Dirigent ist der, glaube ich«, erklärte Wanda. »Zieht jetzt nach Spanien, weil dirigieren kann er überall, und …«

»Was ist denn mit der Wohnung? Der Schlüssel – ist der hier?«, unterbrach Carina und öffnete das Handschuhfach. Ein Fehler. Gebrauchte Taschentücher, Haargummis und Schminkutensilien fielen heraus.

»Na ja, also … ich finde ihn nicht mehr, ich habe schon mit Sandro zusammen gesucht.«

»Was?«

»Beruhig dich. Als ich die Sachen für den Flohmarkt gepackt habe, da muss er …«

Carina drehte sich um und spähte in den Kofferraum. »Du willst doch nicht behaupten, dass in einer der vielen Kisten da hinten mein Wohnungsschlüssel steckt. Wanda!«

3.

»Eva« stand auf dem Klingelschild. Das konnte nur Glück und einen Neuanfang bedeuten. Diesmal war er besser vorbereitet, ein weiteres Mal würde ihm die Liebste nicht entkommen. Sogar an ein Buch hatte er gedacht. Sein Ägyptenbuch, das er seit seiner Kindheit, noch bevor er lesen konnte, besaß und das ihm bei seiner ersten Geliebten äußerst nützlich gewesen war. Im alten Ägypten gab es keine Frischhaltefolie, sie vergruben ihre Toten einfach im Sand. Erst später begannen sie sie zu salben. Gemäß der Beschreibung im Buch hatte er Maries abgetrennte Hand eingerieben und in Tücher gewickelt. Allerdings benutzte er kein Salböl, sondern Anti-Aging-Puder, der ihn von der Farbe her an Wüstensand erinnerte und von dem es bei ihm zu Hause genügend gab. Da konnte das Zeug beweisen, ob es was taugte. Wie ein glatt gelutschtes Hustenbonbon färbte sich die Haut nach ein paar Tagen hellgrün und schrumpfte zusammen. Nun konnte er Maries Hand bequem in der Hosentasche tragen und sich sogar damit streicheln, wenn ihm danach war.

Er lehnte sich zurück und spähte die Fassade hinauf. Evas Balkon musste der blumenüberwucherte auf halber Höhe sein. Das passte zu ihr – als er ihr begegnete, war sie selbst eine Knospe gewesen, der er helfen wollte, sich zu entfalten.

Verdeckt zwischen den Büschen im Innenhof konnte er einfach hochklettern und sich auf sie fallen lassen, wenn sie dort oben lag und die Herbstsonne genoss. Sie würde überrascht den Mund aufreißen, ihn dann wiedererkennen und umfangen. Die Vorstellung erregte ihn. Er legte die Finger auf den Klingelknopf. Hart und kalt fühlte er sich an. Er klingelte und erschrak im nächsten Moment über sich selbst. Manchmal passierte es, dass seine Gedanken und sein Körper keine Einheit bildeten, dass er etwas tat, was er später bereute. Daran musste er noch arbeiten, das durfte nicht sein. Es hing mit der Forelle zusammen, die damals in seinem Kopf geschlüpft war, als Larve noch, die sich an ihm nährte und schnell gewachsen war. Sie hauste in ihm und schlug immer dann mit ihren Flossen gegen seine Schädelwände, wenn er nicht damit rechnete. Etwas in ihm verkrampfte sich dann und er musste seinen Kopf festhalten, bis die Forelle Ruhe gab und nur noch schwach nach Luft schnappte.

Oben schlug jetzt ein Hund an, mit ohrenbetäubendem Gebell. Er mochte Hunde, kalbsgroße ebenso wie Wadenbeißer; sie sprachen mit den Augen, genau wie er. Klar, so eine schöne Frau wie Eva brauchte einen Beschützer; warum nur hatte sie ihn neulich nicht dabeigehabt? Dann hätte er sie gleich um den Finger wickeln können. Er verstand was von Tieren, konnte sie ohne Worte zähmen.

Oder hatte er falsch geklingelt? Wenn Eva durch ein Fenster zu ihm hinunterrief, würde er sie sofort erkennen. Wie alle anderen Geräusche hatte er ihre Stimme in seinem Inneren verwahrt, konnte den Klang abrufen, sobald er die Augen schloss. Nur ihr Gesicht war einfach ein hautfarbener Fleck ohne Konturen. Anfangs dachte er, er müsste sich täuschen, so eine schöne Frau konnte unmöglich ihn meinen. Nicht jung wie Marie war sie, sondern älter, vielleicht doppelt so alt. Ihm war das sowieso lieber. Keine Hirngespinste und Tagträume mehr, die er zu erfüllen hatte. Zwei lange Jahre hatte er nun nach der Richtigen Ausschau gehalten. Viele, die von weitem einen klaren, offenen Blick hatten, kniffen von nahem die Augen zusammen, rümpften die Nasen oder sahen über ihn hinweg, als wäre er ein Straßenschild oder der Kartenabreißer im Kino. Evas Zeichen dagegen waren eindeutig gewesen. Vor zwei Wochen hatte sie wartend auf der ersten Stufe der ausgeschalteten Rolltreppe gestanden, so als müsste es gleich losgehen, als müsste sich die Treppe doch noch in Gang setzen. Er bedeutete ihr, dass er die Rolltreppe reparierte, dass sie kaputt sei. Da ergriff Eva seine fuchtelnde Hand, und ließ sich wie eine Prinzessin um das Geländer herum zur Steintreppe führen. Er begleitete sie hinauf. Oben bedankte sie sich und fragte ihn lachend, ob er das immer für sie tun würde. Als sie ihre Hand aus der seinen löste und davonstakste, folgte er ihr unauffällig bis zur Wohnung, merkte sich, welchen Briefkasten sie aufsperrte und prägte sich ihren Namen ein. Dann rannte er zur Arbeit zurück, überhörte das Gemecker des Vorarbeiters und wedelte vor seinem Hosenschlitz herum, als wäre er nur kurz auf dem Klo gewesen. In Gedanken war er schon bei den Vorbereitungen und sehnte sich nach dem Feierabend. Auf dem Heimweg malte er sich aus, was er mit Eva anstellen würde, wenn er sie endlich besaß. Ihm fiel der Behälter ein, den er Marie hatte schenken wollen und den sie abgelehnt hatte. Sie mache keine Musik mehr, sagte sie. Töne einfangen und schnell den Deckel zuschlagen, sie bewahren, für stille Zeiten, wie Gesichter. Damit er was zum Erinnern hatte. Marie war nicht zu überzeugen gewesen, hielt den Kasten für nutzlos. Seit zwei Jahren stand er nun leer herum.

Ein Stadtstreicher hatte damals seinen Fusel darin gelagert, bettelnd auf der Sonnenstraße gesessen und sich blind gestellt. Den Zehner, den er ihm bot, hielt der Alte gegen das Licht, schob das vielfach geflickte Teil so unter sich, dass er es zu zerquetschen drohte, und gab es erst für einen Zwanziger her.

Zu Hause entstaubte er den Kasten, verstärkte den morschen Griff mit zwei Lederstücken, befestigte einen Riemen zum Umhängen an den Seiten und räumte seine Instrumente hinein. Sogar das Buch hatte darin Platz, und Maries Hand passte wunderbar in die samtüberzogene Klappe im Deckel.

Mit einem Blumenstrauß in der einen Hand und dem Instrumentenkasten über der Schulter stand er endlich vor Evas Haustür. Er presste sein Ohr an die Tür. Das Gebell schwoll an, ebbte ab, wenn der Hund Luft holte, hörte endlich ganz auf. Vielleicht beschwerte sich jemand über den Lärm, kam herunter und öffnete ihm. Aber wie sollte er dann in ihre Wohnung gelangen? Nein, er musste es einfach wagen und einen anderen Weg wählen. Er klemmte sich den Strauß in den Ausschnitt seines Hemds, schob den Kasten auf den Rücken und sah sich um. Hoffentlich beobachtete ihn niemand aus einem der Fenster ringsum. Schnell packte er den Ast einer Linde und zog sich hoch.

Weiter oben im Baum, von den gelb verfärbten Blättern geschützt, konnte er über das Balkongeländer in die Wohnung spähen. Die Forelle schlug Salto in seinem Hirn. Eva lag nicht auf dem Balkon, sondern drinnen auf der Couch, lang ausgestreckt, und erwartete ihn. Was sollte er tun? Er wollte nicht einbrechen, hatte gehofft, sie würde ihm öffnen, wie eine Frau, die ihren Mann empfing. Aber sie hatte sein Klingeln ignoriert, wollte ihn offenbar auf diese Art hineinlocken. Das passte zu ihr. Auch er mochte Heimlichkeiten.

Zuerst warf er die Blumen übers Geländer, sprang dann selbst hinterher. Mit den Fingern bohrte er ein Loch in die Fliegengittertür, löste den Sturmhaken von innen und trat ein. Sie tat so, als bemerkte sie ihn immer noch nicht. Er keuchte, klopfte sich gegen die Stirn, als er das Blut sah, das aus Evas Handgelenk tropfte und zwischen den langen Fasern des Wollteppichs eine dunkle Pfütze bildete. Auch stürmte der Hund nicht auf ihn zu, obwohl er wieder zu bellen angefangen hatte. Er schnupperte. Duftkerzen, Gestecke, traurige Harlekine und Deckchen auf den Möbeln, überall roch es nach ihr. Er zupfte die Blumen in Form, fand eine Vase im Wohnzimmerschrank und wollte in der Küche Wasser holen. Doch da sprang der Hund von innen gegen die Glastür, seine riesigen Pranken schienen sie aufdrücken zu wollen. Eva hatte das Tier weggesperrt und den Schlüssel umgedreht. Nichts würde also ihre Zweisamkeit stören. Und natürlich konnte er einfach im Bad Wasser für die Blumen holen.

Zurück im Wohnzimmer schob er die Tabletten und die Rasierklinge vom Beistelltischchen und drehte Eva den Strauß so hin, dass ihr die Blütengesichter zugewandt waren. Seine Liebste, halb in eine Decke verkeilt, hielt immer noch still, als er sich zu ihr setzte. Sie trug ein Seidenhemd mit dünnen Trägern. Außer am Kopf hatte sie sonst nirgends Haare. Unter den Achseln nicht, an den Beinen nicht. Das war neu für ihn. Er beugte sich über sie und betrachtete sie genauer. An den Waden entdeckte er winzige Stoppeln. Marie, seine erste Geliebte, hatte sich nicht rasiert, war stattdessen stolz darauf gewesen, ihren Körper nicht zu verändern. Sie wollte dem ganzen Konsumwahn trotzen und mit der Natur leben. Auch die dunklen Härchen auf der Oberlippe rupfte sich Marie nicht aus und verzichtete zuletzt sogar auf Seife. Ihr Geschlecht hatte wie eine überreife exotische Frucht gerochen. Er hob Evas Nachthemd an. Ihre Scham leuchtete ihm wie eine Orchidee haarlos entgegen. Damit hatte er nicht gerechnet. Hastig bedeckte er sie wieder. Die Forelle in seinem Kopf schlug aus. Mit einem Klatscher gegen seine Schläfe brachte er sie zum Schweigen und wandte sich Evas Gesicht zu. Er prägte sich alle Fältchen und Formen ein. Der Bogen ihrer Brauen, der Schwung ihrer Nase, die Form ihrer Lippen. So weiß, fast durchsichtig war sie, ihre Adern schimmerten durch die Haut wie Flüsse unterm Eis. Seine Haut wirkte dagegen dunkel vom Arbeiten draußen. Gegensätze zogen sich eben an.

Das tropfende Blut aus der Schnittwunde an ihrem Handgelenk riss ihn aus seiner Andacht. Mit seinem Taschentuch tupfte er ein paar weiße Krümel aus ihren Mundwinkeln. Fing das schon wieder mit den Maden an? Nein, bloß Tablettenkrümel. Er legte ihr ein Ohr an die Brust und beruhigte sich. Noch war es nicht zu spät. Erleichtert atmete er durch, genoss den feierlichen Moment, formte stumme

Liebesworte und sandte sie ihr zu wie Seifenblasen. Eva und Romeo. Ja, so würde er sich von nun an nennen. Schließlich hatte er sie über den Balkon erobert. Eigentlich gehörte so ein Ring an die rechte Hand, doch die war blutverschmiert, also steckte er ihr den Ring an die linke. Dieses Schmuckstück hatte auch seine erste Geliebte getragen, aber ihr war es zu groß geworden.

Aus seinem sorgfältig zusammengestellten Sortiment wählte er nun das Gemüsemesser mit der gespaltenen Spitze und stach ohne Zögern zwischen dem rechten Ohrläppchen und dem Kieferknochen ein. Es blutete heftig. Dabei hatte er gedacht, das meiste Blut hätte bereits der Teppich aufgesaugt. Eva rührte sich nicht. Er schnitt am Kinn entlang bis zum anderen Ohr, löste die Unterhaut vom Knochen und lockerte sie mit der gespaltenen Klinge. Dann packte er ihr Gesicht mit den Fingern und zog. Die Unterlippe löste sich wie Kaugummi, legte das Zahnfleisch frei. Kurz ragten ihre vorderen Zähne noch wie weiße Pfosten in der Brandung empor, dann wurden sie von Blut umflutet.

Auf einmal klopfte es an der Wohnungstür, er schrak zusammen, und die Gesichtshaut entglitt ihm.

»Frau Bretschneider?«, rief jemand. Der Hund fing wieder an zu bellen. Hastig packte Romeo sein Werkzeug zusammen.

»Sind Sie da? Ist alles in Ordnung? Frau Bretschneider?«

Eine aufdringliche Person war das.

»Ich ruf jetzt die Polizei.«

Bevor er über den Balkon zurück auf die Linde sprang, drehte er den Schlüssel der Küchentür und ließ den Hund heraus.

4.

Als wäre Carina nie weg gewesen, herrschte noch immer das gleiche Ritual. Beruflich die ganze Woche in Bereitschaft, wollten ihre Eltern den Sonntag gemeinsam mit den Töchtern verbringen, einmal in der Woche wie eine ganz normale Familie sein. Als Kind hatte sie diesen Zwang gehasst und freute sich jedes Mal, wenn Mamas Pieper zu einer Geburt rief oder Papa ins Präsidium musste. Als Carina von Mexiko aus ihre Ankunft mitteilte, plante ihre Mutter gleich das kommende Sonntagsessen.

Nach zwanzig Minuten Parkplatzsuche wollten ihre Eltern sie offenbar die Verspätung spüren lassen, denn sie öffneten erst einmal nicht, obwohl Sandro den Finger nicht von der Klingel nahm. Carina war kurz davor zu gehen. Auf einmal wollte sie ihren Vater doch nicht mehr wiedersehen. Da ging die Haustür auf. Ihr Vater in karierten Filzpantoffeln entschuldigte sich. Der Summer sei kaputt.

Haschpapi, dachte Carina, und der Kloß in ihrem Hals löste sich in Tränen auf. So hatte sie ihn als Kind genannt, als er noch bei der Drogenfahndung gewesen war. Er breitete die Arme aus, Carina fiel hinein.

»Ich hab dich wieder«, flüsterte er und drückte ihr einen Kuss aufs Haar. Er schien kleiner geworden zu sein. Sein Topfschnitt glänzte silbern, und mit den Tränensäcken ähnelte er wirklich dem Hush-Puppies-Hund. Nachdem er vor zwei Jahren zu weit gegangen war und ihren Geliebten überprüft hatte, war sie ohne ein Wort abgehauen. Erst zu Lars nach Düsseldorf und dann mit ihm zusammen nach Mexiko-Stadt. Wanda, die als Einzige wusste, wo sie sich befand, aber eisern dichthielt, schrieb irgendwann eine SMS, dass ihr Vater kurz davor sei, Carina über Interpol suchen zu lassen. Erst dann meldete sie sich wieder bei ihren Eltern.

Keinesfalls wollte sie ihrem Vater die Genugtuung geben, mit Lars Recht gehabt zu haben. Einzig und allein die Stelle im Institut, bei der genau sie als Spezialistin angefordert wurde, war der Grund, dass sie nach München zurückgekehrt war. Das würde sie ihm alles mitteilen, später, wenn Haschpapi sie nicht mehr so traurig ansah. Sie biss sich auf die Lippen, schluckte und stieg hinter ihm die Treppe hinauf.

Im Flur stand ihre Mutter. Sie trug eine dicke Schicht zu helles Make-up um die Augen herum, als hätte sie den Sommer über eine große Sonnenbrille getragen. »Was bin ich froh. Dein Vater war kurz vor einem Nervenzusammenbruch.« Sie übertrieb maßlos. Matte Kyreleis drehte wegen gar nichts durch, er saß alles aus. Unter dem Einfluss seiner legendären Geduld wurde noch der abgebrühteste Täter weich wie Butter. Ihre Mutter drückte sie kurz, zuckte dann zusammen und schob sie weg. »Es blutet schon wieder, und irgendwas tobt da drinnen.« Sie hielt sich ein Taschentuch unter die Nase. »Der Schmerz zieht bis in die Zehen. Kannst du mal einen Blick darauf werfen, Carina?«

Sie schob ihre Mutter unter die Flurlampe, untersuchte

die blau-rote Schwellung auf dem Nasenrücken. »Drückt das auch nach innen?«

»Autsch.«

Sie hatte Silvias Nase nur leicht berührt.

»Das rechte Nasenloch ist praktisch zu.« Nach einer Weile ließ die Blutung nach. Ihre Mutter atmete auf. »Deshalb hat man ja zwei Nasenlöcher!«

»Hast du Sehstörungen?«

»Eigentlich nicht. Meine Lesebrille ist immer noch dieselbe.« Carina tastete ihre Lymphknoten ab. Sie fühlten sich leicht vergrößert an. »Kannst du schlafen?«

»Wenn ich mal dazu komme.« Was für eine Frage, sie hatte ihre Mutter nie anders als müde erlebt. Als selbstständige Hebamme betrieb Silvia Kyreleis in München zusammen mit drei Kolleginnen ein Geburtshaus, versorgte ihre Schwangeren hingebungsvoll, wurde oft nachts zu Geburten gerufen. An sich selbst dachte sie zuletzt.

»Heißt das, du warst nicht beim Arzt, hast gewartet, bis ich komme?«

Silvia lächelte gequält. »Wir könnten übrigens noch eine Kinderärztin im Team gebrauchen«, nuschelte sie, das Taschentuch immer noch unter die Nase gepresst. »Du hast doch Kinder immer so gemocht.«

»Mama, ich bin keine Ärztin für Lebende.« Carina stöhnte. Das alte Lied. Wann ihre Mutter zum ersten Mal auf diese Idee gekommen war, wusste Carina nicht. Nur weil sie während des Studiums einmal als Babysitterin gearbeitet hatte. Aus ihrer Mutter wäre eine gute Kinderärztin geworden, das ja. Fremde Kinder waren ihr immer wichtiger gewesen als ihre eigenen Töchter.

»Kannst du nicht umsatteln? Es reicht, dass dein Vater mit Gewalt und Leichen zu tun hat, tagein, tagaus.« Silvia wand sich aus Carinas Händen. »Lasst uns endlich essen, sofern nicht sowieso schon alles verkocht ist.«

Carina half die Schüsseln ins Esszimmer tragen und stellte die angebrannten Rouladen und das Blaukraut auf den festlich gedeckten Tisch. Für sie hatte Silvia extra Sojawürstchen gebraten.

»Oder isst du wieder Fleisch?«, fragte Silvia in der Küche, schaltete den Ofen ab und bat Carina, auch noch eine Flasche Wasser mitzunehmen. Tote Tiere waren für Silvia anscheinend kein Problem. Carina brachte es nicht übers Herz, ihr zu sagen, dass sie keinen optischen Wurstersatz brauchte; sie war froh, dass es noch keine Tofurouladen gab.

Es klirrte, und Wanda fing an zu schimpfen. Der Hüpfball sprang ihnen aus dem Esszimmer entgegen. Zwischen zerbrochenem Geschirr, unter der halb heruntergerissenen Tischdecke, hockte Sandro und schob das Blaukraut unter den Teppich.

Keiner fragte Carina bei Tisch nach ihren Erlebnissen in Mexiko. Vielleicht hatte ihr Vater endlich eingesehen, dass sie jetzt ihren eigenen Weg ging. Auf Schritt und Tritt hatte er sie überwacht, und jedes Mal, wenn sie ihm voller Freude oder Kummer etwas erzählte, war sie sich vorgekommen, als vernähme er sie. Jetzt fiel ihr auf, dass er sich kaum am Gespräch beteiligte und fortwährend zum Telefon auf dem Fensterbrett schielte. »Erwartest du einen Anruf?«

»Eigentlich nicht«, sagte er. »Magst du hier übernachten? Wegen einer Wohnung, ich hab da …«

»Carina schläft bei mir«, unterbrach Wanda hastig. »Wir haben uns noch so viel zu erzählen. Stimmt's?« Sie sprang auf, schnappte sich das Telefon und verschwand nach draußen, was ihr Vater mit einem Seufzer kommentierte.

Schon lange fragte sich Carina, welches Laster er hatte. Er rauchte nicht, trank nicht, außer mal ein Glas Wein oder Bier zum Essen. Was konnte ihn berauschen? Oder war es seine ganz große Leidenschaft, Kriminalhauptkommissar bei der Münchner Mordkommission zu sein, erfüllte ihn das? »Verrat mir dein Geheimnis, Papa, woher nimmst du deine Gelassenheit?«, fragte sie, als er sogar die Trüffelschokolade ablehnte, auf die sich alle anderen stürzten.

»Geheimnis?« Er verzog kaum die Mundwinkel, war in Gedanken ganz woanders. »Ach, ich musste gerade an einen alten Fall denken. Die aktuellen Ermittlungen versuche ich in der Arbeit zu lassen, sobald ich Feierabend habe. Das klappt auch meistens. Dafür holen mich zu Hause die ungelösten Fälle ein.«

Also *das* war seine Droge. »Erzähl«, bat sie.

»Ihr werdet doch heute nicht über Morde sprechen?« Mama war entsetzt. »Jetzt, wo es endlich ein bisschen ruhig ist.« Auf dem hellen Sofa schlief Sandro mit schokoladeverschmiertem Mund. Wanda telefonierte immer noch flüsternd und kichernd im Gang. Carina beschloss nach unten zu gehen und ihren Wohnungsschlüssel in Wandas Auto zu suchen.

»Komm, ich koche Kaffee«, schlug Papa vor und gähnte. »Bevor ich auch einschlafe. Wegen der Wohnung, ich hab da wirklich eine für dich gefunden, ganz in unserer Nähe. Von der Küche aus sieht man sie.« Carina folgte ihm und konnte sich ein Grinsen nicht verkneifen. Das würde ihm gefallen: mit einem Fernrohr in ihre Zimmer spähen.

Die neue chromglänzende, vollautomatische Luxusmaschine, die ein Viertel der Arbeitsplatte besetzte, war ihr vorhin schon aufgefallen.

»Was willst du, Latte Macchiato, Cappuccino, Espresso?«

»Sag bloß, du kannst damit umgehen?«, zog sie ihn auf.

Ihr Vater nahm normalerweise nie ein Haushaltsgerät in die Hand, außer dass er die Spülmaschine darauf überprüfte, ob nicht doch mehr hineinpasste, damit sie nur ja immer voll ausgelastet lief.

»Eigentlich war das ein Geschenk für Silvia zum Hochzeitstag.«

»Du hast an euren Hochzeitstag gedacht, Respekt.«

»Na ja, nicht ganz, ich habe gerade in langwierigen Vernehmungen gesteckt, und obwohl ich mehrmals das Datum ins Aufnahmegerät gesprochen habe, ist mir erst am nächsten Tag eingefallen, dass es unser dreißigster war. Seitdem bestraft mich deine Mutter und gießt ihren Kaffee weiterhin mit dem Porzellanfilter auf.«

Ihre Eltern hatten erst geheiratet, als Carina schon auf der Welt war. Auf dem Hochzeitsbild sah man Silvia hochschwanger mit Wanda. Zwei Kinder ohne Trauschein hätte sich für einen Polizeioberkommissar – was er damals noch war – vermutlich nicht geschickt. »An welchen alten Fall denkst du?«

Er stellte zwei Tassen auf die Wärmeplatte, drückte auf den Startknopf und schloss Carina noch einmal in die Arme. Sollte das so was wie eine Entschuldigung für seine

Spionage sein? »Schau.« Er deutete aus dem Fenster. »Dort drüben. Balkon, dritter Stock, zwei Zimmer, Küche, Bad. Was meinst du. Mein Kollege Meyer …«

Wanda polterte herein. »Krieg ich keinen Kaffee?« Sie hielt den Hörer in der Hand.

»Du telefonierst doch«, knurrte er und wischte sich mit dem Ärmel die Augen.

»Ist für dich.« Sie tauschte das Telefon gegen seine Tasse, und ihr Vater sprach mit jemandem.

Obwohl er noch keinen Schluck Kaffee getrunken hatte, wirkte er nach dem kurzen Telefonat hellwach. »Carina, komm, los. Eine Tote am Isartor.«

Wie selbstverständlich forderte er sie auf, ihn zu begleiten. Dabei gab es bestimmt tausend Gründe, nicht mitzukommen. Andererseits war ihr Vorsatz, Autos zu meiden, nach der Fahrt in Wandas Kombi, der mehr einer Spielzeugkiste glich, hinfällig. Vielleicht war es auch am besten, sie kehrte möglichst schnell in die Normalität zurück. Ihr Vater wusste nichts von ihrem Unfall, und sie hatte auch nicht vor, es ihm zu erzählen.

Trotzdem zögerte sie noch. Wie sollte sie erklären, dass sie Beklemmungen bekam, wenn sie in seinen Dienstwagen stieg? Außerdem begann ihre Arbeit in der Rechtsmedizin erst morgen, an einem Tatort hatte sie nichts verloren.

»Carina, wir wollten doch auf den Flohmarkt.« Wanda schmollte. »Wenn du dabei bist, können wir uns am Verkaufsstand abwechseln, und jede kann mal herumgehen und gucken.« Carina wusste, worauf das hinauslief. Den Nachmittag zwischen muffigen Kartons verbringen, um jeden Cent feilschen für Gerümpel, das auseinanderfiel, wenn man es berührte.

Sandro drehte sich im Schlaf, fiel vom Sofa und fing zu plärren an.

»Eure Couch ist ja lebensgefährlich«, schimpfte Wanda und verstrickte sich in eine Diskussion mit Silvia, anstatt ihren heulenden Sohn zu trösten.

In der Garage stupste Carina ihren Vater an. »Wie hast du's nur geschafft, mich zum Mitkommen zu überreden?«

Am Thomas-Wimmer-Ring versperrten Mattes Kollegen die Zufahrt zu den Wohnblocks, winkten ihn jedoch durch, als sie ihn erkannten. Am Telefon hatte man ihm nicht sagen können, ob es sich um eine Straftat handelte. Aber eine leblose Person, die inmitten einer Blutlache gefunden wurde – das deutete auf ein Verbrechen hin. Er parkte neben dem Torbogen der Häuserzeile halb auf dem Bürgersteig. Eine Versammlung von Anwohnern, die nach einer Sonntagnachmittagssensation gierten, erschwerte ihnen das Durchkommen. Im Innenhof stand der Rettungswagen. Auf der offenen Ladefläche verband ein Sanitäter dem Notarzt das Bein.

»Was ist dir denn passiert, Karl?«, fragte Matte.

»In der Wohnung ist so ein Riesenvieh. Der Hausmeister hat uns aufgesperrt, und ich wollte zu der Frau, da hat der Hund mich gebissen. Wir haben das Veterinäramt angerufen, fast hätte Rüdiger den Köter abgeknallt.« Er deutete mit dem Kopf auf den korpulenten Polizisten mit Pferdeschwanz unter der Schirmmütze, der sie durch die Absperrung gelassen hatte.

»Das heißt, wegen dem Hund konntet ihr nicht zum Opfer? Habt ihr also noch gar nicht den Tod festgestellt?«

Ein Mann in grünem Kittel drängte sich durch die Leute und tippte Carina auf die Schulter. »Hast du mich gerufen?«

»Ich? Äh, nein.« Was stotterte sie herum wie ein Teenager? Prompt wurde sie rot. Er grinste; vermutlich hielt er sie für jünger, als sie war. Ein Lindenblatt hatte sich in seinen dichten Haaren verfangen. Sie schielte auf seinen Koffer, den er neben dem Baum abgestellt hatte. Abgegriffen und vielfach geflickt sah er aus, wie aus einem alten Kriminalfilm. Silvia hatte eine ähnlich alte Hebammentasche von ihrer Mutter, Carinas Oma, geerbt. War er etwa ein Kollege aus der Rechtsmedizin? Sie war irritiert.

»Ich bin der Tierarzt«, half er ihr auf die Sprünge.

»Ach so. Ich bin von der Rechtsmedizin, Carina Kyreleis.« Sie schob ihre Brille hoch. »Der Notarzt hat Sie, äh, dich verständigt. Da drin soll ein bissiger Hund sein.« Sie hoffte, dass ihr sachliches Geschwätz die Hitze aus ihrem Gesicht nahm.

»Na, dann los, gehen wir«, forderte er sie auf.

In was hatte sie sich da hineingeritten? Ohne Genehmigung des Staatsanwaltes hatte sie überhaupt keine Befugnisse. Carina hielt nach ihrem Vater Ausschau und stieß im Hausflur auf ihn, vor Eva Bretschneiders Wohnung, wie das Namensschild verkündete. Er war ganz in seinem Element, koordinierte die Ermittlungsschritte und sprach mit einem Kriminaltechniker im weißen Schutzanzug, der die Fingerabdrücke an der Tür sicherte. Dahinter hörte man einen Hund winseln und bellen. »Der Tierarzt ist hier.« Sie vermied es, *Papa* zu sagen.

»Ja, ja, Carina.« Matte winkte sie herbei. »Er soll das Tier möglichst an der Tür einfangen. Dann gehst du rein und schreib gleich den Totenschein.« Er reichte ihr ein Formular. »Rüdiger hat die Leiche durch den Türspalt gesehen. Ich kläre das mit der Staatsanwältin, sobald sie kommt.«

Der Kriminaltechniker gab ihr einen Kapuzenoverall, Handschuhe und Plastiküberzieher für die Schuhe.

Inzwischen hatte der Tierarzt seinen Koffer geöffnet, zog jetzt eine Stange mit einer Drahtschlaufe am Ende heraus und schraubte sie zusammen. Als er sich bückte, fiel das herzförmige Blatt aus seinen Haaren. Carina schnappte es sich, steckte es in die hintere Jeanstasche und schlüpfte in den Schutzanzug.

»Wie groß ist der Hund?«, fragte er.

»Keine Ahnung. Der Notarzt wurde ins Bein gebissen, kaum dass er die Tür aufgemacht hat. Du bist doch der Fachmann.«

»Der Frequenz nach klingt es nach einem größeren Kaliber.«

Carina stellte sich neben die Tür und warf ihm einen Blick zu. Er nickte. Sie drückte die Klinke. Eine blutglänzende Hundeschnauze schob sich durch den Türspalt. Schon im nächsten Moment hatte der Tierarzt die Fangschlaufe um den Hundehals gelegt. Carina öffnete die Tür jetzt ganz. Es war ein kurzfelliger großer Hund mit hellen Schlappohren und einem schwarzen Fleck ums Auge. »Halb Terrier, halb Dogo Argentino. Ein Jagdhundmischling. Der hat in der Stadt eigentlich nichts verloren.« Er zerrte das Tier ins Treppenhaus, hielt es auf Abstand, bis es ruhiger war, klopfte ihm dann auf den Rücken. Sein Blick fixierte die Hundeaugen.

Alte Bekannte, dachte Carina. Als würde er ohne Worte mit ihm sprechen. »Das Blut an seinem Fell stammt nicht von dem Hund, nehme ich an«, murmelte sie, wie zu sich selbst. Dann betrat sie die Wohnung. Ein komisches Gefühl, als Unbefugte die Erste am Tatort zu sein. Vom Flur aus sah sie, was auch der Polizist Rüdiger bemerkt hatte: einen nackten, blutigen Frauenarm, der von der Couch herabhing. Blutspuren und Pfotenabdrücke überall. Die Frau lag im Wohnzimmer, zugedeckt bis zum Hals. Eigentlich ein friedlicher Anblick, hätte sie noch ein Gesicht gehabt.

Das Gelenk der herabhängenden Hand war aufgeschnitten, der Teppich wie die Couch blutgetränkt. Eine Deckenkuhle zu ihren Füßen war voller weißer kurzer Haare. Hier hatte vermutlich der Hund gelegen. Auch im rohen Fleisch des Gesichts konnte Carina diese Haare erkennen. Anders als bei einer Obduktion, bei der die Kopfhaut nach vorne geklappt wird, um über die Schädeldecke ans Gehirn zu gelangen, war der Frau die Haut vom Kinn über die Nase abgezogen worden. Ihre Augen waren vom Hautlappen verdeckt. Grobe Einstiche wie von einer dicken Nadel befanden sich an den Wundrändern – oder waren das die Hundezähne gewesen?

Auf einmal bildete sich eine kleine Blutblase zwischen den freiliegenden Zähnen. Atmete sie etwa noch? Hastig tastete Carina nach dem Puls. »Schnell«, schrie sie. »Sie lebt.«

5.

München, September 1987

Mit ihrer Zungenspitze umkreiste sie die seine, wollte ihn zum Schweigen bringen, doch er redete weiter. Sie leckte ihm übers Kinn, den Hals hinab bis zum Schlüsselbein, zog ihm das Hemd aus und schmeckte die Kreide, mit der er seinen speckigen Hemdkragen weißte. Ihre Lippen glitten über die einzelnen Härchen auf der Schulter, die Brust hinab. Endlich tauschte er Worte gegen Seufzer und streichelte sie, hastig, als polierte er ein Auto. *Nicht.* Sie bremste ihn, zwang ihn, zärtlicher zu sein. Langsam fanden sie ineinander. Obwohl sie zum ersten Mal miteinander schliefen, war ihr sein Körper vertraut, so als hätte sie schon immer auf ihn gewartet, als wäre er der Mann, der alle anderen überflüssig machte. Eine Mischung aus Schweiß und dem Geruch eines billigen Duschgels umhüllten ihn. Nur die blasse Narbe, die mitten durch die rechte Brustwarze lief, überraschte sie, und sie sparte sie aus bei ihren Liebkosungen. Sie wollte, dass es nie aufhörte, vergaß das schäbige Hotelzimmer um sich herum, die verschlissene Couch vor dem Bett, auf der sie den Stoff gerade noch mehr abwetzten. Sie tauchte in ihr Inneres ab, ein Kieselstein, der in ein großes Becken geworfen wurde. Die Gestalt über ihr rieb, stieß und saugte, warm und weich zugleich, und hielt dann die Zeit an.

Noch lange spürte sie dem Pulsieren in ihrem Unterleib nach. Sie verschlang Arme und Beine in die seinen, wollte ihn nie mehr hergeben. Doch er wand sich aus ihrer Umarmung und schaltete den Fernseher ein. Wie konnte er jetzt nur Nachrichten sehen? Es gab nichts Wichtigeres auf der Welt als sie beide.

Sie griff nach der Fernbedienung. Er schlug ihre Hand weg. Maulend schmiegte sie sich an ihn wie ein beleidigtes Hündchen.

»Sei still«, zischte er und richtete sich auf, um jedes Wort der Meldung zu verstehen.

Der Nachrichtensprecher sagte irgendwas von Alfred Herrhausen, dem Manager der Deutschen Bank, der nach Mexiko gereist war. Dort erklärte ihm der mexikanische Präsident, dass sein Land an den Krediten der Weltbank, den Währungsfonds und der US-Regierung zu zerbrechen drohte. Herrhausen sprach von Schuldenerlass.

Rosa hörte nicht weiter zu.

Mexiko, da würde sie auch gerne hinfahren, die Indianerpyramiden besichtigen, oder wie die Dinger hießen. Endlich schaltete er den Kasten ab, zündete sich eine Zigarette an und inhalierte tief. Rosa, die den Geruch hasste, vergrub sich in seinen Brusthaaren, strich sanft über die Narbe.

»Woher hast du die?«, fragte sie.

»Von einem Spyderco.« Er hustete.

Schmerzte die Narbe noch, oder kam der Husten vom Nikotin?

»Ein Klappmesser«, fuhr er fort und sog heftig am Glimmstängel. »Mit einem Loch in der Klinge, damit man es mit einer Hand öffnen kann. Amerikanisches Fabrikat.«

Plötzlich schien er weit weg zu sein. »Als ich im Krankenhaus aufgewacht bin, hab ich beschlossen, mein Leben zu ändern, und angefangen, in einem Friedensforschungsinstitut zu arbeiten. Du kannst auch mithelfen und Kundschafterin für mein Land werden.«

Sein Land, die DDR. Dass die was für den Frieden taten, war ihr neu. Aber vielleicht hatte sich das auch Honecker auf seine Fahnen geschrieben, als er in den vergangenen Tagen durch Westdeutschland gereist war.

»Das Ende des kalten Krieges ist in Sicht, da ist jeder Einzelne gefragt.«

Diese Floskeln erinnerten sie an das Gelaber ihres Chefs. Dessen Reden konnte man auch auf ein paar Worte zusammenstreichen. »Und wenn *Frieden* ist, fährst du mit mir dann nach Mexiko?« Sie legte ihm die Hand zwischen die Schenkel. Er zuckte zusammen, Asche fiel auf seinen erschlafften Penis. Sie blies sie fort, küsste die verbrannte Stelle, nahm ihn ganz in den Mund. Später würde sie für ihren Liebsten spionieren, versprach sie, wenn er darauf bestand.

6.

Vergeblich suchte Carina bis spät in die Nacht nach ihrem Wohnungsschlüssel. Wanda half ihr nur halbherzig dabei. War er ihr womöglich in der Arbeit aus der Tasche gefallen? Wanda sprach am Hauptbahnhof die Durchsagen, saß in dem grauen Kasten am Bahnsteig, kündigte die S-Bahnen an und wies die Fahrgäste zurecht, wenn sie zurückbleiben sollten oder nicht schnell genug einstiegen. Kurz nach Mitternacht, sie wühlte immer noch in den Flohmarktkisten, rief ihr Vater an. Typisch. Was, wenn sie bereits geschlafen hätte? Doch das schien ihm nicht in den Sinn gekommen zu sein. Er teilte ihr mit, dass Eva Bretschneider dank Carinas Einsatz überleben würde. Die Ärzte hatten ihr eine Überdosis Schlaftabletten aus dem Magen gepumpt, den Arm verbunden und das Gesicht wieder angenäht. Spurlos anwachsen würde es nicht mehr. Mehrere Operationen würden nötig sein, damit sie den Mund wieder bewegen konnte.

»Eine Bekannte von Eva Bretschneider sagt, dass sie manchmal von Selbstmord gesprochen hat. Nur wegen dem Hund hätte sie es noch nicht in die Tat umgesetzt. Und apropos, Carina, kann so was ein *Hund* anrichten?«

Carina schwieg. Für eine Telefondiagnose war sie zu müde. Zunächst hätte sie Eva Bretschneider untersuchen und die Verletzungen mit dem Hundegebiss vergleichen müssen. Der Tierarzt kam ihr in den Sinn. Sie konnte ihn fragen, ob er es für möglich hielt, dass der Hund der Täter war. So hätte sie einen Grund, um den Tierarzt wiederzusehen. Sofort ärgerte sie sich über diesen Gedanken. Kaum lag etwas Schorf auf ihren Liebeswunden aus der Beziehung mit Lars, schon hielt sie nach einem Neuen Ausschau. Sie wusste ja nicht einmal, wie er hieß. Erschöpft wünschte sie ihrem Vater eine gute Nacht, gab die Schlüsselsuche auf und nahm Wandas Angebot an, bei ihr zu übernachten.

Zweiter Tag

Die Elster scharrte ein Loch, riss den Schlamm mit ihrem Schnabel überall auf und fand etwas Weißes. Es war ein Wirbel aus dem Rückgrat des Mannes, den brachte sie zu der jungen Frau zurück. Die Frau bedeckte den Wirbel mit ihrem Kleid und begann zu singen. Als sie das Kleid wegzog, atmete ihr Vater.

Aus den Mythen der Schwarzfuß-Indianer

7.

Angesichts des rotbraunen Kalkstreifens in Wandas Badewanne und des Schimmels am Duschvorhang wusch sich Carina am nächsten Morgen nur kurz am Waschbecken. Manchmal hatte es in Mexiko-Stadt kein Wasser gegeben. *La Patria*, das Vaterland, wie die Mexikaner ihre Hauptstadt liebevoll nennen, einst von den Azteken auf trockengelegten Seen erbaut, sank ständig weiter ab. Einmal war Carina von einem Beben erwacht. Das Nachbarhaus war abgerutscht, weil ein unterirdisches Wasserrohr geplatzt war. Zurück in Deutschland, sehnte sie sich nach etwas Komfort, wenigstens an ihrem ersten Arbeitstag, und ekelte sich vor der Schludrigkeit ihrer Schwester. Vor dem mit Zahnpasta verschmierten Spiegel glättete sie ihre in alle Richtungen abstehenden Haare. Jemand musste ihr einen Stein unters Kissen geschoben haben, ihre Schulterblätter schmerzten. Vielleicht hatte sie auf Sandros Hüpfball gelegen? Wandas Sofa war zwar neu, aber zu kurz, um sich auszustrecken, und zu schmal, um sich zu drehen. Noch dazu hatte Carina es sich die ganze Nacht mit einem Kater geteilt, der nicht teilen wollte. Mit ausgefahrenen Krallen war ihr Thor auf den Kopf gesprungen, hatte ihr die Ohren geknetet und in die nackten Zehen gebissen. Erst mit der südamerikanischen Ohrenklappen-Mütze, die sie eigentlich Wanda mitgebracht hatte, und dicken Wollsocken konnte sie einschlafen. Der Kater rollte sich auf ihr zusammen und lag ihr die ganze Nacht wie ein Felsbrocken auf dem Bauch.

In der Küche fand sie kein frisches Glas auf der Ablage und trank den Orangensaft aus der Packung, deren Haltbarkeitsdatum seit Wochen abgelaufen war. Weil Wanda noch schlief, hatte sich Sandro selbst ein Müsli aus sauren Gurken und Schokoladenkeksen gemacht. Gerade bemalte er seine Gummistiefel mit Nagellack. Carina wünschte ihm einen guten Kindergartentag und versprach, bald einen Ausflug mit ihm zu machen.

Den Fahrstuhl im Rechtsmedizinischen Institut mied sie. Eng, wie es war, verlangte das altehrwürdige, niedrige Treppenhaus mit den steinernen Stufen genug Überwindung. Um zwanzig nach acht gab ihr die Putzfrau von der Nachtschicht die Klinke in die Hand, und sie betrat den Seziersaal. Auf vier von fünf Tischen lagen teils bekleidete, teils nackte Tote.

Ein paar der neuen Kollegen, die soeben mit den Obduktionen begannen und in die Diktiergeräte sprachen, kannte sie bereits. Die Toxikologin Dr. Susanne Schmetterer hatte mit Carina das praktische Jahr in der Uniklinik Düsseldorf absolviert. Danach war Susanne nach München und Carina nach Mexiko-Stadt gegangen. Sie und Rudi Nusser begrüßten Carina freundlich. Rudi wirkte mit seiner gedrungenen halslosen Gestalt, den überbreiten Schultern und den langen Armen wie der Quasimodo des Instituts. Er war hier schon Präparator und Sektionsassistent gewesen, als Carina ihr studentisches Praktikum machte. Jetzt trug er ein neckisches Kinnbärtchen, vielleicht, um von seinen über die hohe Stirn gekämmten Haarsträhnen abzulenken. Ihre neue Chefin, Frau Professor Paula Feininger, verdeckte mit ihrer massiven Statur fast die gesamte Längsseite eines Tisches. Welcher Schneider hatte ihr aus zwei grünen Kitteln einen zusammengefügt?

»Holen Sie sich gleich den Neuzugang von gestern Nacht, Frau Kyreleis.« Ohne Carinas »Guten Morgen« zu erwidern, zog sie ihren kurzen dicken Arm aus dem Brustkorb einer Leiche und wedelte Richtung Kühlfächer. »Ich hasse Unpünktlichkeit«, ergänzte sie, als Carina den Mund aufmachen wollte. »Also versuchen Sie gar nicht erst, sich zu rechtfertigen.«

Rudi schob sich einen Rest Schokoriegel in den Mund und half Carina in Kittel und Handschuhe.

Schnell spurtete sie zu den Kühlfächern hinüber. Vierundzwanzig fast quadratische, chromsilberne Türen, sechs Reihen, vier übereinander. Wie sollte sie den richtigen Toten finden, ohne alle Leichen herauszuziehen, die Tücher zurückzuklappen und die Körper zu untersuchen? Carina spürte die Blicke der anderen im Rücken. Merkwürdig still war es plötzlich im Seziersaal. Sogar die kreischende Kopfsäge schwieg. Wie ein Kind kam sie sich vor, auf der Suche nach dem richtigen Türchen im Adventskalender. Nur die Nummerierung fehlte. Die Halter für die Beschriftungen waren leer. In ihr keimte der Verdacht, dass die Schilder absichtlich entfernt worden waren. Als eine Art Bewährungsprobe für die Neue mit dem biblischen Namen. Gleich würde sie mit ihrer Blamage die ganze Belegschaft zum Lachen bringen. Sie schritt die Chromfächer entlang. Die Putzfrau fiel ihr ein, sicher hatte sie auch hier sorgfältig gewischt und poliert. Carina bückte sich, wippte vor und zurück, betrachtete die Türen von der Seite gegen das Licht. Auf der zweiten von unten links entdeckte sie Fingerabdrücke. Kurzentschlossen drehte sie den Hebel. Treffer. Rudi mit seiner Schokolade hatte Carina gerettet. Die neuen Kollegen johlten. Der Präparator pfiff anerkennend durch die Zähne, als sie den Leichnam in den Saal rollte.

»Weibliche Intuition oder Spürnase?«, fragte Paula Feininger.

Carina schwieg, deckte die Leiche auf. Der zerstückelte Torso ließ sie alles andere vergessen.

8.

Der Kaiser hinter seinem Schreibtisch strahlte ihn an.

»In einem, spätestens zwei Monaten ist ein Platz in einer Wohngemeinschaft frei«, verkündete er und schabte sich den Schweiß mit einem Schnellhefter von der Stirn. Das kleine Fenster im Sozialamt war mit Akten verstellt. Der Miniventilator auf dem Computerbildschirm schaffte es nicht, die dicke, warme Luft in eine Brise zu verwandeln. Zögernd nahm Romeo den wellig gewordenen Hefter entgegen und überflog ihn. Viel Kleingeschriebenes ohne Bilder. Er seufzte, pickte sich die Überschriften heraus: *Stärke, Kompetenz, Beeinträchtigung* entzifferte er. Julius Kaiser, wie es auf seinem Brustschildchen stand, faselte weiter, ein wichtiger Schritt in die Unabhängigkeit sei das und seine Behinderung kein Grund, eine richtige Ausbildung zu beginnen. Er könne endlich den Absprung von zu Hause schaffen. »Sind Sie bereit?«

Romeo stellte sich vor, wie er auf einem Zehnmeterbrett stand. Unter ihm drehte sich die Welt wie eine Lottokugel, er brauchte nur zu springen. Würde er in den Ozean eintauchen und verschluckt werden? Wenn er nur an Wasser dachte, schnürte es ihm den Hals zu und die Forelle in ihm begann zu zappeln. Er hielt sich mit beiden Händen den Kopf, bis das Zittern aufhörte. Lieber auf Land aufschlagen, wenn auch mit gebrochenen Gliedern, dachte er und nickte zögernd.

»Pfundig.« Julius Kaiser klatschte sich selbst Beifall und deutete auf den Kasten, den Romeo neben sich abgestellt hatte. »Sie musizieren? Das wusste ich gar nicht.« Der Kaiser klickte im Computer herum, suchte in Romeos Profil, wo sein richtiger Name stand. Jedenfalls der, den ihm die Zehnmeterbrettschubser gegeben hatten.

»Ich trage es unter Interessen ein. Sehr schön, Musik ist die Sprache der Seele.«

Derselbe Effekt wie überall. Wegen des Kastens folgerte man, dass er Geige oder Bratsche spielte. Durch die vielen Flicken wirkte der Kasten wie ein kostbarer Foliant aus dem Mittelalter. Der Spieler, der das Instrument darin beherrschte, musste einfach ein Virtuose sein. Was in gewisser Weise auch stimmte. Romeo konnte sich ein Grinsen nicht verkneifen.

Der Kaiser schnalzte mit der Zunge, er glaubte, die Freude gelte seinem Projekt. Mit Bekloppten unter Aufsicht Mensch-ärgere-dich-nicht spielen, das fehlte Romeo noch. Er gab den Prospekt zurück, ließ den Kaiser weiter hoffen und betrachtete das gerahmte Foto neben der Kaffeetasse. Vermutlich die Kaiserin, ein Schnappschuss, leicht unscharf. Das Gesicht der Frau hatte den gelösten Ausdruck, den einzufangen nur einer vertrauten Person gelang. Ihr Anblick berührte etwas in ihm. Waren es die Augen, die ungezupften Augenbrauen, die wie Vogelschwingen zusammengewachsen waren, oder die langen Haare, die aus dem Rahmen zu fließen schienen? Er griff nach dem Bild und hielt es sich an die Wange, in Gedanken bei den verlorenen

Gesichtern seiner Geliebten. Der Besitzer riss es ihm fort, polierte es am Knie seiner Bundfaltenhose, als hätte Romeo es beschmutzt, und legte es in eine Schreibtischschublade. Seufzend wandte er sich wieder dem Bildschirm zu, tippte in ein Formular. »Sind Sie Deutscher?«

No, italiano, hätte er am liebsten geantwortet, oder Engländer, wie dieser Schriftsteller, wie hieß der doch gleich, der, der Romeos Leben aufgeschrieben hatte? Es wollte ihm nicht einfallen. Er schlug sich gegen die Stirn. Aber auch die Forelle hatte keinen blassen Schimmer. Was sollte überhaupt die Frage? Er war hier geboren und aufgewachsen, genau wie seine Mutter. Über seinen Erzeuger wusste er nichts, und es interessierte ihn auch nicht. Selbst wenn es ein Foto von ihm gab – er hätte ihn sowieso nicht erkannt. Vielleicht hatte er auch nur seinen Samen verteilt, und ein Keim war zufällig in seiner Mutter aufgegangen.

»Vater unbekannt, Mutter verstorben, steht hier. Stimmt das?« Der Kaiser musterte ihn.

Romeo versuchte sich seine Eltern vorzustellen. Ein Paar auf einem Hochzeitsbild vor einem Brunnen. Aber wie mit der Lupe gebrannt, loderte anstelle ihrer Gesichter Schwärze auf.

»Wie wäre es mit einer Schreinerlehre?« Der Kaiser hatte wohl das Formular ausgewertet. »Wenn Sie ein Instrument spielen, sind Sie doch geschickt mit den Händen. Oder warten Sie – Konditor, wie wäre es damit?«

Romeo horchte auf. Filigrane Kunstwerke herstellen, Pralinen, Blumen aus Marzipan, das würde ihm gefallen. Noch lieber arbeitete er mit Tieren, die verstanden ihn auch ohne Worte.

»Sie würden Torten verzieren für Geburtstage und Hochzeiten, wie wäre das?« Gleich würde er ihm noch erklären, was eine Torte war. Denn jemand, der seine Stimmbänder nicht benutzte, aß wahrscheinlich Sandkuchen vom Spielplatz. Marie fiel ihm wieder ein. Er ließ die Verschlüsse des Kastens aufschnappen.

Julius Kaiser winkte ab. »Tut mir leid, ich würde nur zu gerne ein Ständchen hören, aber mich plagt ein Tinnitus.« Er klopfte sich aufs Ohr. »Vielleicht ein andermal.« Auf ein Kärtchen kritzelte er den Termin für das Vorstellungsgespräch in der Behindertenwerkstatt.

Als Romeo endlich aus dem Sozialamt trat, setzte er sich auf die kleine Mauer zur Straße und spähte zum Haus gegenüber. Im ersten Stock döste eine dreifarbige Katze am offenen Fenster. Die waren selten und brachten Glück. Und das brauchte er, um ein neues Gesicht zu finden. Die Wohnung ganz oben, mit der Zwiebelkuppel, schien leer zu sein. Keine Vorhänge oder Topfpflanzen wie an den übrigen Fenstern. Er stand auf und ging hinüber, um die Klingelschilder zu lesen.

9.

Bis in den frühen Nachmittag arbeiteten sie an fünf Sektionstischen nebeneinander. Carina assistierte bei der S-Bahn-Leiche, prüfte, ob alle Leichenteile vorhanden waren. Der Kopf der dreiundvierzigjährigen Frau war von der S-Bahn abgetrennt worden, ihr Körper in viele Einzelteile zerlegt. Die Spurensicherung und die Feuerwehr hatten alles aufgesammelt. Carina untersuchte die inneren Organe, auch hier fehlte nichts. Vermutlich, weil sie sich nicht allzu ungeschickt anstellte, forderte Prof. Paula Feininger sie auf, die Ergebnisse für die Staatsanwältin zusammenfassen, die gerade eingetroffen war. Eindeutig Selbstmord. Gegen zwei Uhr nähte Rudi Nusser die Toten wieder zu, auch die Teile der lebensmüden Frau wurden aneinandergefügt, damit sie bestattet werden konnte. Alexander Herzog, ein kahlköpfiger Mittvierziger, der sich ihr als Pathologe und Rechtsmediziner vorgestellt hatte, holte die versteckten Karten mit den Namen und Nummern aus einer Schublade und schob sie in die Halter zurück. Nun hatten die Türchen wieder eine ordentliche Beschriftung. Carina erkundigte sich, ob derlei Tests als Einstand üblich waren. »Nur bei Prominenz.« Herzog grinste und rieb sich über die Glatze. »Aber wir waren nicht drauf gefasst, dass es Ihnen gelingt. War das Zufall oder detektivische Feinarbeit à la Matte Kyreleis?«

Carina seufzte. Also hatte sie sich nicht getäuscht. Man sah ihr genau auf die Finger, und nicht nur, weil sie neu war, sondern weil der Ruf ihres Vaters an ihr klebte. Aus diesem Grund hatte sie auch zunächst nicht auf das Stellenangebot reagiert, das sie irgendwann in Mexiko erreichte. Paula Feininger bot ihr die Mitarbeit in ihrem Team an. Carina hatte den Brief erst weggelegt und vergessen. Keinesfalls würde sie in München arbeiten, bloß um immer und überall mit ihrem Vater verglichen zu werden. Nun war sie doch zurückgekehrt, entschlossen, dem Druck standzuhalten und zu beweisen, dass sie den richtigen Beruf gewählt hatte. Sie hatte schon immer Rechtsmedizinerin werden wollen. Auch wenn sie als Kind diese Berufsbezeichnung noch nicht kannte. Als sie klein war, nahm sie ihr Vater oft mit ins Präsidium, wo sie bald ihre eigene Spielecke in seinem Büro hatte. Das wichtigste Utensil waren die dicken Kopfhörer vom Schießstand. Die sollte sie aufsetzen, wenn ihr Vater Gespräche mit Zeugen führte, wie er es nannte. Dabei redete er kaum. Er konnte so lange schweigen, bis der auf der anderen Tischseite schrie. Als Silvia davon Wind bekam, geriet sie völlig außer sich, weil sie glaubte, er hätte seine Tochter bei Vernehmungen dabei.

Er verteidigte sich: Schließlich könne er nicht immer gleich wissen, was ihm einer erzählte, der in sein Büro kam.

Als er einmal über einer besonders schwierigen Ermittlung grübelte, hatte Carina ihn gefragt, wer sich um die toten Menschen kümmerte. Wer sprach für die, die nie mehr reden oder schreien konnten? Da erklärte er ihr, es gäbe Ärzte, die nur für die Toten zuständig seien. Anschließend quengelte sie so lange, bis er sie auch in die Rechtsmedizin mitnahm. Ausgerechnet ein Kind, ein Junge, genauso alt wie sie, lag auf dem Stahltisch. Er wirkte so hilflos. Die Ärzte zogen ihm die schmutzige Kleidung aus und entblößten einen von dutzenden Schlägen verfärbten Körper. Am liebsten hätte sie seine Hand gehalten, klammerte sich stattdessen aber an die Hand ihres Vaters und prägte sich alles genau ein.

Fortan übte sie die Totensprache, untersuchte verendete Tiere und setzte aus ihren Skizzen und Forschungsergebnissen eine Biografie für sie zusammen. Während Wanda als Backgroundsängerin brummte und summte und der Familie beim Sonntagsessen Kostproben zum Besten gab, berichtete Carina aus dem Leben einer Maus, die vom Regen aus ihrem Mauseloch geschwemmt worden und ertrunken war.

Bald fieberte sie ihrer ersten richtigen Obduktion entgegen. Einen Menschen aufzuschneiden, stellte sie sich noch spannender vor. Im Studium erkannte sie, wie ähnlich sich alle innerlich waren, ob lebendig oder tot. Erst nach und nach fand sie heraus, dass es gravierende Unterschiede gab. Ein guter Rechtsmediziner konnte in einer Leiche lesen wie in einem Tagebuch. Keiner glich dem anderen, man musste nur genau hinsehen.

Als die Befunde festgehalten und die Leichen wieder im Adventskalender verschwunden waren, fanden sich alle, bis auf die Professorin, in der Kantine wieder.

»Paula lässt sich ein Fünf-Gänge-Menü ins Büro liefern«, Rudi Nusser schmatzte über seiner Schweinshaxe. »Inklusive blutjungem Nachtisch.« Fett tropfte in seinen Kinnbart.

Er wischte es mit dem Kittelärmel fort. »Nun komm, erzähl von Mexiko«, forderte er Carina auf. »Da wollte ich auch mal hin. Na ja, eher nach Peru zum Leuchtenden Pfad.«

So wie eine Kranke nur auf Leute trifft, die von ihren eigenen Krankheiten berichten, so löste »Mexiko« bei anderen Reiseträume aus. Carina lauschte geduldig einen Teller Penne mit Austernpilzen und sogar noch eine Mousse au Chocolat lang des Präparators Guerilla-Idealen und verabschiedete sich danach. Ganz ohne Hektik wollte sie sich am Nachmittag alleine im Institut umschauen und mit den Gerätschaften vertraut machen.

10.
München, Juni 1989

Sie eilte durch den Innenhof, so schnell es ihre hohen Absätze erlaubten. Am liebsten hätte sie die Schuhe ausgezogen, ihre Zehen und Hacken brannten. Mit einem Taxi wäre es bequem gewesen. Aber das konnte man zurückverfolgen. Solange die öffentlichen Verkehrsmittel noch nicht überwacht wurden, war die U-Bahn sicherer, hatte Felix ihr eingeschärft. Nicht mehr lange – ihr Chef verhandelte bereits auf dem Bayerischen Landtag über eine Komplettüberwachung der Innenstadt. Endlich hatten sie ein Konzept entwickelt, um den Terrorismus der RAF und sonstiger Linksradikaler bekämpfen zu können. Sicherheit für Deutschland, diktierte er ihr im Betreff. Geplante Attentate würden frühzeitig erkannt werden. Gerade jetzt, in Zeiten des Umbruchs in Osteuropa, musste man auch in Westdeutschland den Frieden sichern und eine dritte Generation der RAF ausmerzen.

»Staat stirb!« schrubbte jemand von der antiken Fassade des Staatsministeriums. Fast wäre Rosa über einen Kübel mit schmutziger Brühe gestolpert. Das hätte gerade noch gefehlt.

Ihr Liebster, in handgenähten Loafers, redete sich leicht. Er bekam auch keine Blasen von hochhackigen Schuhen.

Sie klackerte zur Unterführung am Odeonsplatz, hinunter zum Bahnsteig und erwischte die abfahrbereite U-Bahn. Eingepfercht zwischen einem Kinderwagen und einem labbrigen Hasen-Luftballon, der ihr vor dem Gesicht herumtanzte, versuchte sie zu Atem zu kommen. Der Schweiß stand ihr auf der Stirn, und ihr war schwindelig, wie so oft in letzter Zeit. Sie tastete unter den Blazer. Bloß keine Schweißflecken. Aber auch wenn es eiskalt gewesen wäre, hätte sie vor Aufregung geglüht. Den ganzen Tag hatte sie die Minuten bis zum Feierabend gezählt, die Mittagspause ausfallen lassen, nur um früher Schluss machen zu können. Und dann bat ihr Chef sie noch zum Diktat. Am liebsten hätte sie Nein gesagt, als ob das ginge, bei einer Frau in ihrer Position. Ein Stockwerk tiefer lauerten die Tippsen der Großraumbüros immer noch auf einen Fehler von ihr. Würde Rosa den Staatssekretär, der sie anstandslos von seinem Vorgänger übernommen hatte, endlich enttäuschen? Vor allem Julia Herbig hatte es auf ihren Posten abgesehen. In der Kantine scharwenzelte sie um Rosa herum, bot ihr einen Platz an oder empfahl ihr Gerichte, wenn sie sich in der Schlange vor der Essensausgabe trafen. Aber Rosa hatte ihren abschätzigen Blick bemerkt, das Getuschel mit den Kolleginnen und das plötzliche Verstummen, wenn sie vorbeiging. Sie verdächtigte die Herbig auch, diese Schmähzettel in ihre Ablage geschoben zu haben.

Das hatte kurz nach ihrer Beförderung angefangen. Von den dreizehn Bewerberinnen hatte Rosa die unpolitischsten Antworten gegeben und hielt sich selbst für eine komplette Versagerin. Doch Ernst Köster, der neue Staatssekretär, erklärte, wenn sein Amtsvorgänger mit ihr zufrieden gewesen war, dann würde er es ebenfalls sein. Sie konnte es nicht glauben, spendierte den Großraum-Sekretärinnen einen Likör und war schockiert, als sie den ersten Zettel fand. Mit einem schwachen roten Farbband auf gelblichem Papier, wie es alle Büros verwendeten, waren in die Mitte eines DIN A4-Blattes schweinische Wörter getippt. Am nächsten Tag lag ein zweiter in ihrem Kalender. Dann drei Tage nichts. Sie begann es fast zu vergessen, entdeckte jedoch Anfang der nächsten Woche etwas Gelbes zwischen der Morgenpost. Frau Bähringer, die Geschäftsführerin kam dazu und lachte. Jede Chefsekretärin habe so was gekriegt, erklärte sie, nur seien ihre damals auf popelgrünem Papier gewesen. Neid sei immer noch die ehrlichste Form der Anerkennung. Sie sollte sich einfach freuen, dass sie erreicht hatte, wovon andere träumten, und die Botschaften ignorieren, dann würde es schon aufhören. Rosa folgte ihrem Rat und warf die Zettel wie Werbepost ungelesen weg, bis endlich keine mehr kamen. Julia warb weiter um ihre Freundschaft, fing sogar an, sich wie Rosa zu kleiden. Ihr Stil war auch nicht schwer zu imitieren. Sie besaß nur wenige teure Einzelstücke, trug meist weite Marlenehosen und enge Blusen in Grau, Blau oder Pflaume. Auch ihre Frisur ahmte Julia nach. Wenn Rosa ihr morgens mit hochgesteckten Haaren im Aufzug begegnete, hatte Julia spätestens mittags ihre Haare ebenfalls aufgesteckt. Neuerdings trug sie sogar eine Brille.

»Bestimmt aus Fensterglas«, spotteten die Kolleginnen, als Julia wieder einen Vorwand gefunden hatte, eine Akte persönlich ins Staatssekretariat zu bringen. »Achtung, Rosa die Zweite ist im Anmarsch.«

Endlich hatte sie Julias Drängen nachgegeben und ging

mit ihr aus. Bei einem gemeinsamen Abend wollte sie sie geradeheraus fragen, ob sie hinter den Gemeinheiten wie *Kösterschlampe* oder *Aufwärtsfickerin* gesteckt hatte.

Im *Lehmann's* am Hofgarten kam es aber dann zu keinem vertraulichen Gespräch. An der Bar drängte sich ein Kerl zwischen sie und Julia und hüllte Rosa in eine Schweißwolke, als er näher rückte. Vergeblich zupfte er an seinen Haaren, um einen fleischigen Fleck hinter einem Ohr zu verdecken. Eine schorfige Stelle oder eine Brandnarbe? Rosa rutschte mit dem Barhocker weg, kippte zur Seite und wurde von einem aufgefangen, dessen lange Nase und engstehende Augen sie an einen Löwen erinnerten.

»Hoppla, was fällt mir denn da Hübsches in die Arme.« Der andere duftete nach etwas zu viel Rasierwasser und entschuldigte sich für seinen beschwipsten Freund. Sie seien nur für ein paar Tage in München. Er behauptete in breitestem Sächsisch, sie kämen aus Ostbayern. Es klang wie Ustbajann. Das sei aber sehr weit im Osten, lachte sie, fühlte sich wie aus dem Schlamm ans Licht gezogen. In den folgenden zwei Jahren brachte er sie noch oft zum Lachen. Fjodor oder Fabian oder ein anderes Alias mit F, wie er sich in seinen zahlreichen Pässen nannte. Felix, der Glückliche, gefiel ihr am besten.

Kannten sie sich wirklich schon so lange? In der U-Bahn bat sie eine Dicke mit Strickzeug, die Taschen vom einzigen freien Platz zu nehmen. Auch wenn es nur zwei Haltestellen bis zum Hauptbahnhof waren, musste Rosa sich setzen. Sie schlüpfte aus den Schuhen und lehnte sich zurück. Oft hatte sie nicht gewusst, wie sie die Tage bis zum nächsten Wiedersehen hinter sich bringen sollte. Sie schloss die Augen und stellte sich vor, wie Felix reagieren würde, wenn sie ihm gleich *ihre* ganz persönliche Nachricht überbrachte, die nur für ihn allein und nicht für seine Vorgesetzten bestimmt war. Würde er die auch so streng bewerten wie alle Informationen aus dem Ministerium, die sie ihm lieferte? Sehr gut oder gut oder nur befriedigend? Egal welchen Wisch sie ihm brachte, die Noten der Stasi fielen schlecht aus. Meistens hatte sie für die unter Angstschweiß geschmuggelten Unterlagen nur ein »ausreichend« bekommen. Natürlich hatte Felix ihr beigebracht, auf was sie achten sollte. Trotzdem war es schwer, in dem ganzen Geschwafel eine bedeutsame Botschaft zu entdecken.

Deshalb interessierte sie sich auch nicht mehr für den Inhalt der Dokumente, sondern kopierte und fotografierte einfach alles doppelt und dreifach, wenn es sein musste. Ob codiert, getippt oder handschriftlich. Lieber einmal zu viel als zu wenig. Die Fotos konnten verwackelt sein, die Kopien aufweichen. Anfangs hatte sie mit zitterndem Finger auf den Auslöser gedrückt, überzeugt, nicht ein einziges Bild zu schaffen, bevor jemand sie vor dem offenen Safe erwischte. Nach und nach war sie gelassener geworden. Die Papiere aus dem Safe legte sie unauffällig zwischen die Mappen mit ihrer täglichen Routinearbeit und lichtete alles in Ruhe in ihrem Büro ab. Ein unachtsamer Moment, ein offen stehender Schrank, eine herausgefallene Notiz. Die Stasi rechnete mit dem Menschen in jedem Politiker, der dann zum Vorschein kam, wenn man bereits an den Feierabend dachte und die Konzentration nachließ. Da könne sie ihre Noten aufbessern, versprach ihr Felix. Heute war ihr ein Sahnehäubchen in die Hände gefallen, jedenfalls glaubte sie das. Ob es für Felix interessant war, würde sich zeigen.

Gerade als Rosa nämlich hatte gehen wollen, rief Köster sie zum Diktat und musste vorher noch zum Innenminister. Sie ärgerte sich, saß ausgehfertig mit Jacke und Handtasche in seinem Büro, den Stenoblock auf dem Schoß, wie auf Kohlen. Wo blieb der Staatssekretär nur? Aus der obersten Schreibtischschublade, die sonst verschlossen war, sah sie einen gelben Zettel ragen. Bekam Köster etwa auch solche Beschimpfungen? Sie zog die Schublade auf. Schlampig in eine Mappe geschoben, lag eine Zeichnung darin. Der Querschnitt einer Straße. Auf dem Bürgersteig stand ein Fahrrad, perspektivisch von hinten gezeichnet. Ihr Chef konnte nur Strichmännchen mit Knubbelknien, die er beim Telefonieren auf Zettel krakelte. Demnach hatte er das nicht gezeichnet. Das Fahrrad war an einen Pfosten gebunden, von dem führten durch das Auto gestrichelte Linien zu einem zweiten Pfosten. Vielleicht war es einfach eine angefangene Skizze zu einem Bauplan mit Fahrradständern. Auf der Frontscheibe eines breiten Autos hatte jemand A. H. geschrieben. Bestimmt ging es darin wieder um irgendwelche Sicherheitsfragen, alles drehte sich immer nur darum. Der Wandel in Ostdeutschland beunruhigte die Politiker. Egal, Felix hatte ihr eingeschärft, nichts zu bewerten, einfach nur zu sammeln. Sie packte die Mappe, hastete zum Kopierer im Vorzimmer, legte den Stapel Dokumente auf den Selbsteinzug und drückte auf Start. Wenn der Staatssekretär jetzt zurückkäme, müsste sie sich eine Ausrede einfallen lassen. Zum Glück hatte sie daran gedacht, zu Hause noch einen neuen Film in die Kamera einzulegen. In der Eile wäre ihr das Gefummel mit der winzigen Filmrolle nicht so schnell gelungen. Während ein Blatt nach dem anderen im Kopierer verschwand, knipste sie die Akte. Noch immer roch die *Minox* leicht faulig. Obwohl sie das Parfüm im oberen Teil der Kamera gegen ihren Lieblingsduft *Octave* getauscht hatte, hatte sich der Geruch nach modrigen Friedhofsblumen, der Rest des DDR-Parfüms, darin festgesetzt.

Schritte auf dem Parkett. Der Staatssekretär kam zurück. Mist, das Fach fürs Kopierpapier war leer. Nur noch ein Dokument, ausgerechnet die Zeichnung. Sie drehte einfach die letzte Kopie um und schob sie in den Selbsteinzug des Kopierers. Hastig ordnete sie alles wieder, rannte ins Büro zurück und verstaute die Mappe wieder an ihrem Platz im Schreibtisch des Staatssekretärs. Noch ein paar Sekunden. Schnell, sie musste die Zeichnung noch fotografieren. Das Parfümfläschchen auf das oberste Blatt in der Mappe gerichtet, knipste sie die Zeichnung aus sämtlichen Blickwinkeln. Hoffentlich verwackelte sie nichts. Mit einem Schwung ihres Hinterns schob Rosa die Schublade zu – gerade als Köster durch die Tür trat. Mit angehaltenem Atem sprühte sie sich etwas Parfüm auf.

Der Staatssekretär schnüffelte, rümpfte leicht die Nase. »Chanel No. 5 ist das nicht, oder?« Er tätschelte ihr den Arm. »Entschuldigen Sie, Frau Salbeck. Ich verspreche, Sie nur noch ganz kurz aufzuhalten.« Er trat ans Fenster, die Hände in den Hosentaschen, wie immer, wenn er diktierte.

Mit klopfendem Herzen stenografierte sie, schielte auf die Schublade. Der gelbe Zettel lugte noch genauso hervor, doch der Schlüssel wackelte. Köster verlor sich in Phrasen, die Rosa vorhersagen konnte, so oft hatte sie sie schon in Briefe verwandelt. Der Terror der dritten Generation, was auch immer das sein sollte, war sein neuer Lieblingsbegriff.

»Nächster Halt Hauptbahnhof.« Das Dröhnen aus den Lautsprechern riss Rosa aus ihren Gedanken. Alle Fahrgäste drängten hinaus.

»Geht's?« Ein Mann stützte sie, als sie beim Aufstehen schwankte. Sie nickte und ließ sich von der Menge die Treppe hinaufschieben. Nur Honecker allein wusste, was ihr Liebster für Strapazen auf sich genommen hatte, um zu ihr nach Bayern zu kommen. Im Osten brodelte es. Viele DDR-Bürger flüchteten über die offene Grenze in Ungarn nach Österreich. Kam auch Felix jedes Mal über diesen Weg? Oder reiste er noch offiziell als Geschäftsmann über Berlin nach München? Der Gedanke daran, dass er bald für immer bei ihr blieb, nahm ihr die Übelkeit.

Anders als sie es sich ausgemalt hatte, wartete er bereits ungeduldig im Fünf-Sterne-Hotelzimmer und berührte kaum ihre Lippen, als sie ihn umarmte. Leider sei er in Eile. Ob er das Material gleich haben könne.

»Wo hast du es diesmal versteckt?« Er fuhr ihr die Fesseln hinab bis in die Pumps.

Sie zischte auf, als er zu der Stelle an ihren Zehen kam, wo sich eine Blase gebildet hatte. Ungerührt von ihrem Schmerz richtete er sich auf und griff ihr in die Haare. Einmal hatte sie einen Mikrofilm in einer Hornspange aufbewahrt. Immer neue Schmuggelstellen dachte sie sich aus, und es erregte ihn, an ihrem Körper danach zu suchen. Doch alle

Orte kannte er auch nicht. Schließlich hatte sie schon als Kind Spionin werden wollen, hatte damals etwas entdeckt, von dem nicht mal ihre obergescheite ältere Schwester etwas wusste, bis sie es ihr verriet.

Heute wollte Rosa nicht befummelt werden, wand sich aus seinen Händen. »Lass uns ein paar Minuten in den Whirlpool gehen«, schlug sie vor, »ein bisschen entspannen. Ich bin total geschafft, und außerdem muss ich dir was Wichtiges sagen.«

»Dann sag es einfach.« Er warf sich mit einem Seufzer aufs Bett und klopfte neben sich auf die Laken. »Komm, leg dich her.« Seine Stirn wirkte kahler, oder hatte er den Friseur gewechselt? Tiefe Schatten lagen unter seinen Augen. Auch er sah erschöpft aus.

»Wie geht es dir überhaupt?« Rosa beugte sich über ihn und strich ihm durchs Haar.

Er drehte sich weg und griff nach seinem Zigarettenpäckchen. »Hoffentlich ist es diesmal besseres Material. Du weißt nicht, welche Schwierigkeiten ich bekomme, wenn es wieder nur belangloses Zeug ist.«

»Nein, Liebster, erzähl es mir, was stellen sie mit dir an?« Sie setzte sich und knöpfte die Bluse auf.

»Konzentrier dich gefälligst«, befahl er.

Sie wollte auflachen, wie über einen Witz, doch er funkelte sie an.

»Ein Plan, irgendeine Zeichnung lag in Kösters Schreibtisch.« Sie hakte den Büstenhalter auf, nahm ihm die Zigarette ab und legte seine Hände auf ihre Brüste. »A. H. stand darauf, und da wird ja wohl nicht Adolf Hitler gemeint sein. Sagt dir das was?«

»Die Beurteilung ist nicht unsere Aufgabe«, behauptete er und rieb grob über ihre Brustwarzen.

Sie küsste ihn. »Ich bin schwanger«, flüsterte sie.

Er ließ sie los, als hätte er in einen Elektrozaun gegriffen, langte wieder nach der Zigarette. »Zu dem Memminger Arzt kannst du nicht mehr gehen, den haben sie verhaftet. Hat uns einiges gekostet, dass die Staatsanwaltschaft dich nicht befragen wird. Gegen alle, die seit 1980 bei ihm abgetrieben haben, wird ein Ermittlungsverfahren eingeleitet.« Er paffte. »Auch das noch«, fügte er leise hinzu und blies ihr den Rauch ins Gesicht.

Sie konnte es nicht fassen. Nach ihrer einen illegalen Abtreibung wollte sie dieses Kind, unbedingt. Sie saß noch einen Moment da, dann packte sie ihre Handtasche, lief ins Bad, verriegelte die Tür und hockte sich auf den achteckigen, verzierten Klodeckel. Luxus hin oder her. Im Auftrag der Stasi sollte er sie, mit all dem Prunk hier, wohl gefügig machen. Dabei hatte ihr die schäbige Absteige ein paar Häuser weiter genügt. Zu zweit in einer engen Badewanne waren sie sich näher gewesen als in einem zimmergroßen Pool. Und nicht mal bequem sitzen konnte man auf diesem Reliefdeckel. Ihr fiel ein, dass der Film mit der Zeichnung aus der Schublade noch im Parfümfläschchen war. In der Eile hatte sie vergessen, ihn herauszunehmen und zu der Filmrolle mit den Safe-Dokumenten zu legen, die sie in einer Streichholzschachtel verwahrte. Die Kopien hatte sie ins Innenfutter ihrer Handtasche geschoben, wie immer.

»Rosa?« Er klopfte. »Ist alles in Ordnung?«

Na, wenigstens sorgte er sich um sie. Sie schnäuzte sich in das teure Klopapier, das mit Blumen geprägt und sogar parfümiert war, dafür allerdings nicht richtig saugte. Vermutlich hatte er nur im ersten Schock so reagiert; wenn sie jetzt zu ihm ging, freute er sich bestimmt auch. Ihr gemeinsames Kind. Sie mussten nicht mal heiraten, wenn er nicht wollte.

»Hast du die Herrhausen-Zeichnung aus Kösters Schreibtisch fotografiert?«, rief er von draußen. Sie erstarrte. Alfred Herrhausen, der Chef der deutschen Bank, war also mit A. H. gemeint. Felix wusste genau, um was es ging. Ganz offensichtlich hielt er sie für total bescheuert, das Sekretärinnenliebchen, das für ein bisschen Zuwendung spionierte, aber sonst zu nichts zu gebrauchen war. Sie stand auf und spülte. Am liebsten hätte sie die Filme gleich hinterhergeschmissen und sich mit den Kopien den Arsch abgewischt.

»Ich wollte schon ohne dich anfangen.« Nackt im Bett liegend grinste er sie an, als sie aus dem Bad kam. Sie warf ihm die Streichholzschachtel hin. Er nahm den Film heraus, schob ihn in die Zigarettenpackung und zog Rosa an sich. »Komm, meine Süße. Ich will testen, ob das in dir überhaupt von mir ist.«

11.

Abgesehen von Frau Schauer, der Sekretärin, die im Büro die Obduktionsberichte tippte, war Carina gegen Abend allein. Rudi Nusser hatte die Tische abgespült und die Gewebereste entsorgt. Bis auf den Fußboden, den sich später die Putzfrau vornehmen würde, war der Seziersaal wieder blitzblank. Angestachelt durch *Carinas Erlebnisse*, wie der Präparator betonte – sie fragte sich, welche das sein sollten –, wollte Rudi zu Hause seine Südamerika-Reiseführer heraussuchen.

Sie zögerte den Feierabend noch ein Weilchen hinaus, verdrängte die Entscheidung, ob sie eine weitere Nacht bei Wanda verbringen oder den Vermieter nach einem Zweitschlüssel fragen sollte. Oder ob sie vielleicht gleich einen Schlosser bitten sollte, die Tür aufzubrechen. Und wenn ihr die Wohnung am Rosenheimer Platz nicht gefiel? Dann hatte sie nicht nur das ganze Haus zusammengetrommelt, sondern musste auch noch das Schloss ersetzen. Der eigentliche Grund für ihr Zögern aber war, dass sie Schiss davor hatte, allein zu leben. Eine eigene Wohnung, keine Wohngemeinschaft mit Kollegen mehr, kein Übernachten in Lars' Einzimmerapartment. War sie also insgeheim froh, dass der Schlüssel nicht auftauchte?

In einem Schränkchen fand sie Nadeln und schaltete die Lampen am Adventskalender ein. Mit ihrem Skizzenbuch setzte sie sich auf die oberste Stufe der Klappleiter. Der Neunundsechzigjährige hinter Tür Nummer sieben, den Alexander Herzog am Tisch neben der Selbstmordleiche seziert hatte, würde morgen eingeäschert werden. Todesursache Herzinfarkt. Carina rollte ihn heraus und deckte den Kopf ab. Zwei Wochen hatte der Mann in seiner Wohnung gelegen, bevor man ihn fand. Wangenknochen und Nasenbein lugten aus dem teilweise verwesten Gesicht. Die übrige Haut war wächsern wie bei einer Mumie. Carina fertigte eine Skizze an, samt der frischen Naht, die rechts neben dem Ohr seinen Hals hinab verlief. Zu ihrer Sammlung mexikanischer Porträts würden jetzt deutsche Totengesichter kommen. Etwas kitzelte sie. Eine Made war ihr in den Ärmel gekrabbelt. Sie schnippte sie weg, drückte die Nadeln in die Oberlippe der Leiche, die Wangen und das Kinn, zog sie wieder heraus und maß die Spanne, bis die Nadel auf den Knochen gestoßen war. In einer Liste hinten im Skizzenbuch notierte sie die Gewebedicke, ergänzte Herkunft, Statur und besondere Merkmale. Ihre persönlichen Studien würde sie dann mit der allgemeinen Tabelle vergleichen. Gänzlich vertieft bemerkte sie nicht, dass plötzlich jemand neben ihr auftauchte. Schnell deckte sie die Leiche ab, als wäre sie bei etwas Unanständigem ertappt worden.

»Ich möchte das hier untersuchen lassen.« Eine hagere Frau mit silbernen Haaren, in einem eleganten, maßgeschneiderten Kostüm, hielt ihr etwas entgegen. »Auf DNA, oder wie das heißt. Können Sie das machen?« Sie wedelte mit einer Tüte, darin befand sich, soweit Carina erkennen konnte, ein Haarbüschel, das mit einer karierten Schleife zusammengebunden war.

»Da sind Sie hier falsch. Das ist die Rechtsmedizin.« Wie war sie hereingekommen? In der Rechtsmedizin war »Zutritt für Unbefugte« nicht nur eine Floskel. Nicht selten wollten Tatverdächtige Spuren vernichten. Deshalb musste sich jeder Besucher anmelden. Carina stieg von der Leiter. »Die Pathologie ist ein Stockwerk tiefer, aber heute ist da leider niemand mehr. Vielleicht können Sie morgen anrufen. Ich gebe Ihnen die Nummer.« Sie führte die Frau von den Kühlkammern zum Telefon im Sektionssaal und reichte ihr eine Visitenkarte. Doch die Frau ließ sich nicht abwimmeln.

»Es geht um meine Schwester. Die Haare sind von ihr.« Sie wühlte in ihrer Handtasche, zeigte Carina ein Schwarz-Weiß-Foto. Die beiden Mädchen trugen Badeanzüge, das kleinere hatte eine runde Brille auf der Nase und einen Schwimmreifen um die Mitte. Die Frau zwängte sich zwischen Waage und Glasschrank auf einen Stuhl und setzte sich. »Meine Schwester Rosa und ich, Luise Salbeck. Da waren wir vier und sechs. Vor über vierzig Jahren war das. Schwarz-Weiß-Fernseher, Schwarz-Weiß-Fotografie, meine Eltern haben sich erst ein paar Jahre später Farbe geleistet. Dabei war Rosas Badeanzug rosa, ihre Lieblingsfarbe als Kind, und meiner gelb. Auf dem Bild sieht man keinen Unterschied. Aber Sie werden das nicht wissen, so alt sind Sie noch nicht.«

Carina zog ihren Kittel aus, verstaute die Zeichenutensilien in ihrer Tasche. »Kommen Sie, ich bin auch auf dem Heimweg. Ich zeig Ihnen, wo die Pathologie ist.«

Frau Salbeck machte keine Anstalten aufzustehen. »Ich war hier schon mal. Damals, als meine Schwester angeblich gefunden wurde.« Sie schnüffelte. »Hier riecht's komisch. Das beste Putzmittel kriegt wohl den Leichengestank nicht weg.« Ihr Blick schweifte über die Stahltische, blieb an einer Blutspur am Boden hängen. »Sie haben mich warten lassen und vor der Tür gestritten. Aber meine Schwester durfte ich trotzdem nicht sehen. Als ich mich geweigert habe zu gehen, zeigten sie mir Fetzen von ihrem geblümten Rock. Rosas Leichnam war angeblich zu entstellt.« Sie strich über das Foto in ihrer Hand. »Ich konnte es schon damals nicht glauben. Sie hätte niemals Selbstmord begangen. Einerseits war die Warterei vorbei, sie war in der Isar gefunden worden, doch so, auf diese Art und Weise? In den Wochen und Monaten, in denen sie spurlos verschwunden war, hab ich mir das Hirn zermartert. Und gerade als ich zu glauben anfing, dass sie sich was angetan haben musste, da holte man mich zur Identifizierung ab.« Sie lächelte. »Aber seit gestern weiß ich, dass sie lebt.«

Na gut, dachte Carina, und lehnte sich gegen das Telefontischchen. Der Tag der Lebensbeichten, erst Nusser, jetzt diese fremde Frau.

»Das Bild hier und das Haarbüschel, das ist alles, was ich noch von Rosa besitze. Alles andere hat das Amt mitgenommen.«

»Welches Amt?«, fragte Carina und bereute es zugleich. Mit jeder Frage schürte sie die Hoffnung, helfen zu können.

»Das Bundeskriminalamt. Ich dachte, die Münchner Polizei sucht sie, aber dann kam ein Beamter aus Wiesbaden. Ein Sicherheitsexperte, weil meine Schwester beim bayerischen Innenminister gearbeitet hat. Während ich hier wartete, haben sie unsere Wohnung durchwühlt, alles von ihr beschlagnahmt, sogar die Fotoalben, ihre Kleider und Bücher.«

»Wieso glauben Sie, dass Ihre Schwester noch lebt?«

»Weil ich sie gestern auf dem Königsplatz gesehen habe. Nicht mehr blond – und älter natürlich.« Sie sah zu Carina auf. »Eine Brille wie Sie trägt sie nicht mehr, vielleicht hat sie Kontaktlinsen. Aber im Alter hebt sich Kurzsichtigkeit ja oft auch auf.« Sie klopfte auf ihr rechtes Knie. »Seit ich eine Titan-Kniescheibe habe, kann ich nicht mehr rennen. Rosa ist runter zur U-Bahn verschwunden. Ich hab sie nicht erwischt.«

»Hat man Ihnen damals gesagt, was die Todesursache war?«

Frau Salbeck schüttelte den Kopf. »Sie hätte ein halbes Jahr in der Isar gelegen. Vielleicht ein Unfall – das sollte wohl ein Trost sein. Aber ich hab kapiert, dass das nur eine freundliche Umschreibung für Selbstmord war.«

»Wurde Ihre Schwester beerdigt?«

»Natürlich, aber wer weiß, um welches Grab ich mich da die vielen Jahre auf dem Ostfriedhof gekümmert habe. Grabnummer hundertsiebenundvierzig. Können Sie das nicht überprüfen und die Haare hier mit denen von der Toten da drin vergleichen?«

»Sie meinen … eine Exhumierung? Das geht nicht so einfach. Ohne Genehmigung eines Staatsanwalts oder Richters.«

»Haben Sie eine Schwester?«

Carina nickte.

»Jünger oder älter als Sie?«

»Jünger.«

»Dann wissen Sie, dass man sich immer um die Kleinere sorgt, egal wie alt sie ist.«

Sie hatte Carina ertappt. So oft sie sich über Wanda ärgerte, fühlte sie sich doch für sie verantwortlich. Jedenfalls plagte sie das schlechte Gewissen, wenn sie es nicht tat. »Soviel ich weiß, ist es schwierig, aus abgeschnittenen Haaren eine DNA zu gewinnen. An ihnen haften meist keine Haarfollikel mehr und damit keine Zellen, wie zum Beispiel an ausgerissenem Haar.«

Frau Salbeck sah aus, als hätte man ihr den Stuhl unter den Füßen weggezogen.

Carina räusperte sich. »Also gut. Ich schlage vor, Sie lassen mir das Haarbüschel hier. Von dem Foto mache ich eine Kopie, gebe beides morgen früh meinem Kollegen von der Pathologie und erkundige mich für Sie nach einer DNA-Analyse, einverstanden?«

Luise Salbeck nickte heftig, schrieb ihre Telefonnummer auf und verabschiedete sich endlich, nachdem Carina in Frau Schauers Büro das Foto kopiert hatte.

»Obduktionsakten von …« Carina rechnete schnell. »Von 1996 bis 97. Wo finde ich die?«, fragte sie die Sekretärin.

»Sie nehmen es aber sehr genau an Ihrem ersten Tag. Ich wollte gerade gehen.« Frau Schauer ließ den Computer herunterfahren und erhob sich.

»Wie hat es Frau Salbeck eigentlich an Ihnen vorbeigeschafft?«

Die Sekretärin zeigte auf die Aktenwand im Nebenzimmer. »Sie sagte, sie hätte nur was abzugeben und wäre schon mal hier gewesen. Glauben Sie mir, Frau Dr. Kyreleis …«

Sie verschränkte die Arme. »Ich arbeite nicht erst seit heute hier, ich kenne …«

Carina schnitt ihr das Wort ab. »Behaupten Sie jetzt nicht, dass sie es jemandem an der Nasenspitze ansehen, wenn er Beweismittel vernichten will.«

Frau Schauer kniff die Augen zusammen und musterte sie, dann ließ sie sie ohne Abschiedsgruß stehen. Beste Freundinnen würden sie wahrscheinlich nicht werden.

Die Akten waren nach Jahrgängen und alphabetisch sortiert. Bei »Sal« für Salbeck lag nur ein Zettel: »Akte entliehen, Dezernat 11«, darunter ein Datum von vor einem Monat. Warum interessierte sich die Münchner Mordkommission unter der Leitung ihres Vaters ausgerechnet für diesen Fall?

12.

München, 30. November 1989

Rosa erwachte und konnte sich nicht spüren, hatte das Gefühl zu schweben. Dann zog ein gleichmäßiges Blinken sie in ihren Körper zurück. Ihr Puls, sie lebte noch. Ein Schlauch führte von ihr zu einer Apparatur neben ihrem Bett. Langsam kam die Erinnerung. Sie tastete nach ihrem dicken Bauch, riss dabei an der Nadel in ihrem Arm und erschrak. Jemand hatte sie aufgeschnitten und das Kind gestohlen, nur ein leeres Nest zurückgelassen. Schmerz überschwemmte sie und tobte durch ihre Eingeweide. Hatten sie ein Messer in ihrem Bauch vergessen? Stimmen, ein Lachen. Sie erkannte ein Fenster mit hellgelben Vorhängen, Bilder an den Wänden und Leute am Nachbarbett, roch Blumen – und auf einmal wieder das Blut. Ihre Schwester Lou hatte sie zu Hause gefunden, das ganze Laken rot. Die Plazenta hatte sich vorzeitig gelöst. Im Notarztwagen war sie zu einem Kaiserschnitt ins Krankenhaus gefahren.

Sie brauchte ein Schmerzmittel, wollte nach der Krankenschwester klingeln, fand stattdessen die Fernbedienung und schaltete den Fernseher ein. Beim Anblick der vertrauten Bilder, die seit drei Wochen in einer Endlosschleife liefen, entspannte sie sich etwas. Szenen vom Mauerfall. Die DDR war Vergangenheit. Nun gab es keine Ausrede mehr, Felix konnte für immer zu ihr kommen.

Seit Beginn ihrer Schwangerschaft hatten sie sich nicht mehr gesehen. Er rief nicht an, er schrieb nicht wie sonst belanglose Postkarten, Treffpunkt und Uhrzeit versteckt unter der Briefmarke. Monat für Monat wartete sie. Ihr Bauch wuchs, und etwas trat von innen, strampelte. Aber dass da wirklich ein Kind heranwuchs, konnte sie nicht glauben. Durch alle Phasen der Wut und des Hasses war sie gegangen. Warum war Felix nicht bei ihr, wenn sie sich die Seele aus dem Leib kotzte? Warum waren sie kein richtiges Paar? Warum liebte sie ihn? Ja, das fragte sie sich am allermeisten. Er verdiente ihre Liebe nicht. Doch sie wusste genau, wenn er in diesem Moment durch die Tür käme, hätte sie alles vergessen. Sie hatte ihn gesucht, gehofft, ihm zufällig zu begegnen, und den Portier im Hotel bestochen. Sogar bei *Lehmann's* manche Abende verbracht, ihrem Kennenlernlokal. Trotz Rauch und Pöbelei der betrunkenen Kerle dort.

Wenigstens Lou hatte sich gefreut, als sie von der Schwangerschaft erfuhr. Sie würden eine richtige Familie sein, hatte sie verkündet. Und Rosa, der in den ersten Wochen nur zum Heulen zumute war, kündigte ihre kleine Wohnung und zog in das alte Zimmer unterm Dach des Restaurants zurück. Während des Mutterschutzes half sie in der Küche und im Service und verbrachte die letzten Tage auf Anraten des Arztes auf dem Sofa. Sie zappte durch die Fernsehprogramme, hoffte Felix inmitten der Menge zu entdecken. Vielleicht stand er oben auf der Mauer und jubelte? Oder saß in einem der Trabis, in die Westberliner Bananen und Orangen reichten?

Die Tür ging auf. Rosas Herz überschlug sich.

Doch es war nur Lou mit einem Paket. »Du bist ja wach.«

Enttäuscht schaltete Rosa um und horchte auf, als sie vom Tod Alfred Herrhauses hörte. Der Chef der Deutschen Bank sei heute Morgen das Opfer eines Bombenanschlags geworden. Terroristen hätten sein gepanzertes Fahrzeug, mit dem er von seinem Haus in Bad Homburg nach Frankfurt gefahren war, durch eine Fernzündung in die Luft gesprengt. Der Neunundfünzigjährige hatte eine Frau und zwei Kinder.

Rosa zuckte zusammen, als ihre Schwester sie mit dem Ellbogen stieß, nur schwer konnte sie sich vom Bildschirm lösen. »Hier, dein Sohn.« Das Geschenk auf Lous Arm bewegte sich, trug eine kleine Mütze, hatte einen Strampler an und ein winziges, blau verfärbtes Gesicht mit zusammengekniffenen Augen.

»Das gibt sich noch«, sagte Lou, als hätte sie Rosas Gedanken gelesen. »Für den Kleinen war der Kaiserschnitt auch eine Strapaze, hat der Arzt gesagt.« In dem Moment öffnete das Kind die Augen. Es waren Felix' Augen. Rosa wandte sich wieder dem Fernseher zu. Der Sender zeigte Bilder vom Tatort. Um kurz nach halb neun erschütterte eine gewaltige Detonation das Bad Homburger Kurviertel. Der gepanzerte Mercedes von Alfred Herrhausen wurde durch die Luft geschleudert und total zertrümmert. Der Vorstandssprecher starb noch im Wagen, sein Fahrer überlebte schwer verletzt. Auf einem Fahrrad sei die Bombe am Straßenrand montiert und per Lichtschranke gezündet worden. Die Leibwächter, die hinter Herrhausen gefahren waren, blieben unverletzt. Das BKA vermutete noch eine weitere Bombe, deshalb konnten sie Herrhausen Leichnam erst nach Stunden bergen.

Fahrrad, Lichtschranke, A.H. Die Zeichnung aus dem Schreibtisch des Staatssekretärs. Seit dem letzten Treffen mit Felix hatte sie nicht mehr daran gedacht. Wie kam eine Zeichnung der Terroristen in die Schreibtischschublade des Innenministeriums? Wenn das Herrhausen-Attentat schon über ein halbes Jahr vorher geplant gewesen war, wieso hatte der Verfassungsschutz – oder wer auch immer sich um die Sicherheit gefährdeter Personen kümmerte – es dann nicht verhindert? Erst als sie sich schon getrennt hatten, bemerkte sie, dass sie Felix die Kopien der Papiere aus der Mappe gar nicht gegeben hatte. Wie immer, wenn sie nicht wusste, wann sie sich wiedersehen würden, sperrte sie die Kopien samt dem zweiten Mikrofilm, den sie ihm ebenfalls verschwiegen hatte, ins Schließfach der Deutschen Bank. Was, wenn sie die Dokumente mit der merkwürdigen Zeichnung jetzt der Polizei zukommen ließ? Was bedeutete es, dass der Staatssekretär des bayerischen Innenministeriums lange vor dem Attentat von den Plänen gewusst hatte?

»Mach endlich den Flimmerkasten aus.« Lou nahm ihr die Fernbedienung aus der Hand und schaltete ab. »Ich habe dir deine Bücher mitgebracht.« Rosa nickte mechanisch. In einem Fach des Rollwagens erkannte sie die zerfledderten Taschenbücher ihrer Jugend. Tschechows Erzählungen waren auch darunter. Lou legte ihr das Kind samt Fläschchen in die Arme. Ihre Schwester ahnte nichts von Rosas heimlicher Tätigkeit, sie dachte, das Kind wäre von einem Russen, den Rosa auf einer Konferenz kennengelernt hatte.

»Ist es nicht ein Wunder?« Lou strich ihr zärtlich über die Wange. Ja, das war es. Der Kleine trank gierig aus dem Fläschchen. Ein Milchfaden lief seitlich aus seinem winzigen Mund.

»Wie soll er überhaupt heißen? Simon oder Thomas wäre doch schön«, schlug sie vor.

»Wegen dem Thomas aus der Berufsschule, in den du verknallt warst?« Rosa lächelte und wollte ihre Schwester umarmen. Doch ein brennender Schmerz von der Kaiserschnittnaht durchfuhr sie. Herrhausen, eingeklemmt im gepanzerten Mercedeswrack. Sie stöhnte auf.

»Lass dir doch was gegen die Schmerzen geben.« Ihre Schwester drückte den Alarmknopf.

Was nützte es den Angehörigen jetzt noch, wenn Rosa die Attentatszeichnung preisgab? Herrhausen war tot, ermordet, von wem auch immer. Und für Rosa begann ein anderes Leben. *Terror* und *Überwachung* würde sie nie mehr stenografieren.

13.

»Den will ich aber zurück, für den Fall, dass mal was ist mit dem Wasser oder dem Gas.«

Sie hatte sich beim Hausmeister als die neue Mieterin aus dem vierten Stock vorgestellt, und er, mit einer dreifarbigen Katze auf dem Arm, hatte ihr widerwillig den Ersatzschlüssel überlassen. Sie versprach ihn so bald wie möglich wiederzubringen und stieg zu ihrer Wohnung hinauf. Fitnesstraining inklusive, hatte der Eigentümer am Telefon gesagt, als er sie auf den fehlenden Aufzug aufmerksam machte. Für Carina war das ein Grund mehr gewesen, sich für die Wohnung zu entscheiden. Im Treppenhaus roch es muffig, so als hätten sich die Gerüche von Eintopf-, Braten- und Sauerkrautgerichten in den Ecken festgesetzt. Ihr gefielen die knarzenden, dunkel lackierten Treppen, das abgegriffene Jugendstilgeländer und die großen Kastenfenster mit den geschwungenen Griffen. Die helle Tür ganz oben wirkte wie eine Speichertür, und von dem kleinen Podest aus, das das Ende des Treppenhauses markierte, hätte man Reden halten können. Mit klopfendem Herzen sperrte sie auf. Dahinter, noch im Dunkeln, lag ihr neues Reich. Außer einem Besen, einer altmodischen Spüle mit zerschlissenen Vorhängen und einem Boiler gab es noch nichts in dem großen Zimmer mit Küche und Bad. Keinen Stuhl, keinen

Schrank. Es war wirklich ein Neuanfang. Ein paar Schamhaare, wahrscheinlich vom Dirigenten-Vormieter klebten im Abfluss der Dusche, und auf dem Waschbecken lag eine leere Shampooflasche. Unter der Kuppel des Zwiebeldaches würde sie ein Bett aufstellen, mit Blick über die Dächer bis zum Gasteigberg. Sie öffnete das Rundbogenfenster und holte tief Luft. So hatte sie es sich vorgestellt. Tief sog sie die laue Nachtluft des Münchner Herbstes ein und verschob das Putzen auf morgen. Dafür war sie heute zu müde. Sie rollte die Isomatte und den Schlafsack aus, fand noch eine Pulversuppe in der Reisetasche und löste sie in heißem Wasser aus dem Boiler auf. Vielleicht sollte sie Sterne in die Kuppel malen, dachte sie und tunkte die restlichen Tortillas in die Suppe. Auf dem *Cerro de la Estrella*, dem Sternenhügel, mitten in Mexiko-Stadt, hatte Lars als Archäologe gearbeitet. Neben riesigen katholischen Eisenkreuzen half er eine Pyramide der Teotihuacan-Kultur auszugraben und baggerte nebenbei seine Assistentin an. Als Carina sich aufregte, behauptete er, da wäre nichts gewesen. Sie glaubte ihm nicht. Zur Versöhnung lud er sie an die Küste am Golf von Mexiko ein. Die berühmten Olmekenköpfe, aus Basalt gehauen, hatte Carina schon immer sehen wollen. Also gab sie nach. Sie verbrachten zwei Tage in Villahermosa, besuchten das dortige Freilichtmuseum *La Venta* und den angrenzenden Zoo. Träge Krokodile, kreischende Tukane, aber auch eine zentralamerikanische Art der Elster bettelten hier um Futter aus dem Automaten. *La urraca* war leuchtend blau und weiß mit abstehenden Kopffedern, einem Bruststreifen wie ein Halsreif und sah eigentlich bayerischer aus als die schwarz-weißen Elstern, die Carina aus München kannte.

Sie zeichnete und studierte die Steinmonumente. 1925 hatte ein Indianerkind einen der dreitausend Jahre alten Monumentalköpfe ausgebuddelt. Drei Meter große Köpfe, wie abgerundete Vierecke, mit ernsten Gesichtszügen; die aufgeworfenen Lippen und breiten Nasen von einem Helm umrahmt. Auf der Rückfahrt war Lars sichtlich erleichtert, dass Carina so begeistert und bereit war, ihm zu verzeihen. Sie liebten sich auf einem Kakteenfeld, übernachteten eng umschlungen im Freien unter dem Sternenhimmel. Am Morgen zupfte sie ihm Kaktusstacheln aus dem Hintern. Wenigstens eine kleine Rache, dachte sie. Ausgelassen und glücklich fuhren sie mit dem Leihwagen zurück in Richtung Mexiko-Stadt. Knapp auf der Hälfte der Strecke musste Lars einem Gürteltier ausweichen, der Wagen kam von der maroden Straße ab und überschlug sich.

Ihr Handy klingelte. Silvia musste morgen wegen ihres Nasenfurunkels zu einer Gewebeprobe ins Krankenhaus.

»Um halb acht. Begleitest du mich? Dann bist du noch rechtzeitig in der Arbeit.«

Carina stimmte zu, ließ sich noch ein paar von Wandas und Sandros Eskapaden erzählen, gähnte, wünschte Silvia eine gute Nacht und legte sich schlafen. Sie hatte gerade begonnen, wegzudämmern, als es erneut klingelte. Lars. Sie stellte das Handy aus. Jetzt war sie hellwach, und ihr Magen knurrte. Dennoch konnte sie sich nicht aufraffen, in ein Restaurant zu gehen; stattdessen schaltete sie das Licht wieder an und zog das Skizzenbuch mit den Olmekenköpfen heraus. Frau Salbecks Kopie des Kinderfotos fiel ihr in die Hände. So pausbackig wie ein Olmeke waren die beiden Mädchen nicht gewesen. Carina skizzierte die Jüngere der beiden, allerdings verlieh sie ihr erwachsene Züge, zog das Gesicht in die Länge, gab ihr ein spitzeres Kinn, eine hohe Stirn, eine lange Nase. Vielleicht sah Frau Salbecks Schwester heute so ähnlich aus. Aber Carina war nicht zufrieden, das Zweidimensionale lag ihr nicht sonderlich. Sie beschloss, morgen Knetmasse zu kaufen und schrieb sie gleich auf die Einkaufsliste. Endlich, nachdem sie den Schlafsack aus einem Kokon in eine Decke verwandelt hatte, konnte sie einschlafen. Doch im Traum kroch der weiche Stoff wieder um ihren Körper, wurde zu einer Blechkarosse und begann zu glühen. Sie klemmte fest und erwachte mit aufgerissenem Mund. Ein Schrei klang ihr in den Ohren. War sie das gewesen? Hoffentlich beschwerte sich nicht gleich ein Nachbar. Wieder hatte sie es im Traum nicht geschafft, sich aus dem brennenden Wrack zu befreien. In Wirklichkeit war sie in letzter Minute entkommen.

Lars hatte zu dem Zeitpunkt längst das Weite gesucht. Später erfuhr sie, dass er nicht Hilfe geholt hatte, wie sie zuerst vermutete, sondern sich einfach nur in der nächsten Kneipe volllaufen ließ. Er hatte sie für tot gehalten.

Dritter Tag

… auch an die wenigen sehr schönen und kalten Frauen, deren Gesichtszüge oft einen raubgierigen Ausdruck annahmen und das trotzige Verlangen zeigten, dem Leben mehr abzuringen, als es zu geben vermag; diese Frauen waren launisch, nicht mehr jung, unklug und herrschsüchtig, und wenn Gurows Leidenschaft sich abkühlte, so erregte ihre Schönheit in ihm nur Hass, und die Spitzen an ihrer Wäsche gemahnten ihn an Fischschuppen.

Aus Anton Tschechow: Die Dame mit dem Hündchen

14.

Müde und zerschlagen rief Carina am nächsten Morgen Frau Schauer an und bat sie, ihrer Chefin auszurichten, dass sie aus familiären Gründen etwas später käme. Am Sendlinger Tor traf sie sich mit ihrer Mutter, die abgehetzt von einer Zwillingsgeburt berichtete. Sie hatte es tatsächlich fertiggebracht, ihre Arbeit einer Kollegin zu überlassen. Aber sie müsste sich beeilen, das zweite Kind lasse noch auf sich warten, und sie habe der Frau versprochen, sie zu begleiten.

Ein Wunder, dass sie ihren Arzttermin nicht abgesagt hatte. Der Pickel musste schon sehr schmerzen. Carina hakte ihre Mutter unter und eilte mit ihr an der roten Matthäuskirche vorbei, die aus den sechziger Jahren stammte – aus der Zeit, als Rosa und Luise Salbeck klein gewesen waren. Bis zur Nussbaumstraße schilderte Silvia ausführlich die Geburt der vergangenen Nacht, samt Familienverhältnissen der Gebärenden und Verwandtschaftsgraden. Carina war froh, dass der Anblick der Steinfiguren über dem Hauptportal, Herkules im Kampf mit der Hydra, ihre Mutter verstummen ließ. Nun musste Silvia sich einmal nur um sich selbst sorgen, keine Schwangere weit und breit, die sie bemuttern konnte, dachte Carina und schob sie gleich neben dem Eingang zu zwei anderen Leuten in einen kleinen Aufzug. Bevor sich die Türen schlossen, rief sie ihr noch zu, dass sie die Treppe nehmen würde. Sie atmete auf, strich über die Kinderfiguren, die den breiten Handlauf zierten, und spurtete zur plastischen Chirurgie hoch. Der Tierarzt rannte fast in sie hinein. Er kam von oben und blieb nach dem Beinahe-Zusammenstoß dicht neben ihr stehen, als wäre vor und hinter der Stufe ein steiler Abgrund. Etwas erwachte in ihr, sie freute sich, ihn zu sehen. Mit den Augen fuhr sie die Linien seines Mundes nach und prägte sie sich ein. Er lachte sie an. Sie hatte das Gefühl, schon wieder rot zu werden.

»Willst du auch zu Frau Bretschneider?«, fragte er. Ach ja, ihr Vater hatte gesagt, dass sie hier operiert worden war.

»Ich dachte, du bist Tierarzt?« Er roch nach Bier, von einem Weißbier zum Frühstück oder einer durchzechten Nacht? Sie wich fast unmerklich zurück, von Alkoholikern hatte sie die Nase voll. Seine Haut wirkte durch die Bartstoppeln dunkler. Hatte er in seinen Klamotten geschlafen, und waren ihm obendrein die berühmten Vertuschungs-Pfefferminzbonbons ausgegangen? Sie machte einen Schritt und noch einen, stand jetzt zwei Stufen weiter oben.

Er berührte sie kurz an der Hand, wie ein Kater, der um die Beine streicht. »Clemens«, stellte er sich vor. »Mit C, genauso wie Carina, oder?«

Er hatte sich ihren Namen gemerkt. Clemens, so hieß der schielende Löwe bei Daktari, ihrer Lieblingsserie als Kind.

»Eva Bretschneider weigert sich, den Hund einschläfern zu lassen«, sagte er. »Aber wer will schon einen Dogo, der einen im Schlaf anfällt und zerfleischt?«

»Du glaubst allen Ernstes, der Hund hat sein Frauchen gebissen und ihr im Blutrausch gleich das halbe Gesicht abgezogen?« Carina lief weiter nach oben. Es wurde Zeit, dass sich jemand für den Hund einsetzte, dachte sie und ließ ihn stehen.

»Frau Kyreleis?« Eine Arzthelferin holte Silvia aus dem Wartezimmer.

»Kannst du …« Ihre Mutter ergriff ihre Hand. Carina erriet ihre Bitte, wollte aber nicht mit zur Untersuchung und dabei einem Kollegen auf die Finger schauen. Da musste Silvia alleine durch.

»Du schaffst das.« Carina löste sich aus der Umklammerung. »Ich warte hier auf dich.«

Wie zu ihrer Hinrichtung ließ sich ihre Mutter ins Sprechzimmer führen.

An einem Kaffeeautomaten entschied sich Carina für Cappuccino spezial, was auch immer so »spezial« daran war.

»Nicht!« Jemand stürzte auf sie zu, um sie zurückzuhalten. Ihr neuer Kollege, Dr. Alexander Herzog. Haarlos, allerdings in weißem, statt in grünem Kittel wie im rechtsmedizinischen Institut. »Schmeckt grässlich«, erklärte er.

Zu spät, sie hatte bereits gedrückt. Ein brauner Becher klappte heraus, und eine lila schimmernde Brühe floss hinein.

»Was nehmen Sie?«, fragte Carina und rührte mit einem Holzstäbchen in ihrem Spezial. Die Farbe veränderte sich nicht, dafür roch es nach geschmolzenem Plastik. Ihr wurde schlecht, sie hielt den Becher von sich weg.

»Kraft der Ruhe.« Herzog wedelte mit zwei Teebeuteln, die er aus seiner Brusttasche zog. »Ich lade Sie ein.« Er drückte auf die Taste für heißes Wasser. »Meine erste Pause in der Frühschicht.« Er ließ die Maschine einen zweiten Becher füllen, reichte Carina den einen und warf ihren Spezial in den Abfall. »Ist ehrlich ungenießbar, hab's schon mehrmals probiert. Eigentlich sollte ich ihn mal in seine Bestandteile zerlegen, aber wer weiß, was dabei herauskommt; womöglich gehört das ganze Ding verboten.«

»Sie machen DNA-Analysen?«, fragte Carina. Auf zwei Drahtstühlen in einem Gang schlürften sie ihren Ruhe-Tee.

Er nickte. »Mein Spezialgebiet, neben der Untersuchung von Gewebeveränderungen, zur Abwechslung an lebenden Patienten. Und Sie? Erzählen Sie mir ein bisschen von Mexiko. Ich wollte auch immer ins Ausland, das war mein Traum. Aber nun bin ich verheiratet und habe fünf Kinder, teile mich zwischen der Klinik und dem Institut.« Sie mussten dauernd die Füße einziehen, weil jemand vorbeiwollte. »Jetzt wissen Sie, warum ich diesen Tee trinke.«

Meinte er wegen den Kindern oder dem morgendlichen Aufruhr hier? Sie beschloss, seine Bemerkung zu ignorieren. »Könnten Sie für mich was untersuchen? Die DNA eines Haarbüschels? Allerdings von abgeschnittenem Haar. Geht das überhaupt?«

»Unter Umständen, die Haare haben zwar keine Kern-DNA mehr, aber wenn noch Zellbestandteile daran haften, vielleicht.«

»Wenn Sie dazu eine Gewebeprobe der Toten kriegen, könnten Sie eine Übereinstimmung finden?«

»Ohne Auftrag kann ich das nicht einfach machen, tut mir leid. Reden Sie mit dem Staatsanwalt oder mit Matte Kyreleis. Sie sind doch seine Tochter?«

Überall eilte ihr der Ruf ihres Vaters voraus. Sie erhob sich. »Danke für den Tee. Ich muss nach meiner Mutter sehen, vielleicht wartet sie schon auf mich.« Sie wollte weg.

Er fixierte sie mit seinen wimpernlosen Augen. Wohl doch keine modische oder praktische Kahlrasur, ihm fehlten auch die Augenbrauen. Gleich würde dieser Gecko die Zunge ausfahren und sie sich einverleiben, dachte Carina.

»Na gut, bringen Sie mir das Material. Was halten Sie von einem ruhigen Abendessen in einem Lokal Ihrer Wahl, und Sie erzählen mir von Mexiko?«

»Was hält Ihre Frau von so einer Einladung?«

»Ach, die ist Überstunden gewohnt.«

»Dann sollten Sie mal schleunigst welche mit ihr zusammen machen«, konterte sie und verabschiedete sich.

Ihre Mutter war noch im Behandlungszimmer. Carina spähte auf die Uhr. Ob sie eine oder eineinhalb Stunden später ins Institut kam, war nun auch schon egal. Also konnte sie genauso gut Eva Bretschneider besuchen. Sie fragte sich durch. Die Frau lag nicht mehr auf der Intensiv, sondern auf der normalen Station. Das Gesicht umwickelt, die verletzte Hand geschient, blinzelte sie wie zum Gruß aus den Sehschlitzen im Verband.

»Wie geht es Ihnen? Ich bin Carina Kyreleis, ich habe Sie …«

Eva hob die gesunde Hand und winkte ab. Mit dem linken Daumen tippte sie **danke** in ein Handy, das griffbereit auf ihrer Bettdecke lag. Wie praktisch das mobile Zeitalter ist, dachte Carina. Falls Eva Rechtshänderin war, hätte sie mit der Linken nur schwer normal schreiben können. Aber selten schnitt sich ein Rechtshänder die rechte Hand auf.

gandhi wars nicht, tippte sie dazu.

»Gandhi. Heißt Ihr Hund so?«

ja. Eva machte eine schnelle Bewegung mit der Hand, als würde ihr jemand die Kehle durchschneiden. Meinte sie den Hund, der eingeschläfert werden sollte, oder sich selbst, die fast gestorben wäre?

kümmern bitte. Sie legte das Handy ab und streckte Carina die Linke hin. Sie nahm sie. Eva drückte und schüttelte ihre Hand, und endlich verstand sie.

»Ich soll beweisen, dass es nicht Gandhi war?«, fragte sie. Ihr fiel der altmodisch wirkende Ring mit dem runden, grün schimmernden Stein auf, den Eva am linken Ringfinger trug. Sie hatte Carinas Blick bemerkt, ließ ihre Hand los und tippte wieder: **hat mein verlobter mir geschenkt, wieder alles gut.**

Carina deutete das als ein Versöhnungszeichen ihres Verlobten. Ein Selbstmordversuch aus Liebeskummer? Doch sie wollte die Schwerverletzte nicht weiter ausquetschen. Sie wünschte Gute Besserung und versprach, sich um Gandhi zu kümmern.

Als ihre Mutter aus der Ambulanz trat, war ihrer Miene nicht anzumerken, welche Diagnose sie erhalten hatte.

»Ich muss erst mal an die frische Luft.« Sie schwieg, bis sie auf der Straße waren. Ein kühler Wind kam auf, und Silvia wickelte sich in ihr breites Schultertuch. Nach ein paar Schritten schwankte sie auf dem Gehsteig und lehnte sich an ein Auto. »Bitte sag es Matte nicht«, flüsterte sie. Auf einmal zitterte sie. Carina umfasste sie, strich ihr über den Rücken und versprach es.

»Es ist ein Tumor, ob gutartig oder nicht, muss sich erst noch rausstellen.«

Erst Frau Salbeck, dann Eva Bretschneider und jetzt ihre Mutter. Aller Versprechen sind drei, dachte Carina.

15.

Ausgerechnet hier war Romeo für einen Job eingeteilt worden. Er wusste nicht, wie er das aushalten sollte. Also fuchtelte er herum, wollte der Stadtverwaltungsangestellten erklären, dass er lieber im Tierheim ausmistete wie schon so oft, oder dass er gern im Bauhof oder an der U-Bahn arbeiten würde, sogar nachts.

Die gummigelockte Blondine zog ihren V-Ausschnitt nach oben, als hätte er zu lange hineingestarrt, und missverstand ihn offenbar. »Keine Angst, Sie machen das nicht allein.« Einen großen Kübel grau-grüner Farbe teilte sie ihm und Sigi zu, einem Schiefgesichtigen, der ständig sabberte und mehr redete als tat.

Hinter dem Kunstpavillon fingen sie an, arbeiteten sich von Laterne zu Laterne bis zum Spielplatz vor. Die Herbstsonne vertrieb einzelne graue Wolken und drängte sich zwischen den noch laubschweren, bunten Bäumen durch. Romeo begann zu schwitzen und zog die Jacke aus.

Sigi klappte seine Sonnengläser herunter, steckte sich eine Selbstgedrehte an, streifte oberflächlich mit dem Schleifpapier über die Masten und plapperte in einer Tour. »Super LCD-Fernseher oder brauchste Plasma, gibt's auch mit Untertitel für Gehörlose. Hören kannst du doch, oder?« Die Zigarette war durch seinen Sabber wieder ausgegangen.

Er warf sie fort, klappte kleine, zusammenhängende Karten wie eine Ziehharmonika auf. Lauter Gegenstände auf ausgedruckten Fotos. Ein MP3-Player mit Ohrstöpseln war nicht dabei, so einen hätte Romeo jetzt gerne gehabt. Mit elektronischer Musik konnte er zwar nicht viel anfangen, er lauschte lieber den Stimmen; aber Sigi nervte. Wer konnte wissen, woher er diese Fernseher hatte? Letztes Mal war es ein Cityroller mit »endgeilem Klingelton« gewesen und ein Außenbordmotor, angeblich alles aus der Garage seines Onkels.

Vielleicht tat Romeo ihm auch unrecht, und es war ein anderer Arbeiter gewesen. Gesichter konnte er sich nicht merken. Eine Windböe erfasste Sigis Leporello und entglitt ihm. Fluchend rannte er dem Papierstreifen hinterher, der wie eine weiße Schlange über die Wiese tanzte. In Zweierreihen durchquerten Kinder den Park. Ein paar lösten sich aus der Gruppe, wollten der Papierschlange nachlaufen. Mit einem Hechtsprung warf sich Sigi auf seine Karten, faltete sie samt Grashalmen schlampig aneinander und stopfte sie in die Brusttasche. Der Wind schob die Wolken zusammen, Aststückchen, Staub und Fichtennadeln flogen in den Farbtopf und gegen die frisch gestrichenen Laternenmasten. Die Sonne verschwand, der Garten tauschte seine Leuchtfarben gegen Grautöne. Aus den Augenwinkeln sah Romeo zwei Frauen, die die Kinder zusammentrieben und zum eingezäunten Spielplatz geleiteten wie zwei Hütehunde die Lämmer. Er klopfte sich mit dem Pinselstiel an die Schläfen, um die ausschlagende Forelle in Schach zu halten, tauchte den Pinsel erneut in die Farbe und versuchte sich auf den Anstrich zu konzentrieren: auf und ab und auf und ab.

»Das kannst du aber gut.« Ein kleines Mädchen mit einer Zahnlücke stand plötzlich neben ihm und strahlte ihn an.

»Marie, komm«, rief die Kindergärtnerin. Er erschrak. Der Pinsel fiel ihm aus der Hand in den Dreck. Das Mädchen rannte davon.

»Bist du bescheuert? Den machst du aber selber sauber.« Sigis Sabber sprühte bis zu ihm, und er stieß ihm so heftig in die Rippen, dass Romeo strauchelte.

Nachdem er im Klohäuschen den Pinsel ausgewaschen hatte, hockte er sich in der Kabine auf den Klodeckel und zog Maries Hand aus der Hosentasche. Ganz langsam und zärtlich, so wie sie es immer gemacht hatte, wenn er in ihrem Schoß weinte, streichelte er sich mit ihrer Hand über den Kopf. Die Forelle verharrte und genoss es. Auf einmal knirschte es, die Spitze des Mittelfingers war abgebrochen und fiel zwischen Kippen, Klopapierresten und anderem Müll zu Boden. Romeo seufzte, bückte sich und suchte im Halbdunkeln danach, hätte fast ein Stück Wiener anstelle des Fingers auf die Hand gepappt. Neben einem Fünfcentstück fand er die Fingerkuppe endlich. Mit Klebeband, das er immer bei sich hatte, hielt es wieder. Nun knisterte es leise, wenn er sich berührte.

»He, du Sau, bist du bald fertig?« Sabbersigi hatte sich hereingeschlichen. »Denkst du dabei an die Stadttussi mit den großen Titten? Hast du schon mal in so richtig dicke Titten gespritzt?«

Unerträglich, der Kerl. Sirenen heulten auf, doch sie verklangen nicht wie sonst die vorbeifahrenden Einsatzwagen auf dem Altstadtring, sondern näherten sich, ohrenbetäubend. Schlagartig verstummten sie. Blaulicht flackerte durch die Luftschlitze im Klohäuschen.

Sigi trat gegen die Tür und brüllte. »Ich hau ab. Wenn du den Bullen was von meinen Bildern erzählst, bist du tot.«

16.

Kaum hatte Carina ihre Mutter zur U-Bahn gebracht, klingelte ihr Handy. Ihre Chefin war dran. Carina rechnete mit einer Zurechtweisung, inzwischen war sie zwei Stunden zu spät. »Leichenfund im Alten Botanischen Garten. Ihr Vater erwartet Sie dort«, sagte Paula Feininger stattdessen.

War das jetzt eine Anweisung mit ihrer Zustimmung? »Um was handelt es sich?«, fragte Carina.

»Kinder haben im Sand was ausgebuddelt.« Ihre Chefin seufzte. »Wir sind hier aber kein Familienbetrieb, Frau Kyreleis. Normalerweise teile *ich* meine Leute ein.« Sie legte auf.

Mit schnellen Schritten durchquerte Carina die Fußgängerzone. Warum sagte Paula Feininger das Matte nicht selbst? Tag drei in München, und schon zerrten ihre Eltern sie hin und her. Voller guter Vorsätze, hatte sie nach dem Unfall in Mexiko den Brief mit dem Stellenangebot herausgekramt und beschlossen, nach München zurückzugehen. Ach, hätte sie doch nie diesen Unfall gehabt, dann wäre alles anders gekommen.

Ebenso mürrisch, wie Paula Feininger am Handy geklungen hatte, stapfte Carina zwischen den Leuten durch und wischte sich mit dem Ärmel den feinen Wassernebel aus dem Gesicht, den der Wind vom großen Stachusbrunnen bis zu ihr wehte. Frau Salbeck kam ihr in den Sinn, die unter Fremden ihre tote Schwester gesehen zu haben glaubte. Beim Warten an der Ampel zum Justizpalast putzte Carina ihre Brille und versuchte ihren Zorn hinunterzuschlucken. Sie beschloss, Matte nach der Salbeck-Akte zu fragen.

Zwischen den vier roten Säulen im Eingangsportal des Alten Botanischen Gartens durch, wo bis 1931 der riesige Glaspalast gestanden hatte, bis ihn die Nationalsozialisten abbrannten, folgte sie dem schnurgeraden Weg unter dem alten Baumbestand. Am Neptunbrunnen bog sie ab und wandte sich in Richtung der blinkenden Polizeifahrzeuge am Ende des Parks. Der Wind blies stärker, wirbelte Zeitungsfetzen und Herbstblätter über die Wiese. Die Kriminaltechniker in weißen Overalls sicherten das umzäunte Spielplatzgelände zusätzlich mit Absperrbändern. Auch zwei Leichenhunde waren im Einsatz. Zwischen einer Wasserpumpe und anderen Spielgeräten schnüffelten sie nach Spuren. Techniker bauten Lampen auf, der Himmel hatte sich stark verdunkelt. Den Spielplatz beherrschte ein Klettergerüst, das sich um eine hohe Eisenstange wand und einem riesigen, roten Spinnennetz ähnelte. Daneben stand ihr Vater wie eine abtrünnige Fliege und telefonierte. Vielleicht sprach er gerade mit ihrer Mutter; falls nicht, dann hoffte sie, dass ihr die passende Ausrede einfiel, wenn er sie nach dem Befund seiner Frau fragte.

Polizist Rüdiger versperrte in seiner ganzen Fülle den Eingang zum Spielplatz und hielt eine Kindergruppe samt Betreuerinnen in Schach. Waren sie als Zeugen oder aus reiner Neugier noch hier?

»Die sollen hier warten, bis sie abgeholt werden. Der Kindergarten liegt auf dem Spielplatzgelände.« Rüdiger zeigte zu einem niedrigen Haus mit bunt bemalten Fensterscheiben. »Matte hat der Staatsanwältin gesagt, er will das … äh, den Leichnam nicht bergen, bevor Sie es … äh, ihn nicht gesehen haben.«

Warum stotterte er so herum? Wenn eines der Kinder den Toten gefunden hatte, brauchte man kein Geheimnis mehr daraus zu machen, dachte Carina.

»Tobias hat das Kind ausgegraben.« Eine der Erzieherinnen schob einen kleinen Jungen nach vorn.

Carina stutzte. »Das Kind?«

Rüdiger seufzte. »Ja, wir nehmen an, dass die Überreste von einem Kind stammen.«

»Aus Ägypten«, meldete sich der Junge zu Wort. »Ganz golden ist es, wie der Tutanchamun, und ich hab's gefunden.« Er strahlte Carina an. »Aber Elena hat alles verraten.« Er stieß das Mädchen hinter sich mit dem Ellbogen an.

»Tobias stinkt, Tobias stinkt«, rief es zurück. Die Kinder stoben kreischend auseinander.

Rüdiger hob das Absperrband, um Carina durchzulassen. Er flüsterte ihr zu: »Matte ist sehr stolz, dass seine Tochter Knochenexpertin ist. Während Sie in Mexiko waren, hat er jedem im Präsidium von Ihrem Erfolg mit dem vermissten Kind erzählt.«

Woher wusste ihr Vater von der skelettierten Kinderleiche aus dem Kamin, die sie rekonstruiert hatte? In Mexiko-Stadt war es eine Schlagzeile wert gewesen, aber nicht auf der Titelseite und nicht in den internationalen Medien. Wie hatte sie nur glauben können, er hätte aufgegeben? Bestimmt ließ ihr Vater sie weiterhin durch seine Kanäle überwachen. Wahrscheinlich tat er das auch noch, wenn sie siebzig war und er fünfundneunzig. Genau deshalb hatte er auch nicht gefragt, wie es ihr in den zwei Jahren ergangen war. Er wusste bereits alles.

Es fing zu regnen an. Mit einigen Mühen breitete die Spurensicherung eine große Plane über das Klettergerüst und verwandelte es in ein riesiges, weißes Zelt. Carina atmete tief durch. Ohne diese Plane wäre es leichter für sie gewesen, in das Loch unter dem Spinnennetz zu kriechen. Plötzlich fiel ihr etwas ein. Ob ihr Vater auch von dem Autounfall wusste?

»Na, endlich.« Matte, im weißen Schutzanzug, kam ihr entgegen, an seiner Nase hingen Tropfen. Inzwischen wehte der Regen wie ein dichter Vorhang herab. »Ein Kind im Sand. Ich hoffe, du kannst uns bei der Identifizierung helfen und feststellen, wie lange es schon da liegt.«

Sie antwortete nicht. Jetzt war nicht der Zeitpunkt, ihm die Meinung zu sagen, aber der würde kommen. Der Regen prasselte auf die Plane, lief in Bächen herab und weichte den Sand auf. Sie musste sich beeilen, bevor der Leichnam umspült wurde. »Ihm fehlt eine Hand.« Matte reichte ihr frische Schutzkleidung und einen Tatortkoffer der Spurensicherung.

»Ihm?« Carina schlüpfte in den Overall und die Überschuhe.

»Na ja, dem Kind. Ob Junge oder Mädchen, sollst du uns sagen. Die Hunde haben bisher nichts gefunden. Wenn es kein Tierfraß war, müssen wir den ganzen Sand umgraben, womöglich Korn für Korn durchsieben, bis dahinten zu dem Labyrinth.« Er zog den Reißverschluss weiter hoch und wischte sich über die Nase, die aus der Kapuze ragte. »Heute wird das vermutlich nichts mehr, bald ist alles unter Wasser.«

Carina wartete, bis die Spurensicherung die Lampen eingeschaltet hatte und die Plane von innen ausleuchtete. Sie bückte sich, um darunterzukriechen.

Matte berührte sie am Arm und neigte sich zu ihr. »Deine Chefin war hoffentlich einverstanden?«

Sie sah an ihm vorbei in den Himmel, dann schloss sie die Augen. Der Regen kitzelte ihr Gesicht. Möge Tlaloc, der aztekische Regengott, oder irgendein anderer dort oben, zur Not auch das Münchner Kindl, ihrem Vater ein anderes Hobby als seine älteste Tochter schicken. »Kannst du mich allein lassen und dafür sorgen, dass ich ein paar Minuten ungestört bin?« Wie für einen Tauchgang holte sie Luft und schlüpfte dann unter den roten Seilen durch.

Unter der Plane war es nicht so eng, wie sie vermutet hatte. Eine fast ausladende Breite empfing sie, und in der Mitte, bei der Eisenstange, waren bestimmt drei Meter Platz nach oben. Eine große Schwitzhütte, im wahrsten Sinn, dachte Carina und wischte sich mit dem Handschuh den Schweiß von der Stirn. Ein Wigwam, auf das der Regen trommelte. Sie hockte sich vor das Sandgrab, wartete, bis ihr Puls sich beruhigte und starrte auf den Leichnam in seinem Deckennest, konzentrierte sich, bis sie die Körperhaltung, jede Faser und jedes Sandkorn verinnerlicht hatte. Die Bilder konnte sie später wieder abrufen, fast als würde sie darüberschweben und alles aus Elsterperspektive betrachten.

Tobias hatte Recht gehabt. Bis auf den Schädel, der vollkommen skelettiert war, glitzerte der Leichnam und warf das Licht der Lampen zurück. Vom Hals abwärts war der schmächtige Körper in Folie gewickelt, die Beine fest zusammengepresst, die Arme extra verpackt. Die Halswirbel lagen wie Spielsteine frei zwischen Schädel und Schultern, und der rechte Arm endete in einem Stumpf.

17.

Es schüttete. Das T-Shirt klebte ihm auf der Haut, Wasser lief ihm in die Schuhe. Vom Laternenmast troff die Farbe, durchsichtig fast, doch er strich weiter. Auf und ab. Die Forelle schlug mit den Flossen und hüpfte, als suchte sie ein Schlupfloch hinaus in den Regen. Immer wieder klopfte er sich mit dem Pinselstiel an die Schläfen.

Sie haben sie gefunden, nun nehmen sie sie dir ganz – und für immer aus deiner Erinnerung.

Warum brauchte die Kapuzenfrau, die zu Marie unters Spinnennetz geschlüpft war, so lange? Was machte sie mit ihr? Die Kindergruppe war endlich verschwunden. Und auch er hielt es nicht mehr aus. Vor dem Eingang zum Spielplatz schwenkte er den Farbkübel und den Pinsel, zeigte so dem pferdeschwänzigen Polizisten, der Wache stand, dass er auch die Laternen im Spielplatz streichen musste.

»Junger Mann, geh nach Hause. Die Farbe trocknet dir heute sowieso nicht mehr.« Unter der weit ins Gesicht gezogenen, tropfenden Schirmmütze lugte nur der von Bartstoppeln umkränzte Mund heraus. Romeo ließ sich nicht abwimmeln, stellte den Farbkübel ab, vergrub seine Hände in den Hosentaschen und beobachtete das Geschehen, als stünde er bei Sonnenschein am Strand und genösse die Aussicht. Zu viert hoben sie Marie umständlich aus dem

Sandbett, um sie in den Sarg zu legen, den zwei Bestatter gebracht hatten.

Seine Hand umkrampfte die ihre in der Tasche, als beim Anheben die karierte Decke aufklappte und einen Totenschädel entblößte. Was war das? Wen hatten sie da gegen seine Liebste getauscht? Plötzlich begriff er, was unter der Plane geschehen war.

Er zerquetschte Maries Hand zu einem bröseligen Klumpen.

18.

Nachdem die Überreste geborgen und die Bestatter unterwegs in die Rechtsmedizin waren, verließ Carina das Spielplatzgelände. Es nieselte nur mehr. Bei jedem Schritt knirschte der Sand in ihren Schuhen. Im Klohäuschen zog sie die Handschuhe aus und nahm die Kapuze ab. Das Waschbecken neben der Tür war voller dunkler Spritzer. Sollte sie die Spurensicherung rufen? Sie drückte den Lichtschalter. Was im Dämmerlicht wie Blut ausgesehen hatte, war dunkelgraue Farbe, und ihr fiel ein, dass jemand die Laternen gestrichen hatte, als sie angekommen war. Derjenige hatte bestimmt auch längst das Weite gesucht, bei dem Wetter hielt keine Farbe. Sie spülte sich die Sandkörner von Nase und Brille, die sie vorhin mit dem schmutzigen Handschuh hochgeschoben hatte, und dachte an ihre Mutter, die vielleicht Krebs hatte. Was, wenn Silvia ihre Nase teilweise oder ganz verlor? Ein Plattenepithelkarzinom konnte bis zur Lunge streuen. Sie zuckte zusammen, als jemand sie ansprach.

»Und, weißt du schon was?« Matte stand in der Tür.

Hastig legte sie sich eine Ausrede zurecht. Am besten sagte sie, sie hätte Silvia nur begleitet, nichts erfahren und war bei Eva Bretschneider gewesen.

»Die Todesursache?«, fuhr er fort.

Klar, wie hatte sie nur denken können, er, ganz Kriminaler, könnte sich für seine Frau interessieren.

»Der Schädel ist intakt, das Zungenbein gebrochen, was aber auch nach dem Tod passiert sein kann. Unter die Folie schaue ich erst im Institut.«

»Mädchen oder Junge? Und kannst du sagen, wie alt das Kind war?«

»Kein Kind.« Carina beugte sich tiefer übers Waschbecken. Sie hatte sich Sand ins Auge gerieben, spülte es mit Wasser aus.

»Was?« Matte stieg aus seinem Overall und knüllte ihn zusammen. Wo war sie hin, seine legendäre Geduld? Ein neuer Zug ihres Vaters kam da ans Licht, und sie blickte neugierig auf.

»Wie lange liegt es denn schon da, Kind oder Zwerg oder sonst was?« Er knüllte den Overall zusammen. Zu ihm sprach der Leichnam anscheinend nicht, selbst wenn er Ewigkeiten wartete. Ihr Vater brauchte *sie*, um etwas zu erfahren. Gleich würde Haschpapi im Quadrat springen, dachte sie und verkniff sich ein Grinsen. Umständlich stocherte sie in dem Kasten für Papierhandtücher herum, zog endlich das letzte, das sich seitlich verkeilt hatte, heraus. »Durch die Mumifizierung wirkt es so, als wäre der Leichnam kleiner. Die Knochen schrumpfen aber nicht«, sagte sie, faltete das Papierhandtuch auf, wie um darin zu lesen, trocknete sich ausführlich Gesicht und jeden Finger einzeln ab. »Die Stirn, die Zähne, die Augenbrauenwülste, die Kopfform insgesamt zeigen, dass das kein Kind mehr war. Wahrscheinlich eine junge Frau, aber Genaueres sage ich dir später.«

»Richte deiner Chefin aus, dass es eilt«, rief er, schon aus ihrem Blickfeld verschwunden.

Paula Feininger erwartete Carina zusammen mit Dr. Herzog im Seziersaal. Wie ein zweiter Stahltisch stand die Professorin raumfüllend im riesigen Kittel neben der immer noch in Folie verpackten Leiche. In den süßlich-herben Leichengeruch mischte sich der Dunst von Frittiertem. Obwohl Carina Pommes nicht besonders mochte, knurrte ihr der Magen. Außer einer Butterbreze am frühen Morgen hatte sie noch nichts gegessen. Sie sah sich nach der Geruchsquelle um. Einbildung, hier wurde nichts gegessen oder gekocht.

»Schließen Sie die Tür, Frau Kyreleis, und konzentrieren Sie sich«, befahl Feininger, barsch wie gestern. Fettglänzende Wangen und Fleischreste zwischen den Zähnen zeigten, dass sie ihr Mittagessen bereits hinter sich hatte. »Los, fangen Sie mit der äußeren Leichenschau an.«

Hatte es kein Dessert gegeben, oder litt die Professorin immer noch an Unterzuckerung? Aus dem Glasschrank nahm Carina ein Paar schnittfeste Handschuhe, schlüpfte hinein, stülpte eine Schutzbrille über ihre eigene Brille und hängte sich die Plastikschürze um.

Sie fühlte sich wie bei einer Prüfung – jetzt nur nichts Falsches sagen, sonst wurde sie nach Hause geschickt. In die karge Wohnung in Haidhausen oder gleich nach Mexiko zurück? Warum war die Professorin ihr so feindlich gesinnt, schließlich hatte sie sie doch hier im Institut haben wollen. Hatte es was mit ihrem Vater zu tun? Dann sollte sie ihn lieber außen vor lassen. Sie versuchte auszublenden, dass auch hier jeder ihrer Schritte überwacht wurde, schaltete das Diktiergerät ein, das über dem Tisch hing und sprach ihre Beobachtungen darauf. »Auf Grund des trockenen, teils belüfteten Sandes auf dem Spielplatz ist der Körper der Leiche mumifiziert. Der Schädel ist gewebefrei, die rechte Hand ist abgetrennt. Mein … also äh, die Kriminalpolizei vermutet, dass es ein Tier, ein Hund vielleicht, gewesen sein könnte, das die Hand abgebissen hat. Sie wurde bisher nicht gefunden.«

»Wir verzichten auf die Spekulationen des Kommissars«, unterbrach die Chefin. »Hier arbeiten wir mit Fakten, Frau Kyreleis.«

»Tatsächlich findet man postmortalen Tierfraß, Nagespuren an den Schläfen und den Augenbrauenwülsten. Aber es gibt auch Schabspuren, die bis ins Mark gedrungen sind, dunkle Kratzer an Kinn und Kiefer. Sie könnten von einem Werkzeug stammen.«

»Wie kommen Sie darauf?« Feininger trat neben sie. Ihre grauen Locken umwehte Frittengeruch, und auf der mächtigen Brust klebte Ketchup.

Carina zeigte ihr die hellen Spuren auf der Stirn des Opfers, dann die fast schwarzen, gleichmäßig nebeneinander gesetzten Kerben am Kiefer.

Feininger musterte die Flecken, und auch Dr. Herzog beugte sich darüber. »Können die Schäden von der Bergung stammen?«, fragte er.

»Die Bergung lag doch in Ihrer Verantwortung?« Die Chefin fixierte sie.

»Nein, dann wären die Kerben weiß und nicht schwarz verfärbt von der Verwitterung.« Sie war zwar an einem roten Seilstück des Klettergerüsts hängen geblieben und gestolpert, als sie den Bestattern geholfen hatte, den Leichnam auf die Bahre zu legen, doch sie hatte nichts beschädigt. Hier schwelte irgendetwas, das nichts mit diesem Fall zu tun hatte, aber solange Feininger nicht äußerte, was sie an Carina störte, würde sie die Chefin beim Wort nehmen und keine Vermutungen anstellen. Sie machte weiter, als diktierte sie für sich allein, hob den Schädel leicht an und tastete ihn ab. »Der Hinterkopf ist im Verhältnis zum Gesicht größer. Das feine Relief der Knochen, das schwach ausgeprägte Profil, die steile Stirn, kleine Warzenfortsätze hinter den Ohren, Jochbein, Schläfen und Hinterhauptsfläche, alles deutet auf eine Frau hin.« Wo sich einst die Nase befunden hatte, sah man nur noch die Nasenhöhle. Schnell verdrängte sie den Gedanken an ihre Mutter und konzentrierte sich wieder auf die Tote. Die Nachbildung der Nase war bei einer Gesichtsrekonstruktion immer der schwierigste Teil, weil die Nase hauptsächlich aus Knorpeln und Weichgewebe besteht, und das fehlte an einem Schädel. »Im Kiefer sind Anlagen von Weisheitszähnen zu erkennen, sie war also kein Kind mehr. Auch die großen Schneidezähne und die kleinen Eckzähne im Vergleich zum Gaumenbogen zeigen, dass sie bereits eine junge Frau gewesen sein muss.« Carina betrachtete die Schneidezähne unter der Lupe, sie waren an den Kanten abgenutzt, wie es eigentlich sonst nur bei alten Leuten der Fall war.

»Fassen wir zusammen.« Die Professorin schabte sich mit den Handschuhen über den verspannten Nacken. »Der Täter wollte die Leiche beseitigen und zerstückeln, was ihm nicht gelungen ist. Stattdessen hat er ihr das Gesicht weggeätzt oder verbrannt, um eine Identifizierung zu erschweren.« Feininger beugte sich wieder vor und schnupperte am oberen Folienende, das sich wie ein Rollkragen um den Schädel schloss. »Nach was riecht das?«

Carina sog den Geruch ein und musste sofort an ihren Kulturbeutel denken, in dem noch Cremes aus Deutschland von vor zwei Jahren lagen. »Ranzig«, stellte sie fest. »Ein bisschen wie abgelaufene Hautcreme.«

»Kein Wunder«, Feininger nickte zustimmend. »Hätte die Leiche gestunken, wäre sie früher auf dem Spielplatz gefunden worden.«

Sie wandten sich dem Armstumpf zu. Auch hier war die Folie gleichmäßig abgeschnitten. Carina untersuchte die Wundränder, aus der die Knochen ragten. »Traumatische Amputation. Die Spuren an Speiche und Elle zeigen, dass die Hand abgesägt, nicht wie es ein Fuchs oder anderes Tier tun würde, abgebissen oder aus dem Gelenk gedreht wurde.« Sie betrachtete die Schnittflächen unter der Lupe. »Ähnlich wie die Schabespuren am Kinn sieht es hier nach einem scharfen Werkzeug aus, das mehrmals angesetzt wurde, bis die Abtrennung gelungen ist. Das müsste ich mir unterm Mikroskop ansehen.« Mit der Pinzette zog sie kleine vertrocknete Klümpchen aus dem Armstumpf und hielt sie gegen das Licht. »Fliegeneier. Der Fundort ist nicht der Tatort, oder das Grab wurde nochmal geöffnet und wieder verschlossen.«

»Was ja bei einem Sandkasten im Spielplatz durchaus möglich ist.« Die Professorin lehnte sich an einen Schrank, dessen Inhalt klirrend rebellierte. »Aber Kinder würden die Leiche doch ganz ausbuddeln, wenn sie sie entdeckt hätten.«

»Und wir fänden Insekten in verschiedenen Stadien«, erklärte Carina. »Es sei denn, sie wurde im Winter vergraben.«

Feininger kniff die Augen zusammen, bis sie fast in ihrer Haut verschwanden. »Ich habe in forensischer Entomologie dissertiert.«

Carina biss sich auf die Lippen. Sie wusste zwar, dass die Professorin in zahlreichen Gremien und Gesellschaften tätig war, aber dass Insektenkunde ihr Fachgebiet war, hatte sie nicht registriert.

Die Chefin stieß sich vom Schrank ab; Carina glaubte schon, sie würde sich auf sie stürzen und sie zermalmen, doch sie griff nur zum Scherentablett. »Das Zeug muss weg.«

Stück für Stück, als würden sie große Mengen Klebeband abziehen, entfernten sie die Folie. Dr. Herzog legte die Streifen in Tüten, die er später nach Fasern, Haaren oder anderer Täter-DNA untersuchen würde. Es war eine anstrengende Prozedur, die sie trotz der Kühle im Saal ins Schwitzen brachte. Die vielen Schichten hauchdünner Frischhaltefolie waren fest zu einer verschmolzen. Hautpartikel klebten daran. An manchen Stellen nässte es noch, und wo der tote Körper aufbrach, stank es faulig. Carina hatte sich mit den Jahren an den Leichengeruch gewöhnt und nahm ihn nur noch am Rande wahr, so als beträte sie ein überheiztes Zimmer voller Leute. Doch wenn wie jetzt der Verwesungsgestank überraschend den Essensgeruch der Chefin verdrängte, musste auch Carina hastig schlucken. Die ledrig braune Haut war haarlos. Busen und Geschlechtsteil eingetrocknet. Sie entdeckten keinen Schmuck, kein Piercing, kein Tattoo, das bei der Identifizierung helfen würde. Auch keine Narben. Mit Hilfe von Dr. Herzog maß Carina den Leichnam von den Füßen bis zum Scheitelpunkt. »Ein Meter vierundfünfzig.«

Die Professorin war zurückgewichen, lehnte sich wieder an den Schrank. Zuerst glaubte Carina, sie hätte ihr nur Platz gemacht, damit sie die Spanne der Arme und die Länge der Beine ausrechnen konnte. Doch dann hörte sie sie keuchen. »Was ist mit Ihnen?« Carina wandte sich um.

»Geht schon.« Die Chefin drückte sich den Busen zusammen, massierte ihr Herz. »Es ist nur ... das erinnert mich ... meine ... Egal.« Sie richtete sich wieder auf. »Röntgen Sie die Tote, ich bin gleich zurück.« Stark schnaufend wankte sie hinaus.

Das Schlüsselbein, das Becken, die Oberschenkelknochen und die Verknöcherung der linken Hand auf den Röntgenbildern bestätigten, dass es sich um eine junge Frau handelte. Ganz schwach waren noch Wachstumsfugen vorhanden, die bei Erwachsenen nur mehr als feine Linien zu erkennen gewesen wären. Etwas anderes, weiter oben, zeigte sich im Schwarz-Weiß des Röntgenbildes. Carina besprach sich mit Dr. Herzog. Das Zungenbein, das lose wie die anderen Halswirbel zwischen Schädel und Schultergürtel gelegen hatte, war zertrümmert. Wenn sich bei der Öffnung des Brust- und Bauchraumes keine weiteren Spuren fanden, war die Jugendliche demnach erwürgt worden, und zwar mit großer Kraft. Sollten sie angesichts dieser Erkenntnisse allein mit der Sektion fortfahren? Wo blieb Feininger nur? Als sie mit der Leiche zurück in den Seziersaal rollten, beschloss Dr. Herzog, nach der Chefin zu suchen. Er ging hinaus.

Wie hieß die Tote, fragte sich Carina, wer vermisste sie? Vorsichtig öffnete sie die zu einer Faust verkrampften Finger der verbliebenen Hand. Nur noch eine Fingerbeere, der Daumen, war vollständig vorhanden. Er hatte sich unter den anderen verborgen. Sie löste mit dem Skalpell die schwarz verschrumpelte Kuppe und stülpte sie sich wie einen Fingerhut auf den eigenen behandschuhten Daumen. Wenn man die Fingerbeere einweichte, würde sie aufquellen, und man konnte einen brauchbaren Fingerabdruck gewinnen. Sie suchte in den Schränken nach Glycerin.

Käseweiß und leicht schwankend betrat die Professorin auf Dr. Herzog gestützt den Raum, wandte sich kommentarlos den Röntgenbildern zu und nickte. »Eines sage ich Ihnen gleich, Frau Kyreleis …«

Carinas Puls begann zu rasen. Was hatte sie falsch gemacht? Ohne Anweisung den Finger einer ohnehin Verstümmelten abgeschnitten? Zu spät, da musste sie nun durch.

Feininger holte Luft. »Ich habe nicht vor, in Pension zu gehen, vorerst jedenfalls noch nicht. Falls Sie es darauf abgesehen haben. Auch wenn Ihr Lebenslauf für zwei reicht. Kommen Sie mit.« Herzog verdrehte hinter ihrem breiten Rücken die Augen und schenkte Carina ein gequältes Lächeln. Die Professorin löste sich von ihm, straffte ihren Kittel und stapfte voraus, die Treppe hinunter.

Jetzt war es so weit. Carina wurde gefeuert, hatte nicht einmal Zeit, ihre Tasche zu holen. Was konnte sie zu ihrer Verteidigung vorbringen? Sie eilte der Chefin hinterher, an der Haustür vorbei, weiter in den Keller.

Feiningers Keuchen wies ihr den Weg. »Mein Physiotherapeut … hat mir … geraten, so oft … wie möglich … die Treppe zu nehmen.« Sie kamen in dem langen mit Rohren verhängten Gang unter dem Institut an. »Wenn ich dann … mit einem Herzinfarkt hier unten … liege, ist es seine Schuld.« Sie stützte sich auf die Oberschenkel, bis sie wieder zu Atem gekommen war.

»Ich muss sagen, Matthias Kyreleis hat mir nicht zu viel vorgeschwärmt, als er mir vorschlug, eine Stelle für eine Knochenexpertin einzurichten.«

Was? Carina stockte der Atem. Dann hatte ihr Vater das arrangiert? Am Ende hatte er sogar noch das Unfallauto manipuliert, weil sie den Brief mit dem Stellenangebot ignorierte. Sie konnte es nicht fassen. »Heißt das, Sie haben gar keine Spezialistin im Team gesucht, sondern nur meinem Vater einen Gefallen getan?«

Feininger öffnete eine Tür und knipste die Lampen an. »Schon beeindruckend, das mit der Tochter des Bürgermeisters. Ihr Vater hat den Zeitungsausschnitt sogar übersetzen lassen.« Mit einem Schwung ihres Bauches schob sie einen Rolltisch an die Wand, verrückte Stühle und hob eine Haube von einem Flachbildschirm. »So.« Sie wischte sich mit dem Kittelärmel die Stirn. »Der Computer ist neu, die anderen Gerätschaften stammen aus dem Altbau. Nebenan, den alten Röntgenraum, können Sie auch benutzen. Richten Sie sich hier ein, wie Sie mögen. Und was Sie nicht brauchen, schmeißen Sie raus. Nusser hilft Ihnen bestimmt. Dann rekonstruieren Sie das Gesicht. Selbst wenn wir die Tote über den Zahnstatus identifizieren, müssen wir wissen, wie sie ausgesehen hat. Außerdem können wir sie den Angehörigen so nicht präsentieren.« Zum ersten Mal berührte sie Carinas Hand. »Willkommen im Team. Bringen Sie das wieder nach oben.« Sie deutete auf die Fingerbeere, die noch immer am Daumen über Carinas Handschuh hing. »Ich wünschte, mein Vater hätte sich so für mich ins Zeug gelegt.«

Carina wusste nicht, was sie sagen sollte. Ein eigener Arbeitsraum. Der erste Auftrag für eine Gesichtsrekonstruktion. »Unter einer Bedingung«, rief sie ihrer Chefin hinterher, als sie aus ihrer Starre erwachte. Die Professorin blieb stehen und seufzte. »Was denn noch?«

»Ich will vorher keine Fotos vermisster Mädchen sehen, erst nach der Rekonstruktion.«

»Paula?« Ein junger Mann sprang mehrere Stufen auf einmal nehmend die Treppe herunter.

»Ihr Sohn?«, fragte Carina.

»Äh, nein.« Plötzlich schien die Professorin verlegen. »Mein Physiotherapeut, Friedrich Hickl.« Ihr Gesicht hatte rote Flecken bekommen. »Dann haben wir vorerst ja alles. Beenden Sie mit Dr. Herzog die Leichenöffnung, ich bin … in meinem Büro.« Hickl begann schon mit seiner Arbeit und kraulte Feininger den Rücken, die leise gurrte, als sie im Aufzug verschwanden.

19.

»Das mit der Nachfolge muss sich hier jeder ab und zu mal anhören«, sagte Herzog, schraubte hastig einen Flachmann zu und ließ ihn in seiner Kitteltasche verschwinden, als Carina in den Seziersaal zurückkehrte. »Torschlusspanik kurz vor der Pension. Nur bei mir weiß sie, dass ich eher in die Chirurgie wechseln würde.«

»Was war mit der Chefin vorhin, ein Schwächeanfall?«, fragte Carina und asservierte die Fingerbeere in einer Tüte.

»Ihre Schwester starb als junges Mädchen, aber Genaueres weiß ich nicht, nur Gerüchte.«

Die Schwester, dachte Carina, das untrennbare Band, selbst im Tod noch. Sie griff zum großen Parenchymmesser, schnitt die Leiche vom Hals bis zur Hüfte auf und klappte die mumifizierte Haut vorsichtig auseinander. Wie zu erwarten, waren die inneren Organe vertrocknet. Die Gedärme glichen einer dünnen Perlenschnur, und der Rest eines Eierstocks bestätigte endgültig, dass es sich um eine junge Frau handelte. Herzog durchtrennte die Rippen, dann das Brustbein und entnahm das Herz, das nur noch so groß wie eine Kirsche war. Es wog achtzig Gramm. Er notierte das Gewicht auf der Tafel. »Was war mit der mexikanischen Kinderleiche im Kamin, erzählen Sie mal«, forderte er sie auf.

»In Tepoztlán, einer Stadt südlich von Mexiko-City, mit einer auf zweitausend Metern liegenden aztekischen Pyramide, hat ein Ofensetzer den kleinen, rußgeschwärzten Leichnam gefunden. Er wollte den Kachelofen in einem Abrisshaus abbauen, und der Körper versperrte den Abzug. Vermutlich hat sich das Mädchen beim Spielen im Kamin versteckt. Ich habe das Gesicht rekonstruiert. Meine Skulptur glich der dreijährigen Tochter des Bürgermeisters, die seit einem Jahr vermisst wurde. Man hatte an Entführung geglaubt und vermutet, die Drogenmafia würde dahinterstecken, dabei war es ein Unfall, wie die Obduktion ergab. Inés, so hieß das Mädchen, hatte das vordere Gummiteil ihres Schnullers abgebissen und verschluckt. Ihr Kehldeckel war verschlossen, sie ist erstickt.«

Herzog war der Erste, dem sie davon erzählte. »Gibt's die Skulptur noch irgendwo?«

Carina schüttelte den Kopf. »Ich rekonstruiere auf dem Originalschädel, fotografiere den Kopf und zerstöre ihn dann wieder. Aber der Bürgermeister hat sie am *Día de los Muertos*, am Tag der Toten, bei uns Allerheiligen, ausgestellt, so kam das Ganze dann auch in die Zeitung. An dem Tag wird den Ahnen der Weg vom Friedhof zu den Häusern der Verwandten bereitet. Ringelblumen werden gestreut und Laternen aufgestellt, man backt Anisbrot und verziert es mit Totensymbolen. Es gibt Totenköpfe aus Zucker und allerlei Skelettspielzeug für die Kinder; in Mexiko ist das ein Volksfest.« Sie schwieg, als ihr der Schmerz von ganz Tepoztlán in den Sinn kam. Wie bei einer Prozession waren die Einheimischen zu der Rekonstruktion gepilgert und hatten bei ihrem Anblick geweint. Seither hieß Carina nur noch *la urraca*, weil sie die Seele der kleinen Inés ans Licht gebracht hatte. All dies verschloss Carina lieber in sich, das musste sie keinem erzählen. Sie konzentrierte sich wieder auf die Spielplatztote.

Die Leichenöffnung bestätigte die Todesursache. Die junge Frau war erwürgt worden. Herzog verabschiedete sich gegen dreizehn Uhr zu seiner Nachmittagsschicht in die Poliklinik, und Carinas Gedanken schweiften zu ihrem neuen Arbeitsraum. Sie freute sich darauf. Eine eigene Werkstatt. Ein bisschen fühlte es sich an, als hätte sie von der Kunstakademie ein Atelier zugeteilt bekommen. Auch wenn Feininger sie vielleicht nur abschieben wollte, durfte sie nun tun, was sie wollte, in Ruhe und allein.

Beim Büro der Chefin blieb sie stehen. Ein Stöhnen drang durch die Tür. Machte die Erinnerung an ihre tote Schwester ihr so sehr zu schaffen? Carina klopfte und trat ein. Bei dem, was sie sah, wäre ihr fast der Schädel unterm Arm weggerutscht. Zwei ineinander verschlungene Körper, ein haariger, drahtiger presste sich in einen massigen, weißen. Hickl und Feininger. Leise zog Carina die Tür wieder zu, doch in letzter Sekunde traf sie ein Blick aus Paulas halbgeöffneten Lidern.

Willkommen, Elster, in deinem Totenreich, dachte Carina und skizzierte schnell das eben Gesehene, verbannte damit das Bild aus ihrem Kopf aufs Papier. Die Professorin und ihr Physiotherapeut. Dann begutachtete sie den Raum. Überall standen alte Geräte herum, ein Plastikskelett, ein Kartenständer. Das musste alles weg und stattdessen ein

Schreibtisch in die Mitte – sie brauchte Platz, damit sie um die Skulptur herumgehen konnte. Und sie musste sofort mit der Rekonstruktion beginnen. Die hatte Vorrang. Erst in den nächsten Tagen würde sie hier ausräumen. Sie brühte sich einen Pulverkaffee auf und bestellte bei einer Firma einen Satz Glasaugen, sechs Stück in einer Schachtel zur Auswahl. Danach suchte sie im Internet die Telefonnummer des Münchner Tiernotrufs heraus, wählte und fragte nach Clemens. Der Drang, ihn anzurufen, hatte nichts mit der erotischen Skizze zu tun, an der sie weiterkritzelte, bis sie verbunden wurde, redete sie sich ein. Sie wollte ihn rein beruflich wiedersehen. Auch wenn das Lindenblatt, das ihm aus den Haaren gefallen war, inzwischen hinten im Skizzenbuch klebte.

Die Frau in der Leitung kannte keinen Clemens.

Carina stutzte. Seinen Nachnamen wusste sie nicht. Wer hatte ihn eigentlich bei Eva Bretschneiders Wohnung verständigt? Sie konnte natürlich ihren Vater fragen, aber was wurde dann aus ihrem neuen, unabhängigen Leben? Nein, es musste auch so gehen. »Die Polizei hat ihn zu einem Tatort gerufen, bei einer Schwerverletzten war ein Hund eingesperrt«, erklärte Carina.

»Ach so, das ist was anderes. Da sind Sie hier falsch. Wir helfen verletzten, in Not geratenen Tieren. Versuchen Sie es beim Veterinäramt.« Die Frau gab ihr die Nummer. Dort wiederholte Carina ihr Anliegen und wurde mit einem Dr. Schäfer verbunden.

»Ja?« Er klang reserviert.

»Äh, passt es gerade?« Was redete sie da, er wäre wohl nicht ans Telefon gegangen, wenn er keine Zeit hätte.

»Was gibt's?«

»Gib's, gib's ihr«, äffte ihn jemand im Hintergrund nach.

»Dein Kollege?«

Clemens lachte, und Carinas Anspannung löste sich. »Luigi, unser Amtskakadu«, sagte er. »Er sieht vornehm aus, so ganz in Weiß, plappert aber wie ein Flohmarkthändler.«

»Ich wollte dich zu einem Experiment einladen.«

»Um was geht's?« Er klang wieder förmlich. Was hatte sie erwartet, einen Jubelschrei? Vielleicht war es keine gute Idee, ihn dazuzubitten, obendrein ohne Erlaubnis der Chefin.

»Bist du noch dran? Entschuldige, aber hier ist es gerade etwas hektisch.«

»Ist nicht so wichtig, ich ruf später nochmal an.« Sie wollte schon auflegen.

»Nein, jetzt bin ich neugierig geworden, sag schon.«

»Kannst du morgen um zehn beim Tierheim sein? Ich hab da was vor.« Schnell schlug sie das Skizzenbuch zu, um jeden Gedanken an andere Vorhaben zu verbannen.

Auf dem Heimweg ging sie durchs Sendlinger Tor bis zum Perückengeschäft am Rindermarkt. Die Abendsonne schien. Die steinernen Rinder und die Bänke auf dem kleinen gepflasterten Platz glänzten noch vom Regen. Neben dem Eingang hingen Dankesbriefe um einen goldenen Spiegel gruppiert, betitelt mit *Mein neues Leben*. Darauf das Foto einer alten Frau mit einer wallenden Blondmähne. Der Verkäufer, der selbst eine bläulich schimmernde Haarpracht trug, fragte sie, ob er ihr helfen könne. Vielleicht war hier das Perückentragen Pflicht für die Angestellten, so wie beim Optiker das Tragen einer Brille. Sollte sie einfach sagen, dass sie Haare für eine Tote suchte? Sie zeigte ihm die Skizzen der kahlen Gesichtsrekonstruktion.

»Kriminalpolizei?«, fragte er.

»Rechtsmedizin.«

»Wie aufregend.« Er geriet zusehends in Verzückung und legte sich so richtig ins Zeug. »Von blond bis schwarzhaarig, von gelockt bis kurzgeschnittener Bubikopf ist alles möglich.« Der Verkäufer präsentierte ihr verschiedene Modelle, stülpte Kunsthaar und Echthaar auf einen Puppenkopf. Mit seinen perfekt manikürten, langen glänzenden Fingernägeln, die ihm als Kamm dienten, drapierte er Perücken, trat mit dem Puppenkopf in der Hand vor die Tür. »Im Tageslicht wirkt ja alles nochmal anders.«

Carina entschloss sich für eine hellbraune, leicht gewellte Perücke, bei der man die Haare zusammenbinden oder kürzen konnte. Sie bat um eine Quittung und bezahlte.

Im Kaufhof ließ sie sich von der Menge durch die Etagen schieben. Sportwelt, Dessouswelt, Kinderwelt. Erst Sport, dann Sex, dann Kinder? Haushaltswelt, dort war sie richtig, im vierten Stock. Anstatt sich auf die Waren zu konzentrieren, beobachtete sie die Leute und hörte Gesprächen zu. Die schienen alle zu wissen, was sie für ihre Wohnungen brauchten, sie dekorierten und erneuerten, zankten aber auch um jedes Teil, das den Geschmack des anderen nicht traf.

Möbel, Kochgeschirr, etwa eine Kaffeemaschine wie ihre Eltern? Was brauchte sie eigentlich, ihr fiel nichts ein, und die Liste hatte sie daheim vergessen. Vergeblich versuchte sie sich zu erinnern, was sie aufgeschrieben hatte. Waren es vier Sachen oder fünf? Sie strich über einen Stapel Bettdecken. Halbdaunen oder Kunstfaser? In Wellen abgesteppt oder in Karos, Winter- oder Sommerdecke. Die Auswahl war so groß, dass sie sich nicht entscheiden konnte.

»Kann ich Ihnen helfen?«, fragte eine Verkäuferin.

»No gracias«, erwiderte sie schnell und ging zur Rolltreppe. Eigentlich schlief sie in ihrem Schlafsack wunderbar. Ein Geschirrtuch wäre nützlich und würde, rot oder gelb kariert, ihre altmodische Spüle schmücken. Doch was sollte sie damit abtrocknen? Das Marmeladenglas mit dem Schraubdeckel für den Kaffee »to go« tropfte auch von alleine ab. Sie fuhr ein Stockwerk tiefer. Innerlich zählte sie ihre Besitztümer auf: eine Schachtel Radiergummis und weiche Bleistifte, ihr Modellierwerkzeug, die Kamera für die Rekonstruktionen, zwei Handtücher, ein Stapel T-Shirts, zwei Jeans, einige labbrige Unterhosen und BHs, alle grau verwaschen, und, ach ja, das *Tehuana*-Kleid vom Markt in Coyoacán. Wanda hätte sich sofort mehrere Teile gegriffen und wäre in der Umkleide verschwunden, um gleich darauf vor dem Spiegel zu posieren und die Stangenware zu kritisieren, die nichts von den Formen echter Weiblichkeit verstand. Aber Carina brauchte nichts Neues zum Anziehen. Wenn sie mal zu essen vergaß, zog sie einen Gürtel in die Jeans, damit sie nicht ganz über ihre Hüfte rutschte. Schlug sie sich nach den anstrengenden Arbeitswochen endlich wieder den Bauch voll, ließ sie einfach den Hosenknopf offen. Tagsüber trug sie einen Kittel, und für festliche Anlässe hatte sie das mexikanische Kleid, in dem sie wie eine blonde Frida-Kahlo aussah, nur an den zusammengewachsenen

Augenbrauen musste sie noch arbeiten. Ihre waren zu hell für Vogelschwingen, wie sie die mexikanische Malerin besessen hatte. Schließlich verließ sie die Kaufwelt mit zwei Großpackungen Plastilin, einem Kilo fürs Institut, einem Kilo für zu Hause – bei den Preisen musste sie sich künftig um einen Großhandel kümmern –, dazu weiße Moosgummistangen und Alleskleber aus der Bastelabteilung. Durch den Regen stapfte sie zum Viktualienmarkt, kaufte Schafskäse und eingelegte Tomaten, Auberginen, Artischocken, Fladenbrot, einen bunten Aufstrich mit Oliven und zwei Flaschen Wasser. Ihr Magen knurrte laut, sie konnte es gar nicht mehr erwarten, heimzukommen. Noch fühlte sich der Weg durch den S-Bahn-Schacht am Rosenheimer Platz, die Franziskanerstraße entlang, fremd an. Beim Haus angekommen, suchte sie nach dem Schlüssel. »C. K.« hatte Wanda für sie an die oberste Klingel geklebt. Die dreifarbige Katze des Hausmeisters aalte sich in einem Fleck Abendsonne auf der kleinen Mauer vor dem Sozialamt gegenüber. Hoffentlich wurde sie nicht überfahren. Prompt rollte bimmelnd eine Tram heran. Der Fahrer drohte Carina mit der Faust, weil er bremsen musste und vermutlich glaubte, die Katze gehöre ihr. In letzter Sekunde war die Dreifarbige über die Gleise gesprungen und flitzte an Carina vorbei durch die Katzenklappe der Hausmeistertür, kaum dass sie aufgesperrt hatte.

Sie stieg durchs Vorderhaus die vier Stockwerke hoch. Wenigstens Teller und Besteck hätte sie kaufen sollen. Sie stellte das Essen auf den Fußboden und breitete die bunte mexikanische Decke mitten im Zimmer aus. Als sie sich gerade das erste Stück duftendes Fladenbrot abriss, klingelte ihr Handy.

Es war Wanda. »Stell dir vor, ich habe morgen ein Ca…«

»Ein was?«, fragte Carina. Ihre Schwester war kaum zu verstehen, im Hintergrund dröhnte der Fernseher oder irgendein Videospiel.

»Sandro, stell doch mal leiser«, brüllte sie. Es knackte im Hörer, anscheinend hatte sie ihn weggelegt. Carina knetete das Fladenbrot zwischen den Fingern. Anstelle des Lärms heulte jetzt Sandro.

»So.« Eine Tür knallte, Sandros Weinen war nur noch gedämpft zu hören. Wanda war zurück am Telefon. »Seit zwei Monaten soll er schon sein Zimmer aufräumen, gute Gelegenheit. Also«, setzte sie neu an. »Ich habe ein Casting als Synchronsprecherin und nichts anzuziehen. Kannst du mich beraten?«

»Ich?« Auch wenn man eine Sprecherin normalerweise nicht sah und folglich auch nicht das, was sie trug, berührte es Carina doch, dass ihre Schwester Wert auf ihre Meinung legte.

»Ach, es ist ja alles so aufregend. Ich muss die ganze Nacht üben, aber ansehen darf man es mir natürlich nicht, und meiner Stimme auch nicht anhören, die muss ich eigentlich schonen. Ich weiß gar nicht, wie ich das alles schaffen soll.«

Carina knetete das Fladenbrot zu einer Kugel. »Wir können uns ja morgen Mittag treffen, und du sagst mir deinen Text auf?«, schlug sie vor.

»Gerne. Im Schädelstudio wie früher?« Carina war einverstanden, und Wanda setzte ihren Redeschwall fort. »Mama ist so komisch, weißt du, was sie hat? Sie spricht nicht darüber, ist nur total genervt von Sandro. Dabei war ich heute seit Jahren das erste Mal wieder beim Shoppen. Hat sie gerade schwierige Geburten, oder was?«

Carina überlegte, auf was Wanda hinauswollte. »Soll ich Sandro morgen Nachmittag vom Kindergarten abholen?«, schlug sie vor. »Und dann mit zu mir nehmen?«

»Das wär echt nett, danke. Du, ich habe keine Zeit mehr, muss noch mit Salbei gurgeln, und die Gesichtsmaske bröckelt ab.« Sie legte auf.

In Carinas Hand lag ein kleiner Kopf aus Fladenbrotteig. Sie drückte mit den Fingernägeln Gesichtszüge hinein. Jemand hustete. Sie lauschte, stellte den Kopf auf den Fußbodensockel an die Wand. Im Dachgeschoss gab es weder Balkon noch Nachbarn, wer konnte das sein? Der Kaminkehrer vielleicht, aber um diese Uhrzeit? Wieder ein Husten. Sie ging zur Tür. Der Vormieter musste ein Spaßvogel oder Hals-Nasen-Ohrenarzt gewesen sein, denn er hatte als Türklingelton Husten installiert. Außer Frau Schauer, der Institutssekretärin, und Wanda kannte noch niemand ihre neue Adresse. Sie drückte auf die Sprechanlage.

»Wie wäre es mit einem Abendessen, und du erzählst mir mehr über dein Experiment?« Clemens. Wenigstens wollte er ihr nicht weismachen, er sei gerade zufällig in der Gegend gewesen. Sie freute sich, seine Stimme zu hören, und drückte auf den Türöffner.

»Woher hast du gewusst, wo ich wohne?«, fragte sie, als er betont lässig, sein Keuchen überspielend, die Treppe hochtrabte.

»Matte Kyreleis' Tochter, das war nicht schwer rauszufinden.«

Klar, ihr Vater. Also hatte er doch ihre Adresse in Erfahrung gebracht. Es wäre auch ein Wunder gewesen, wenn nicht. Aber dass er sie dann ohne ihre Zustimmung einfach weitergab?

»Am Pariser Platz ist ein neuer Mexikaner, hast du Lust?« War es Zufall, oder hatte ihr Vater auch über ihre Rückkehr aus Mexiko geplaudert? Egal, heute war sie zu müde für Grübeleien. Clemens' Rasierwasser stieg ihr in die Nase, vermischt mit seinem Eigengeruch, und sie musste den Wunsch unterdrücken, ihn wie eine interessierte Löwin abzuschnüffeln.

»Ich hab eingekauft, wenn du mitessen magst, gerne.« Sie bat ihn herein. Wenigstens ist aufgeräumt, dachte sie angesichts ihrer leeren Wohnung.

Die Dielen knarrten unter seinen Schritten.

Er bestaunte die Aussicht über die Haidhausener Dächer bis zum Gasteig. Carina betrachtete ihn von der Seite und prägte sich sein Profil ein. Große Nase, markantes Kinn, erste Falten um die Augen und auf der Stirn. Was hatte er bisher wohl alles erlebt?

»Hey, das ist ja toll hier mit diesem Kuppeldach. Ziehst du gerade ein oder aus?«

»Wieso, suchst du eine Wohnung?« Entweder betrieb er Smalltalk, oder er wusste doch nichts von Mexiko.

»Hast du deine Möbel irgendwo untergestellt?«

Es hallte, wenn sie sprachen, was ihrem neuen Heim etwas Feierliches verlieh. Sie schüttelte den Kopf und grinste. »Ist schon alles da. Nimm Platz.« Sie lud ihn auf die bunt bestickte Decke ein. »Wie wäre es mit einem griechischen Picknick auf mexikanisch?«

Er ließ sich im Schneidersitz nieder. Mit den Fingern

fischten sie das Essen aus den Plastikschachteln, kleckerten und lachten. Es schmeckte besser als allein, und gleich würde auch er nach Knoblauch stinken, so dass es keinen mehr störte.

»Ein Selbstporträt?« Clemens verglich den kleinen Brotkopf von der Sockelkante mit ihr. Seine Blicke brannten auf ihrer Haut. Sie trank schnell einen Schluck, um ihr Gesicht zu kühlen.

»Machst du öfter Skulpturen?«

»Eigentlich wollte ich nach dem Abitur auf die Kunstakademie, wurde aber nicht genommen«, erzählte sie.

»Und warum nicht?« Er tunkte die restliche Soße aus einer Schachtel. Öl lief ihm übers Kinn.

Carina hatte Lust, es ihm abzulecken. »Meine Bewerbungsmappe war ihnen nicht künstlerisch genug.« Nicht mal Lars hatte sie von ihrer Enttäuschung damals erzählt, für ihn war ihre Malerei sowieso nur ein Zeitvertreib gewesen.

»Aber du hast nicht aufgegeben, oder?« Clemens schien ehrlich interessiert.

»Erst war ich stur. Jetzt erst recht, hab ich gedacht und hab mir fest vorgenommen, trotz Medizinstudium weiterzumachen. Nach meinem praktischen Jahr in Düsseldorf wollte ich es nochmal auf der Akademie versuchen. Aber …« Sie stockte, stand auf und wusch sich die Hände an der Spüle.

»Was aber …?«, fragte er, stellte sich dicht neben sie und hielt seine Hände mit unters Wasser. Ihre Finger berührten sich.

Hastig suchte Carina nach einem Handtuch und roch

hinter Clemens' Rücken daran. Leicht muffig, aber zumutbar. »Außer sinnlosem Gekritzel an den Rändern der rechtsmedizinischen Bücher und den üblichen anatomischen Studien habe ich nichts mehr zustande gebracht. Wenn ich den Bleistift aufs Papier setzte, hallten ständig die Worte des Professors durch meinen Kopf: nicht eigenständig genug, Durchschnitt. Erst in Mexiko, als ich die Olmekenköpfe sah, hab ich gemerkt, dass ich nur das Format und die Technik ändern muss. Magst du mal sehen?« Sie reichte ihm ihr Skizzenbuch. Er betrachtete ihre Zeichnungen, fragte nach, und sie erzählte, wie sie schon als Studentin Sehnsucht bekommen hatte, wenn sie nur jemanden das th-lose Spanisch reden hörte. Und sie erzählte von ihrem Traum, auf Frida Kahlos Spuren zu wandeln. Doch der Alltag gehörte dann hauptsächlich dem Obduzieren von Drogentoten. Clemens hörte zu und strich ihr über den Arm, als sie ihn aus Versehen beim Erzählen berührte. Das holte sie in die Gegenwart zurück und brachte sie zum Verstummen. Nein, sie wollte keine neue Affäre, keine Beziehung oder was auch immer. »Also, der Hund.« Sie straffte sich und rückte ein Stück von ihm ab.

»Welcher Hund?«, fragte er, während er noch einmal im Skizzenbuch blätterte; hinten stieß er auf das eingeklebte Lindenblatt.

»Das Experiment morgen.« Hastig schlug sie das Buch zu und nahm es ihm aus der Hand. »Glaubst du, ein Hund hat die Kraft, einem Menschen das Gesicht abzuziehen?«

»Der Jagdhund von der Frau, die du gerettet hast? Lenin, oder wie hieß der gleich?«

»Gandhi.«

»Ach ja, wie der friedliche Revolutionär. Das schafft er wohl nur, wenn er die Haut mit den Fangzähnen zu packen kriegt, aber dazu müsste er vorher eine Wunde reißen.«

»Hast du eine Idee, wie wir das testen könnten, ohne den Hund zu töten?« Die Erlaubnis ihrer Chefin fehlte noch, aber egal. Davon wusste Clemens ja nichts.

Er überlegte. »Betäuben und dann einen Gebissabdruck machen wie für die Herstellung einer Zahnspange.«

»Kennst du jemanden, der uns da helfen könnte?«

»Meine Tante ist Zahnärztin, eigentlich sollte ich ihre Praxis übernehmen. Aber ich wollte lieber was mit Tieren machen, anstatt anderen im Mund rumzustochern. Trotzdem, mit Gebisslöffeln kenne ich mich aus. Für einen Hund dürfte es jedenfalls reichen.«

Im Dunkeln schien es ihr so, als wäre er näher herangerutscht. Schnell sprang sie auf und drückte auf den Lichtschalter. Clemens blinzelte sie an und rieb sich die Schläfen. »Hast du vielleicht ein Aspirin für mich?«

»Leider nein, aber vielleicht hilft ja ein bisschen Nachtluft.«

»Du schmeißt mich raus?«

Sie lachte. »Wollen wir einen Spaziergang machen, oder gruselt es dich nachts auf dem Friedhof?«

20.

An der Isar bei Schäftlarn, 1996

Der erste freie Nachmittag seit langem. Lieber hätte Rosa sich ausgeruht. Schon bei dem Gedanken an ihr Bett fielen ihr die Augen zu. Unter der Dachkammer ohne Isolierung war es zwar brütend heiß, auch an den letzten Augusttagen noch, doch sie wollte sich nicht beklagen. Schon für nächstes Jahr hatten sie sich die Renovierung vorgenommen, ihre Schwester und sie. Dann würden sie dank der harten Arbeit, die sie beide leisteten, mit dem Restaurant aus den roten Zahlen sein. Statt kuschelig weicher Kissen stachen nun harte Steine durch die Picknickdecke. Außerdem hatte sie sich vom Bus bis zur Isar mit dem Rucksack voller Essen und Spielzeug abgeschleppt. Die ganzen Wochen über, seit der Kindergarten zu Ende war, hatte sich ihr Sohn auf diesen Ausflug gefreut. Lange genug hatte sie ihn vertröstet, bald waren die Ferien um, und er würde in die Schule kommen. Anfangs im Bus plapperte er wie nie, staunte über jeden Baukran, jedes Schaf auf der Weide, streichelte unerschrocken den großen Hund einer Mitreisenden. Seine kleine Hand schmiegte sich in ihre, als sie sich den Trampelpfad entlang durch hohe Büsche zur Isar durchkämpften.

Am Ufer wich er nicht von ihrer Seite, zeigte ihr jeden Glitzerstein und jedes Schneckenhaus, das er entdeckte.

»Mama, hier gibt's Babyfische.« Zwischen den Kieselsteinen, wo die Strömung schwächer und das Wasser von der Sonne aufgeheizt war, schwammen winzige Fische, manche kaum zu sehen, andere so groß wie ein Kinderfinger. Er versuchte sie zu fangen, doch sie entwischten ihm mühelos. Aus Ästen und Steinen bauten sie gemeinsam einen Damm. Nach einer Weile stand ihr Sohn in kurzer Hose bis zu den Knien in der kalten Isar und lenkte sein Plastikschiff zwischen Damm und Ufer herum, murmelte vor sich hin, ganz in sein Spiel vertieft. Endlich konnte sie sich entspannen. Sie legte sich auf die Decke, starrte in den wolkenlosen Himmel, trank Kaffee und griff zur Zeitung, wie sie es sich schon so lange vorgenommen hatte. Jedes Mal, wenn sie die Zeitungen von den Tischen der Gäste räumte, träumte sie davon. An einem freien Sommertag würde auch sie einmal irgendwo sitzen und lesen. Nicht nur die Schlagzeilen überfliegen, sondern auch den Kulturteil und die Beilagen intensiv durchgehen. Doch in den letzten Jahren – waren es wirklich schon Jahre? – hatte sie diesen Traum nie in die Tat umgesetzt. Morgens, wenn sie das Besteck polierte, suchte sie nach neuen Artikeln im Fall Herrhausen. Es gab immer noch keine brauchbaren Spuren. Die Haftbefehle gegen mutmaßliche RAF-Mitglieder waren zurückgezogen worden. Sie wusste inzwischen mehr über das Leben und Sterben des Deutsche-Bank-Chefs, als sie je über Felix erfahren hatte. Beim Zahnarzt blätterte sie gelegentlich in einer Illustrierten, fühlte sich aber zugleich wie von einem anderen Stern, wenn sie die gestylten Prominenten sah. Seit sie Mutter war und als Kellnerin arbeitete, legte sie kaum noch Wert auf ihr Äußeres. Ohne es bewusst beschlossen zu haben, war sie zu einer anderen Rosa geworden, vielleicht zu der, die sich ihre Eltern immer gewünscht hatten.

Ihr Vater wollte, dass sie eine Lehre in der Gastronomie machte. »Ihr gehört zusammen, du und Lou«, sagte er, wenn sie stritten, sich kratzten und bissen und Rosa ihrer Schwester wünschte, sie solle bei ihrem Schwimmtraining absaufen. »Ein Geschwisterband zerreißt nie«, betonte er und zerrte sie auseinander.

Lou rebellierte gegen die Eltern, bis sie achtzehn war, wollte Profischwimmerin werden und weigerte sich, eine Hotelfachschule zu besuchen oder bei einem befreundeten Wirt in die Lehre zu gehen. Als sie nach einem halben Jahr Intensivtraining aus Hamburg zurückkehrte, glaubte Rosa, sie hätte ihre Schwester verloren. Keiner wusste, was dort geschehen war, außer dass ihr geliebter Motorroller gestohlen worden war. Den hatte sie sich von den Preisgeldern zusammengespart. Lou redete nicht über Hamburg, räumte wortlos ihre Medaillen weg, die sie seit der Grundschule eingeheimst hatte, und gab das Schwimmen auf. Einfach so. Rosa vermutete, dass es irgendwie mit dem Trainer zusammenhing, der sie sogar ins Olympiateam hatte bringen wollen. Dann starb ihre Mutter überraschend an Krebs, und Lou beugte sich dem Herzenswunsch des Vaters: Sie durchlief eine Betriebswirtschaftslehre. Nach Feierabend tüftelte sie im Keller an einer Miniatur-Vespa im Maßstab eins zu zehn herum. Dafür erbettelte sie vom Zahnarzt sogar zwei kleine Spiegel für den Lenker. Doch der kleine Motorroller wurde nie fertig. Für wen oder warum sie ihn bastelte, verriet sie nicht. Vielleicht versuchte sie einfach den Verlust ihrer selbst zusammengesparten Vespa zu verarbeiten. Nur weil Rosa so gut in der Schule war, das Abitur machte und ihr ein Stammgast die Stelle beim Innenministerium verschaffte, duldete ihr Vater, dass sie eher wie ein Sonntagsgast und nicht wie die eigene Tochter einherstakste. Eine Schickimicki-Sekretärin, die mehr für den Frisör ausgab, als die Zutaten der Speisen für einen Tag im Restaurant kosteten.

Damals, auf dem Weg ins Ministerium, hatte sie in der U-Bahn gelesen, ein Buch sogar, Tschechow, »Die Dame mit dem Hündchen«. Das Buch war zusammen mit den anderen Sachen aus ihrem Zwei-Zimmer-Apartment im Keller gelandet. Wie ging die erste Zeile noch? *Man erzählte sich, dass am Strande ein neuer Kurgast aufgetaucht sei: eine Dame mit einem Spitz …*

Sie spießte ihrem Sohn ein Fleischpflanzerl auf einen Stock und reichte es ihm ins Wasser. Hoffentlich erkältete er sich nicht, seine Lippen waren schon blau. Sein Mund erinnerte sie an den Mund von … Nein, Schluss damit. Für den Kleinen hatte sie Ersatzsachen dabei, falls er nass wurde. Wenn sie nur daran dachte, was sie von anderen Müttern für Krankheitsgeschichten hörte. Ständig beim Arzt, das hätte sie sich gar nicht leisten können. Ihr Sohn war robust, selten krank und brav dazu, spielte nach dem Kindergarten im Park vor dem Restaurant, schlief auf der gepolsterten Bank zwischen den Gästen ein, bis sie ihn zum Schlafen nach oben in die Wohnung trug. Hoppla, jetzt hatte er das Fleischpflanzerl anstatt einem Stein geworfen und suchte es im Wasser. Die Strömung war nicht zu unterschätzen, sie musste ihn im Blick behalten. Schade, dass Lou ihrem Neffen nicht das Schwimmen beibringen wollte. Als Kleinkind hatten sie ihm zu zweit die Haare waschen müssen, leider hatte er von seiner Tante nicht die Leidenschaft fürs Wasser geerbt. Dabei verstanden sich die beiden, obwohl Lou strenger als Rosa war, sie immer ermahnte, wenn sie wieder Spielzeug kaufte. Aber wenn Rosa in seine Augen sah, die Felix' Augen glichen, war sie verloren.

Kein Anruf, keine Postkarte, kein Brief, sie hatte nie wieder von ihm gehört. Als sie im Innenministerium kündigte, wollte sie ihm irgendwie noch eine Nachricht zukommen lassen. Doch dann besann sie sich. Ein Spion konnte jederzeit herausfinden, wo sie war – wenn er nur wollte. Und er betonte immer, je weniger sie von sich erzählte und er von ihr wusste, desto besser. Das hatte sie in der anfänglichen Verliebtheit nicht verstanden, erst als sie begriff, dass er alles an die Stasi weitergeben musste, hielt sie sich zurück. Seine Träume, seine Erlebnisse, seine Kindheit – sie bezweifelte, ob irgendetwas davon stimmte oder ob sie nur Teil seiner Legende waren, um deutsche Sekretärinnen in für die Stasi interessanten Positionen zu bezirzen.

Sie drehte sich auf den Bauch und blätterte die Zeitung auf. Auf Seite drei stand es: *Westspionin Gabriele K. verhaftet.* Rosa vertiefte sich mit klopfendem Herzen in den Artikel. Wegen Landesverrat und Weitergabe militärischer Geheimnisse war die Übersetzerin, die in der amerikanischen Botschaft gearbeitet hatte, zu zwei Jahren auf Bewährung verurteilt worden. Sogar ein psychiatrisches Gutachten hatte es gegeben, das ihr eine Neurose und allgemeine Labilität bescheinigte. Hieß das, auch Rosa konnte ohne Gefängnisstrafe davonkommen, wenn sie sie erwischten? Natürlich bekäme sie einen Eintrag ins Strafregister, und die Medien würden sie brandmarken. Musste sie dann ihren Namen ändern und umziehen? Wer sprach noch mit einer Spionin? Und mieden die Gäste dann das Lokal?

Die Anwerber, wie die Zeitung sie nannte, von der Stasi ausgebildete Topagenten, wie Felix einer war, gingen straffrei aus. Das Bundesverfassungsgericht hatte eine Amnestie erlassen, verfolgte DDR-Spione nicht wegen Hochverrats und versuchte auch nicht, sie aufzuspüren. Also war ihr Liebster frei. Ihr Liebster, zum ersten Mal nannte sie ihn wieder so bei sich. Warum galt der Straferlass nicht auch für West-Spioninnen, wie diese Gabriele K. und Rosa eine gewesen war? Wenn sie auch auf der Fahndungsliste des Bundeskriminalamtes stand und als Nächstes an die Reihe kam … Sie legte die Zeitung weg und verschränkte die Arme hinterm Kopf. Eine einzelne Wolke schwebte am hellblauen Himmel. Wie wäre es, mit ihrem Sohn in die ehemalige DDR zu reisen und Felix zu suchen? Würde er sich freuen, ihren gemeinsamen Sohn kennenzulernen? Sieben Jahre lang hatte sie solche Gedanken nicht zugelassen, nun waren sie da und fühlten sich richtig an. Dass sie die ganze Zeit über nicht verhaftet worden war, hieß auch, dass Felix sie nicht verraten hatte. Bestimmt sehnte er sich auch nach ihr und wusste vielleicht nicht, wie er jetzt wieder auf sie zugehen sollte.

Wo war ihr Sohn überhaupt? Vor lauter Zeitunglesen und Spekulieren hatte sie ihn aus dem Blickfeld verloren. Sie sprang auf. Das Playmobilschiff kreiselte kieloben in einem Strudel. Sie rief nach ihm. Einige Meter vom Ufer entfernt entdeckte sie endlich seinen Haarschopf. Sie rannte ins Wasser, stolperte, sackte weg. Die Strömung hielt sie zurück, drängte sie ab. Sie stemmte sich dagegen, arbeitete sich Zentimeter um Zentimeter zu ihrem Sohn vor und schloss ihn in die Arme.

21.

»Bist du sicher, dass du Doktor der Rechtsmedizin und erwachsen bist?«, fragte Clemens, als Carina über das rote Tor am Ostfriedhof kletterte. Sie stellte sich dabei um einiges geschickter an, blieb nicht, wie er, an den Eisenspitzen hängen und zerriss sich die Hose.

»Zum Verarzten bei Lebenden reicht es auch noch«, lachte sie. »Hast du dir wehgetan?«

»So gut kennen wir uns noch nicht, dass ich das zugeben würde«, flachste er. Der Anblick Hunderter rotglühender Grablichter in der Dunkelheit und die plötzliche Stille hinter dem Tor ließen sie verstummen. Carina versuchte sich zu orientieren. Vereinzelt tropfte es von den hohen Bäumen, die den Friedhof wie ein Dach umschlossen. Die Mauer verschluckte alle Stadtgeräusche. Sie spürte Clemens dicht neben sich.

»Liegt hier … ein Verwandter von dir?«, flüsterte er. Sein Atem auf ihrer Haut fühlte sich warm an.

Mit der Minilampe ihres Schlüsselbundes beleuchtete sie die Schautafel und suchte nach dem Abschnitt, den Luise Salbeck genannt hatte.

Clemens erschrak, als es zu ihren Füßen raschelte. »Was war das?«

Carina senkte den Lichtstrahl ins Gras. »Du bist doch der

Tierarzt. Eine Maus, vielleicht eine Schlange – oder glaubst du etwa, ein Untoter gräbt sich zu uns durch?«

»Diese Mutproben habe ich als Kind schon gehasst«, sagte er und drängte sich an sie.

Na schön, dachte Carina, dann wusste sie ja, wie sie die Männer in Zukunft rumkriegte.

Sie betrachtete wieder die Schautafel. Im Ostteil befanden sich die Urnenfelder, dicht an dicht, mehrere Reihen, wie Kindergräber, hintereinander. Links vom Krematorium begannen die Erdbestattungen.

Als sie die richtige Parzelle entdeckt hatte, zog sie Clemens mit sich über den breiten Weg zum Krematorium. Er verschlang seine Finger mit den ihren. Bei einem Brunnen bog sie ab und ließ seine Hand los. »Ich suche Nummer hundertsiebenundvierzig.« Sie bückte sich, um den halb zugewachsenen Markierungsstein zu entziffern. i 22, dann, einen Abschnitt weiter, i 15. Wann begannen die Hunderter-Reihen? Blätter raschelten – oder waren es Schritte? Die S-Bahn fuhr hinter der Friedhofsmauer von der St.-Martin-Straße zum Ostbahnhof, dann war es wieder still. Totenstill. Sie musste sich getäuscht haben. Carina streckte sich und sog die Nachtluft ein. Im selben Moment stieg ihr ein Geruch in die Nase, der ihr blitzartig den Schweiß aus den Poren trieb und sie zugleich lähmte. Ihr Herz schlug so heftig, dass der Strahl aus der Minilampe schwankte. Sie schluckte. »Hallo?« Selbst ihre Stimme zitterte. Das waren doch Schritte. Etwa der Friedhofswärter? Wie sollte sie erklären, was sie hier taten? Sie zwang sich, in Richtung der Geräusche zu leuchten und zuckte zusammen, als der Lichtkegel jemanden erfasste. Clemens. Sie war erleichtert.

Die Plastikhülle eines Grablichtes neben ihnen hatte Feuer gefangen und schmolz. Der Geruch erinnerte sie an den schmorenden Wagen, in dem sie gesteckt hatte. Sie zog Clemens weiter. Trotzdem, da schlurfte jemand heran. Langsam, Schritt für Schritt näherte sich eine Gestalt. Sie trug einen breiten Gegenstand und fuchtelte damit herum.

»Verzeihung, wo ist der Brunnen?«, fragte jemand mit knorriger Stimme.

»Der Wassergeist, der nicht mehr zurückfindet«, flüsterte Clemens. Carina leuchtete einer alten Frau mit Gießkanne ins Gesicht, die wider Erwarten nicht vor dem Licht zurückwich. Carina erkannte einen Moment später den Grund dafür: Ihre Augäpfel waren trüb. Wie war sie hereingekommen, oder war sie noch gar nicht nach Hause gegangen? Für eine Blinde spielte es keine Rolle, ob sie tagsüber oder nachts die Blumen goss.

Nachdem sie die Frau zum Brunnen geführt hatten, suchten sie weiter nach der richtigen Parzelle. Die kleine Lampe beleuchtete einen neuen Markierungsstein, i 46.

Clemens bog ein paar Zweige beiseite und legte einen Stein frei, der schräg an einem Baumstamm lehnte. »Vielleicht ist das kleine I ja eine alte Schreibform für die Eins. Da: i 47.«

Carina stapfte über das Gras zwischen den Gräbern hindurch.

Er folgte ihr und las laut die Inschrift, die sie anstrahlte.

Hier ruhen unvergessen:

Annegret Salbeck, geb. Winzinger 2. Jan. 1930 – 4. Okt. 1979

Xaver Salbeck 17. Sept. 1925 – 5. Okt.1984

Rosalia Salbeck 12. Juni 1962 – 1997

Bei Rosa gab es kein genaues Sterbedatum, dachte Carina. Zwischen den Tag- und Nachtschatten wühlte sie in der Erde. »Ich brauche eine Gewebeprobe von der Toten hier. Hilfst du mir graben?«

Clemens wich zurück. »Das ist jetzt ein Witz, oder?«

Vierter Tag

—
◡ ◡
— — —
◡ ◡ ◡ ◡
— — —
◡ ◡ ◡ ◡
— — —
◡ ◡ ◡ ◡
— — —
◡ ◡ ◡ ◡
— — —
◡ ◡
—

Christian Morgenstern: Fisches Nachtgesang

22.

Vor der Arbeit am nächsten Tag fuhr Carina zu ihren Eltern am Harras. Sie wollte endlich ihren Vater zur Rede stellen. Auch wenn es ein netter Abend mit Clemens gewesen war, durfte ihr Vater nicht einfach ungefragt ihre Adresse herausgeben. Und überhaupt, diese ständige Kontrolle musste ein Ende haben. Er konnte nicht ewig den Wegweiser mit Blinklicht für sie spielen, um sie nur ja auf den rechten Weg zu lotsen. Er hatte sie genug ausspioniert. Sie wollte gar nicht genau wissen, was er alles über sie erfahren hatte. Ab jetzt sollte er nicht mehr hinter ihrem Rücken über sie bestimmen, ein für alle Mal. Ihr Vater hatte bekommen, was er wollte, sie war zurückgekehrt und in seiner Nähe. Ob sie das auf Dauer aushielt, war die nächste Frage und zur Antwort musste er seinen Teil beitragen. Noch im Treppenhaus legte sie sich die Worte zurecht; sie wollte es ohne große Umschweife ansprechen.

Ihre Mutter öffnete ihr, sie sah verheult aus. Die Nase, dick mit Salbe eingeschmiert, glänzte weiß. Es roch nach angebrannter Milch, den Milchaufschäumer der Kaffeemaschine benutzte Silvia nicht.

»Dein Vater hat sich auf dem Klo eingesperrt wie ein kleiner Junge. Aber warte, den hol ich da schon raus.« Silvia hätte die halbe Stadt beleuchten können, so geladen war sie. Sie stampfte durch die Wohnung und hämmerte an die Badtür: »Los, Carina ist hier. Nun sag es ihr, zeig endlich dein wahres Gesicht.«

Carina wollte sie unterbrechen; dass er ihr die Stelle im Institut verschafft hatte, wusste sie ja schon. Die Spülung rauschte, dann das Wasser im Waschbecken, doch die Tür öffnete sich nicht.

»Na gut, dann tu ich es«, schrie Silvia.

Vergeblich versuchte sie ihre Mutter von der Tür wegzuziehen, doch sie brüllte weiter. »Er will dir sagen, dass er damals …«

Endlich drehte sich der Schlüssel, Matte stand im Türrahmen, die zerfledderte Zeitung unterm Arm. Haschpapi pur. Silvia, gerade noch am Brodeln, hielt seinem Hundeblick nicht stand; maulend verzog sie sich ins Schlafzimmer. Wortlos schlüpfte er in die Schuhe, nahm seine Jacke und stopfte irgendwelche Unterlagen vom Küchentisch, die zwischen Honigmesser und Kaffeetasse lagen, in eine Plastiktüte. Genauso stur wie Silvia in Sachen Kaffeemaschine benutzte er die aus Büffelleder handgenähte Aktentasche nicht, die sie ihm alle zusammen zum Fünfzigsten geschenkt hatten. Er bevorzugte nach wie vor halbdurchsichtige, grüne Tüten, die so dünn waren, dass sie knisterten. Damit man wusste, dass es Plastik war, betonte er.

Die Sätze, die sich Carina vorgesagt hatte, wo waren sie hin? Schweigend stapften sie zur U-Bahn hinunter. Er grüßte die Nachbarn und bemerkte, dass auch er hoffe, das Wetter würde so bleiben. Als wäre nichts gewesen. Dann verstummte er wieder.

Carina unternahm einen Versuch. »Was hat Mama gemeint, was sollst du mir endlich sagen?« Sie wollte es von ihm hören, er sollte sich einmal rechtfertigen für seine Übervater-Allüren.

»Ach nichts, Silvia weiht mich ja auch nicht in alles ein. Gibt's eigentlich was Neues von der Mumie?«

Typisch, wenn es privat anstrengend wurde, flüchtete er sich in die Arbeit. Aber Carina wollte jetzt nicht über diesen Fall reden. Etwas anderes kam ihr in den Sinn. »Kannst du dich an, Rosa Salbeck erinnern? Eine Isartote von 1997?«

Auf der Rolltreppe zur U-Bahn hinunter beobachtete sie, wie ihr Vater sein inneres Register durchstöberte. Vielleicht legte er sich auch bloß eine Ausrede zurecht, weil er selbst die Akte entliehen hatte und nichts darüber sagen durfte. Konnte er sich wirklich an alle Todesfälle eines Jahres erinnern? Bestimmt nur, wenn es besondere Umstände waren. Selbst sie hatte nicht sofort alle obduzierten Leichen auf Abruf parat, obwohl sie anfangs gedacht hatte, dass sich jede – die Drogentote, das Straßenkind, die bei einer Abtreibung verblutete Halbwüchsige Tote, um die womöglich niemand trauerte – unauslöschlich in ihr Gedächtnis einbrennen würde.

Es waren noch vier Minuten bis zur nächsten U-Bahn Richtung Innenstadt, als ihr Vater schließlich nickte. »Der Namen sagt mir was, ein gewöhnlicher Selbstmord, soweit ich mich erinnere. Ich habe damals nicht ermittelt, war nur nach Freigabe der Leiche beauftragt worden, die Angehörigen zu besuchen und ihnen zu einer Feuerbestattung zu raten, da die Tote stark entstellt war.«

Also doch eine Urnenbestattung? Feuer beseitigte alle Widersprüche und Zweifel an der Todesursache, dachte

Carina. Luise Salbeck wollte doch eine Exhumierung. Sprachen sie überhaupt von derselben Toten?

Und wenn es nicht Matte war, wer hatte dann die Akte im Polizeipräsidium? Er belog sie doch nicht etwa … Sie musterte ihn von der Seite. *Sie* durfte vor ihm keine Geheimnisse haben, aber er offenbarte nichts. Jedenfalls versuchte er es. Seit gestern auf dem Spielplatz wusste sie immerhin, wie sie ihn aus dem Konzept bringen konnte. Einfach indem sie ihr Wissen für sich behielt. Ihr Vater fixierte einen Mann am Süßigkeitenautomat. Vielleicht erkannte er in ihm einen ehemaligen Straftäter wieder.

Immer mehr Menschen strömten telefonierend, mit Semmeln in der Hand oder Kaffee aus Schnabelbechern schlürfend auf den Bahnsteig. Die U-Bahn hatte Verspätung, wieder einmal.

»Was ist eigentlich mit dem Tierarzt?«, fragte ihr Vater, erneut ihr zugewandt.

Wie kam er jetzt auf den? Hatte er doch einen Anflug eines schlechten Gewissens wegen der Adresse? »Wieso, was soll mit ihm sein?« Sie versuchte so gelassen wie möglich zu klingen, doch in ihr brodelte es. Ganz ruhig, zeig ihm deine Gefühle nicht, befahl sie sich. »Hast du den auch schon wieder überprüft, wie Lars damals?«

»Er ist es wirklich«, rief ihr Vater aus.

»Was, wer?« Carina fühlte sich ertappt; warum hatte sie Clemens auch in einem Atemzug mit ihrem Exliebhaber genannt?

»Das gibt's nicht, der Wennwirkurti«, murmelte Matte und drängte sich durch die Leute. Carina folgte ihm. Er steuerte auf den Mann zu, der sich gerade einen Schokoriegel aus dem Automaten fischte. Die Verpackung leuchtete so rot wie das Feuermal, das sich unter seiner Schirmmütze vom Ohr den Nacken hinabzog.

Wie in High Noon, nur dass ein Kinderwagen und zwei Koffer die Bahn versperrten. Für eine Sekunde schien der andere nach einem Fluchtweg zu suchen, als würde er am liebsten zwischen den Leuten verschwinden. Dann schnitt sich ein Lächeln in sein Gesicht, verharrte in der Breite wie einstudiert. Da hat der Skulpteur nicht sauber gearbeitet, dachte Carina.

»Ja, was machst du denn hier?« Matte umarmte ihn.

Der Überrumpelte wusste nicht, wohin mit seinen Händen.

»Sag mal, Kurti, haben die jetzt Deos beim Bundeskriminalamt?« Matte schnupperte übertrieben. »Carina, das ist Kurt Krallinger, mein ehemaliger Kollege und Freund. Mensch, wie lange ist das her.« Er boxte dem Mann freundschaftlich auf die Brust, was der mit einem unterdrückten Husten kommentierte. »Er hat dir mal den Hauptgewinn auf dem Oktoberfest geschossen, weißt du nicht mehr?«

Sie erinnerte sich nicht; dabei hätte sie jemanden mit so einer Hautveränderung als Kind bestimmt interessant gefunden.

»Was war das doch gleich für ein Vieh?«

»Ein H-hase.« Der Schlag gegen den Solarplexus musste heftig ausgefallen sein. Krallinger räusperte sich immer noch.

»Ja, genau, ein blauer Hase.« Matte strahlte, als hätte er den Gewinn eingesackt.

»Du meinst den blauen Affen?« Den hatte ihr Vater eines

Abends mitgebracht, aber dass der ein Treffer von diesem Krallinger gewesen war, wusste sie nicht mehr. An dem Affen hatte sie ihre ersten Obduktionen geübt, am Ende war nicht viel von ihm übrig geblieben. Die U-Bahn fuhr ein, und Matte zog seinen Freund mit in den Waggon.

»Ein Affe, stimmt. Der sah Kurti sogar ähnlich, außer die Farbe natürlich, obwohl …« Sie quetschten sich zwischen die Menge, und ihr Vater redete so viel wie selten. Ganz gelöst wirkte er auf einmal. In Erinnerungen schwelgen war auch leichter, als sich mit Familienproblemen auseinanderzusetzen. Zwischen ein paar Ärmel und Handtaschen gedrängt, verstand sie nur Bruchstücke von ihrem Gespräch. Krallinger pflichtete allem bei, sprach kaum und so leise, dass sie nichts verstand. Als sie am Sendlinger Tor ausstieg, hielt ihr Vater sie am Ärmel zurück. »Ach, Carina. Wegen einer Wohnung, das ist doch nichts auf Dauer bei Wanda, sollen wir nicht gemeinsam suchen?«

Sie staunte. Wusste er wirklich nichts von ihrer eigenen Wohnung? Aber woher kannte Clemens dann ihre Adresse?

23.

Kinderklinik München-Schwabing, 1996

Das Leben ihres Sohnes verdankte sie einer ganzen Kette von Rettern. Noch vom Wasser aus hatte sie Leuten zugerufen, die auf dem Isardamm vorbeiradelten. Die Radfahrer stoppten ein Auto, und der Fahrer verständigte den Notarzt, der ihren Sohn reanimierte. Wegen starker Unterkühlung hielt man in der Klinik seine Körpertemperatur weiterhin niedrig, so dass sein Gehirn weniger Sauerstoff verbrauchte. Wozu das gut war, begriff Rosa nicht, doch sie hatte keine Kraft zu fragen. Sein Atem rasselte, aber er lebte, von Maschinen umgeben und in Folie gepackt. Lou kam, Rosa weinte in ihren Armen. Lou ging wieder, und Rosa erwachte im Feldbett neben ihm. Es war still, das Rasseln hatte aufgehört. Erst wusste sie nicht gleich, wo sie sich befand, dann rannte sie hinaus und schrie nach der Schwester. Eine Lungenentzündung, vom brackigen Isarwasser vermutlich, stellte der Arzt fest. Das Fieber stieg von Stunde zu Stunde, auch war nicht klar, ob sein Gehirn geschädigt war. Rosa hatte das Gefühl, durchzudrehen. Ihre Glieder schmerzten, jeder Muskel brannte, sie wusste nicht, wie sie liegen, stehen oder sitzen sollte. Unablässig starrte sie auf das Blinken der Geräte. Mit irgendwas musste sie sich ablenken. Die Zeitung fiel ihr wieder ein; hätte sie nicht gelesen, wäre das alles nicht passiert. Schuld, eine Schuldige, schuldig, schrieben die Überwachungsmonitore in blinkenden Linien. Sie rannte aus dem Zimmer, tigerte den Klinikflur auf und ab, blätterte in Prospekten auf den niedrigen Tischen, sogar im Telefonbuch. Wieder im Krankenzimmer ging sie die alphabetisch geordneten Namen durch, las Spalte für Spalte und sagte sie auswendig nach, das ließ die Zeit vergehen. Einen Buchstaben des Münchner Telefonbuchs, danach den nächsten lernte sie auswendig. Bis K musste sie es schaffen, K wie Koch, Felix Koch oder Karkowsky, so hatte er sich in seinen Pässen genannt. Wenn es ihr gelang, bis dahin zu kommen, so flehte sie im Innern, dann wurde ihr Sohn gesund. Wenn er starb, würde sein Vater ihn nie sehen. Rosa rief die Auskunft an, fragte nach einem Teilnehmer in den neuen Bundesländern. Wenn sie keinen Ort wusste, erklärte die Telefonistin, durfte sie keine Nummer herausgeben. Blieb nur Julia, die ehemalige Kollegin im Innenministerium. Sie war dabei gewesen, als Rosa Felix kennenlernte. Sie rief im Ministerium an und wurde ins Chefsekretariat verbunden. Julia hatte erreicht, was sie immer wollte. Sie war ihre Nachfolgerin geworden. Ob sie auch einen Liebhaber in der Stasi gehabt hatte? Was war denn mit dem anderen, dem Freund von Felix gewesen, der schon so besoffen gewesen war? Rosa versuchte sich zu erinnern; hatte er nicht mit Julia getanzt?

»Staatssekretariat, Herbig.« Ihre Stimme klang irgendwie anders.

»Hallo Julia, Rosa Salbeck hier, ich brauche deine Hilfe.«

Schweigen in der Leitung. Rosa glaubte schon, Julia hätte aufgelegt.

»Was kann ich für Sie tun?«, sagte sie gespreizt.

In Rosa gärte es, doch sie riss sich zusammen. Zu müde für Erklärungen, fragte sie einfach: »Kannst du dich noch erinnern, wie wir damals zusammen im *Lehmann's* waren? Da haben uns zwei Männer angesprochen. Weißt du vielleicht, wo ich den, mit dem ich … der Löwengesichtige … wo ich den finden kann?«

»Wer? Leider, ich kann Ihnen da …«

»Die beiden aus Ustbayern, du erinnerst dich doch. Der eine, so ein schmieriger, verschwitzter Typ mit einer Wunde oder einem Pickel am Hals und der andere, so ein …« Sie stockte, wie sollte sie Felix noch deutlicher beschreiben, damit sich für Julia ein Bild ergab? Hatte er sich bei ihrer ersten Begegnung überhaupt mit Namen vorgestellt?

»Sie müssen sich täuschen. Tut mir leid, Frau Salbeck, ich muss zu einer Besprechung, Sie sind an der falschen …«

In Rosa ratterten tausend Rädchen. Sie konnte den versteckten Mikrofilm erwähnen, konnte behaupten, sie hätte Beweise, dass … Ja, dass was? Der einstige Staatssekretär war jetzt der Innenminister. Sollte sie den anschwärzen? Behaupten, er hätte was mit dem Attentat auf Alfred Herrhausen zu tun? Besser nicht am Telefon, sie musste es anders probieren. »Dann verbinde mich bitte mit deinem Chef. Wenn ich dem Staatssekretär stecke, dass du eine Stasi-Agentin warst, wird ihn das sicher interessieren.«

»Ich lege jetzt auf.« Julias Stimme klang brüchiger, nicht mehr so unterkühlt wie zuvor.

Was hatte in dem Zeitungsartikel gestanden? Rosa bluffte weiter. »Ich werde als Zeugin vorgeladen. Da könnte ich dich erwähnen. Die neue Chefsekretärin, vielleicht willst du ja noch aufsteigen, zum Innenminister? Du fandest die beiden damals doch auch nett. Wer weiß, ob du dich nicht öfter mit ihnen getroffen hast?«

Es raschelte in der Leitung. »Feldafing am Starnberger See.« Die Straße und Hausnummer flüsterte Julia in den Hörer.

24.

Im Institut reichte ihr Frau Schauer ein Paket, das ein Kurier gebracht hatte. Carinas Blick fiel auf den üppigen Blumenstrauß auf ihrem Schreibtisch. Lila Astern, Sonnenblumen und sogar Ahornblätter kunstvoll zusammengebunden. »Wunderschön, haben Sie Geburtstag?«, fragte sie.

»Nein, ich …« Frau Schauer druckste herum. »Also ich … ich an Ihrer Stelle würde ihn mir schnappen.«

»Wen?« Von was redete sie da?

»Na, den Tierarzt. Von ihm hab ich die Blumen geschenkt bekommen, ich liebe Astern.«

»Dr. Clemens Schäfer war hier?«, fragte Carina. Wieso sollte er der Sekretärin Blumen schenken?

»Ich weiß nicht, ob er so hieß.« Frau Schauer zupfte an dem Strauß herum. »Es war doch in Ordnung, dass ich ihm Ihre Adresse gegeben habe?«

Carina starrte sie an. »Nein, das war es nicht. Und vielleicht fragen Sie mich das nächste Mal vorher.«

In Watte und Seidenpapier verpackt, lagen in dem Paket die bestellten Glasaugen, ein Paar neutrale grünbraune, dann welche mit gelblicherem Augenweiß und rotädrige. Allerfeinste Handarbeit wie chinesische Porzellanmalerei. Nun konnte sie mit der Rekonstruktion beginnen. Der Präparator kam ihr im Keller entgegen, voller Tatendrang bereit, ihr neues Arbeitszimmer auszuräumen.

»Später«, sagte sie. »Erst mal brauche ich eine Stele: Eine Stange, vielleicht aus einem Stück Besenstiel oder Ähnliches auf einem Brett, kannst du das bitte für mich zusammenschrauben?«

»Was krieg ich dafür?«, fragte Nusser.

»Such dir was aus.« Großzügig deutete Carina auf die alten Geräte, den Tageslichtprojektor, zwei Riesenbildschirme, veraltete Waagen und Messgeräte.

Der Präparator wühlte eine Weile, entschied sich für das größte und schwerste Teil und hob es an. Carina half ihm beim Tragen. »Man kann ... doch alles ... ab...warten«, ächzte Nusser. »Feiningers Vorgänger wollte ihn mir nicht schenken, als er ausrangiert wurde.«

»Und was willst du mit dem alten Röntgenapparat?«, fragte Carina und stolperte fast über das Kabel.

»Den bau ich in mein Cabrio als Nacktscanner ein.«

Während der Schädel der Spielplatztoten in einem Stoffsack im Wasser kochte, um Reste von Sand, Schmutz und Gewebe zu entfernen, bereitete Carina die Rekonstruktion vor. Nach den Angaben einer Weichteil-Tabelle, die Anatomen über Jahre errechnet hatten und die als Kopie in ihrem Skizzenbuch klebte, maß sie von den weißen Moosgummistangen kleine Stücke ab und schnitt sie millimetergenau zu. Den sauberen, getrockneten Schädel stopfte sie mit Zeitung aus, damit er auf Nussers Stele nicht wackelte. Sie wählte das neutrale, grau-blaue Augenpaar und platzierte es in den knöchernen Höhlen. Stellvertretend für Haut,

Muskel- und Fettgewebe klebte sie als Markierung die Abstandsmarker an vierundzwanzig Stellen des Schädels auf und begann mit Plastilinstreifen das Gesicht aufzubauen. Ganz vertieft in ihre Arbeit nahm sie nur am Rande wahr, wie Pfefferminzduft durch den Raum zog und Nusser ihr einen Tee und ein paar Kekse hinstellte. Ein Dutzend Mal stand sie auf, stieg über eine alte Waage, um sich in eine Zimmerecke zu quetschen und ihre Skulptur von weitem betrachten zu können. Gelegentlich knetete sie eine ganze Partie neu oder schob die Nase einen Millimeter weiter nach rechts. Zwischendurch hatte sie das Gefühl, alles verwerfen und neu anfangen zu müssen. Schließlich klopfte es. Hastig trank sie einen Schluck kalt gewordenen Tee. Nicht der Präparator, sondern die Professorin steckte ihr breites Gesicht durch die Tür.

»Ich wollte mal sehen, wie weit Sie sind.«

Carina zögerte, sie einzulassen. Sie brauchte noch Zeit, nur ein grober Rohling war fertig, die Feinarbeit fehlte noch. Der Mund stand vor, weil der Aufbau der Oberlippe noch nicht erfolgt war, und die Nase glich eher einer zerdrückten Kartoffel als einem Riechorgan. Außerdem war das Kinn, von der Seite betrachtet, zu spitz geraten. Kurz, es fehlte alles, was man nicht berechnen konnte. Die Ohren, die Haare und der individuelle Ausdruck oder, um es in der Sprache der Elster zu sagen, der Glanz. So wie sie die Tote gesehen hatte, als sie unter die Plane auf dem Spielplatz gekrochen war. Dort hatte sich für sie das Bild einer jungen Frau über das Skelett gelegt, mit Fleisch, Haut und von Leben erfüllt.

Aber eher hätte man einem Mammut den Zutritt verweigert als Paula Feininger. Sie stapfte um den Schreibtisch herum, betrachtete die Gesichtsskulptur von allen Seiten. »La *urraca*, die Elster, jetzt verstehe ich Ihren Spitznamen. So was hätten wir mit dem Computerprogramm nie erreicht. Respekt, Frau Dr. Kyreleis.«

Seit einigen Jahren entwickelte das BKA ein Programm zur Gesichtsrekonstruktion. Das Problem war, dass dabei eine fotoähnliche Abbildung herauskam und der Laie dies für ein echtes Foto der vermissten Person hielt. Wenn es nicht hundertprozentig stimmte, waren die Chancen vertan. Bei einer Skulptur hingegen verstand der Betrachter, ähnlich wie bei einer Phantomzeichnung, dass es sich nur um eine Annäherung handelte – so *könnte* der Vermisste ausgesehen haben, von vorne, von hinten, von der Seite –, und ließ seine Vorstellungskraft frei spielen.

Paula Feininger räusperte sich. »Wegen gestern, das mit Hickl …«

Carina merkte, dass die Chefin nun zum eigentlichen Grund ihres Besuchs kam, und begriff. »Ach so, machen Sie sich da keine Gedanken. Ich bin stark kurzsichtig.« Sie rückte ihre Brille zurecht. »Über fünf Dioptrien, ich hab nicht viel gesehen.«

Die Chefin lächelte. »Danke, Sie haben was gut bei mir. Die Tote ist über den Zahnstatus der Vermisstenkartei identifiziert worden. Für morgen Nachmittag habe ich die Eltern des Mädchens ins Institut bestellt. Schaffen Sie es bis dahin mit der Skulptur?«

»Also …« Normalerweise brauchte Carina eine Woche für eine Gesichtsrekonstruktion. Wenn sie ausschließlich daran arbeitete, vielleicht drei Tage.

»Ich stelle Sie von den Obduktionen frei.«

Das war zwar ein gutes Angebot, aber später wollte Carina doch das Experiment mit Clemens durchführen, und war da nicht auch noch ein anderer Termin gewesen, der ihr gerade nicht einfiel? Am besten, sie arbeitete einfach die ganze Nacht durch.

»Ich habe gehört, dass Sie eine Frau gerettet haben, der ein Hund das Gesicht verstümmelt hat. Ich gratuliere.«

»Ob es der Hund war, ist nicht bewiesen.«

»Schreckliche Vorstellung, ich hab selbst einen Pekinesen, der schläft bei mir sogar im Bett.« Die Professorin zögerte einen Moment. »Na ja, wer könnte es Ihrer Meinung nach sonst gewesen sein?«

Carina verkniff sich ein Grinsen. »Sie wollen, dass ich eine Vermutung aufstcllc?«

Feininger ignorierte ihre Anspielung, dass Rechtsmediziner Spekulationen außen vor zu lassen hatten. »Wie geht es der Frau denn?«

»Sie wollte sich umbringen, hat sich die rechte Pulsader aufgeschnitten und dazu Tabletten geschluckt. Während sie bewusstlos in ihrem Wohnzimmer lag, muss jemand versucht haben, ihr das Gesicht zu entfernen. Es konnte wieder angenäht werden.«

Carina packte die Gelegenheit beim Schopf. »Eva Bretschneider, so heißt die Verletzte, hat mich um ein Gutachten gebeten.«

»Bezahlt sie es auch?«

Carina nickte, froh, nicht erklären zu müssen, dass sie keinen flauschigen, glupschäugigen Pekinesen, sondern eine kniehohe Jagdhundmischung ins Institut bringen wollte.

»In Ordnung, aber die Rekonstruktion geht vor; dann erst kommt der Hund an die Reihe.«

Innerlich jubelte Carina, sie hatte die Zustimmung ihrer Chefin in der Tasche.

25.

Er liebte es, am alten Schleifstein mit Fußbetrieb, der von seinem Großvater stammte, die Messer zu schärfen. Hier im Kellergewölbe war es zwar auch im Sommer kalt und feucht, und er musste mehrere Schichten Pullover tragen, aber bei dieser Arbeit entspannte er sich jedes Mal. Beim gleichmäßigen Auf und Ab des Tretens und dem sirrenden Geräusch ruhte die Forelle in seiner Hirnsuppe, und er konnte ungestört seinen Gedanken nachhängen. Ein neues Gesicht brauchte er, eines für die Ewigkeit. Diesmal musste es klappen. Unter den Küchenmessern, die sie ihm zu schärfen aufgetragen hatten, wählte er die besten aus, polierte sie und ordnete sie in seinem Kasten. Seit er damit durch die Stadt lief, benahmen sich die Leute ihm gegenüber anders, als wären aus Blinden plötzlich Sehende geworden. Besonders die Frauen, ob in der Straßenbahn oder im Supermarkt, beäugten ihn neugierig. An der Kasse ließ ihm eine den Vortritt, obwohl er mehr im Einkaufswagen hatte als sie. Als er die Waren aufs Laufband legte, strich er absichtlich über jeden Apfel einzeln, lauschte den leisen Seufzern der Frau hinter ihm, die seine Hände betrachtete. Sie träumte vielleicht davon, dass er ihren Körper ebenso virtuos beherrschte wie seine Instrumente im Kasten, den er anstelle eines Bierträgers in den Wagen gestellt hatte.

»Was treibst du da unten?« Die Verhasste plärrte die Kellertreppe hinab. »Kriege ich die Messer heute noch, oder soll der Koch mit der Gabel tranchieren? Los, du Nichtsnutz.«

Egal was er tat, er war immer zu langsam. Wo sie konnte, schikanierte sie ihn. Er prüfte die Klinge des Santokus auf seinem Unterarm und leckte sein Blut ab, das aus der haarfeinen Wunde perlte. Am liebsten würde er der Verhassten die Gurgel durchschneiden, ratsch. Sie würde er wenigstens gleich erkennen, ihre Kreischstimme brannte in ihm wie eintätowiert. Doch vorerst hatte er ihr das Zahnarztbesteck geklaut, das sie in einer Schachtel mit Spielzeugreifen aufbewahrte. Der kleine Spiegel, die Zange und die Pinzette für Feinarbeiten lagen neben ihrem Tagebuch, aber Romeo hasste Lesen und was die Alte trieb, juckte ihn sowieso nicht. War sie zu geizig, um zum Zahnarzt zu gehen, zementierte sie sich etwa selbst die Löcher? Standen nicht sowieso längst die Dritten im Wasserglas neben ihr in der Nacht? Tagsüber schickste sie sich auf, gab sich als Dame von Welt, und nur er hatte sie ohne Schminke gesehen. Ein Lederapfel, der immer mehr ausdörrte. Er griff ins samtene Deckelfach des Kastens, in dem er den Handklumpen verwahrte, und zupfte ein Stück ab. Erst als er die mumifizierte Haut zwischen zwei Fingern zerrieb und sich unter die Nase hielt, beruhigte sich die aufgescheuchte Forelle in seinem Schädel wieder. Er sog Maries Duft ein, tief im Moder steckte er noch.

26.

Mittags hetzte Carina ins Glyptothekcafé, wo sie mit ihrer Schwester verabredet war. Eigentlich hätte sie absagen müssen, aber sie wusste, dass dann das schlechte Gewissen eine größere Plage für sie wäre als die Aussicht, bis spätnachts an der Gesichtsskulptur zu arbeiten. Hier, im Schädelstudio, wie sie es nannten, hatten sie sich früher oft getroffen, als Carina für die Kunstakademie zeichnen übte. Zwischen all den griechischen und römischen Köpfen fühlte sie sich wohl. Und Wanda würde im Innenhof, der einem Amphitheater glich, die perfekte Kulisse für ihre Casting-Generalprobe haben. Sie nahm ihr Skizzenbuch, einen Tuschestift, Handy und Geldbeutel aus ihrer Tasche und gab Jacke und Tasche an der Garderobe ab. Die Cafétische waren voller Leute, die die Mittagssonne genossen, Wanda war nirgends zu sehen. Als ein Ehepaar aufstand, setzte sich Carina und wartete. Sie überprüfte ihr Handy, keine SMS von ihr, auch Lars hatte es aufgegeben. Wenn ihre Schwester nicht bald kam, war die Mittagspause vorbei, noch bevor sie was gegessen hatten. Endlich, gestylt wie für einen Galaauftritt, mit bildschirmgroßen Sonnengläsern schlängelte sich Wanda zwischen den Tischen zu ihr durch. Schmutzige, rosa lackierte Zehen krallten sich über den Rand ihrer High Heels.

»Schau dir das an.« Wanda klatschte ein eingerolltes Häkelteil auf den Tisch, beugte sich im kurzen, engen Seidenkleid vor und tippte auf ihr Kinn. »Ein Riesenpickel, genau hier, und da kommt ein zweiter, ich spüre es schon. Das muss die Aufregung sein, kannst du mir nicht irgendwas geben, du bist doch Ärztin.« Außer grellem Lippenstift und einer dicken Schicht Make-up konnte Carina nichts entdecken. »Muss ich erst tot sein, damit du mir hilfst?«

Carina sah auf die Uhr ihres Handys. »Soll ich dir was mitbringen?«

»Ach, ich krieg jetzt eh nichts runter.« Wanda drapierte sich den Seidenschal über die Kinnspitze. »Wie findest du den Schal, habe ich extra gekauft.«

»Der raschelt doch im Mikro«, sagte Carina.

»Ich habe nur gedacht, falls sie gleich ein Foto machen für das CD-Booklet.« Sie zerknüllte das edle Teil in der Hand. »Von mir aus, dann lieber Pickelpräsentation, die sollen retuschieren, für was gibt es Photoshop! Ach hier, die ist für dich. Mein Willkommensgeschenk.« Sie schob Carina das Häkelstück zu. »Ich wollte sie dir zum Flughafen mitbringen, sie ist aber jetzt erst fertig geworden, weil ich die Wolle in einer der Kisten …«

»Sprich nicht weiter, ich ahne es«, unterbrach Carina. »Meinen Schlüssel hast du nicht zufällig gefunden?«

»Ich bleib dran, versprochen. Jetzt probier mal auf, ist noch nicht vernäht.« Wo auch immer, Wanda häkelte leidenschaftlich gern. Als Kind hatte sie kilometerlange Luftmaschenschlangen produziert, war damit sogar einmal in der Zeitung gewesen, weil eine der Schlangen um das Münchner Rathaus reichte. Mit den Jahren wurde die gesamte Verwandtschaft behäkelt. Nur Sandro weigerte sich, ihre Handarbeiten anzuziehen. Fäden hingen Carina in die Augen, aber sonst passte die rote Mütze.

»Beeil dich, ich will dir vorführen, was ich einstudiert habe.« Wanda scheuchte sie zur Essensausgabe, kaum dass Carina das Ding aufgesetzt hatte. Es standen bereits eine ganze Reihe Leute an. Das würde dauern.

»Warte, ich nehme doch was, einen Cappuccino und einen kleinen Salat«, rief ihr Wanda nach. »Nein, lieber nicht, sonst beklecker ich mich noch, also besser ein Stück Kuchen. Das beruhigt die Nerven.« Dann brauche ich zwei, dachte Carina. In der Schlange vor der Theke sah sie, wie Wanda an Carinas Handy herumklickte. Mist, warum hatte sie das nur auf dem Tisch liegen lassen? Mit ausgestrecktem Arm hielt Wanda es von sich weg und knipste sich in mehreren Posen.

»Mein Akku ist leer«, sagte sie, als Carina vollbeladen zurückkam. »Und diesen aufregenden Moment musste ich unbedingt festhalten. Schickst du mir die Fotos? Und wer ist der süße Kerl in deinem Fotoalbum? Der sieht gar nicht mexikanisch aus.«

Carina knallte das Tablett auf den Tisch, riss ihrer Schwester das Handy fort und steckte es ein. Sie hatte vergessen, dass da noch irgendein Schnappschuss von Lars drauf sein musste. »Hast du Papa gesagt, wo ich wohne?«, fragte sie.

»Spinnst du? Ich hab es dir versprochen. Der soll seinen Kontrolltick woanders ausleben und von mir aus seine Mörder überwachen.« Sie grinste. »Dem Hausmeister habe ich gesagt, dass du Corinna König heißt. Selbst wenn Papa sämtliche Klingelschilder Münchens abklappert und an den Türen fragt, findet er dich nicht.« Sie sprang auf. »So, du bist jetzt der gelangweilte Castingchef – ja, so wie du schaust, hast du echt Talent –, und ich bin die Newcomerin, die dich gleich mit meiner Stimme vom Hocker haut. Was willst du hören, Pumuckl, den Willi von der Biene Maja, Hui Buh oder Winnetouch?«

Carina rutschte so tief wie möglich in ihrem Drahtstuhl nach unten und duckte sich. Der Appetit war ihr vergangen. Nur um irgendwas in der Hand zu haben knabberte sie an dem französischen Baguette. Mit was würde Wanda am wenigsten Aufmerksamkeit erregen? Carina spürte alle Blicke im Nacken, sogar ein junger Mann in einer karierten Bäckerhose hatte sich auf den Steinstufen niedergelassen und starrte Wanda an. Den hatte sie schon mal gesehen, aber wo? Arbeitete er in einer Bäckerei in der Nähe des Instituts?

»Ich fang einfach an.« Wanda holte Luft.

»Kannst du auch Fisches Nachtgesang von Christian Morgenstern?«, schlug Carina vor.

»Ach, du nimmst mich nicht ernst.« Und sie legte los. Der Bäckergeselle schlug sich gegen die Stirn, natürlich, von Wandas Gequietsche musste jeder Kopfweh kriegen. Doch bei dieser Geste fiel es ihr wieder ein: Er hatte doch im Regen die Laternen gestrichen, im Alten Botanischen Garten, als sie die Tote bargen. Und er musste ja kein Bäcker sein, nur weil er so eine Hose trug. Mit einem Mal hielt sie es nicht mehr aus. »Du hast den Job«, unterbrach sie Wanda, bevor die Glasscheiben ihres Schädelstudios barsten.

Nachdem Wanda den Apfelkuchen verschlungen hatte, brach sie auf. »Lädst du mich ein, dafür übernehme ich es das nächste Mal, ja?«

»Du meinst, nach dem großen Durchbruch, wenn du in Geld schwimmst.«

»Du glaubst nicht wirklich an mich, stimmts?«

Carina überging die Frage. »Hör mal, du hast kein Geld, kein Handy, du bist ja völlig von der Außenwelt abgeschnitten.« Wanda hatte sich nicht verändert. Carina konnte sich nicht erinnern, jemals von ihr zum Kaffee eingeladen worden zu sein. »Hast du wenigstens eine Fahrkarte? Wo ist das Casting überhaupt?«

»Der Typ holt mich auf dem Königsplatz ab. Seinen Namen weiß ich noch nicht.«

Dort hatte Luise Salbeck auch ihre Schwester wiedergesehen.

»Drückst du mir trotzdem die Daumen?« Hastig umarmte sie Carina.

»Klar, viel Glück, ich glaub an dich, nicht trotzdem, sondern überhaupt«, sagte Carina.

»Danke auch, dass du dich um Sandro kümmerst.«

Hüftschwingend schlängelte sie sich durch die Leute davon.

Ihr Neffe, daran hatte Carina gar nicht mehr gedacht. Aber sie musste doch bis morgen früh die Rekonstruktion fertig haben. Außerdem kam gleich Clemens wegen des Experiments. Sollte sie es verschieben? Das hatte ihre Chefin immerhin verlangt. Sie stand auf. Eine schnelle Runde durchs Museum musste einfach sein, wenn sie schon mal hier war. Von weitem sah sie ihre Schwester noch an der Garderobe. Gerade legte sie sich wieder den Schal um. Typisch Wanda, immer am Flirten. Diesmal mit dem jungen Mann in der Bäckerhose, der auf den Stufen gesessen und ihrer Generalprobe gelauscht hatte. Ihm hatte es anscheinend gefallen.

Wie vertraut ihr die Skulpturen ringsum waren, der alte Mann mit dem zerfurchten Gesicht, der nackte, sich auf einem Pantherfell räkelnde Satyr. Der mollige Knabe, der eine Gans am Kragen packt. Die Gans schreit, sogar die leicht eingerollte Zunge ist zu sehen und die Kauflächen. Die Friedensgöttin Eirene, der ein Stück der Nase fehlt. Das Kind, das sie auf dem Arm trägt, mustert sie, als wollte es sagen: Was ist mit deiner Nase passiert, hast du etwa zu viel gebohrt? Doch am liebsten mochte Carina den Saal mit den römischen Bildnissen, ein Porträt neben dem anderen, Frauen und Männer, junge und alte. Neben dem Hund aus Stein setzte sie sich auf eine Bank und zog ihr Skizzenbuch und den Stift heraus.

»Nur mit Bleistift, bitte. Kugelschreiber, Füller und so weiter sind nicht gestattet«, sagte ein Wärter.

Wie hatte sie das vergessen können. Aber der Bleistift befand sich in ihrer Tasche an der Garderobe.

»Hier.« Der Wärter reichte ihr einen Stummelbleistift aus seiner Brusttasche. Dann deutete er auf ihre Zeichnung der erwachsenen Rosa Salbeck. »Die kenne ich.«

»Was?« Carina verstand nicht gleich. »Sie meinen, Sie haben diese Frau hier schon mal gesehen?«

»Ja, klar, jeden Tag.« Er lachte. »Da hinten, das Porträt der Römerin, meine Lieblingsbüste. Schade, dass es solche Frauen nicht in Wirklichkeit gibt.« Tatsächlich ähnelte die Skulptur mit den fein gearbeiteten Gesichtszügen der Rekonstruktionsskizze. Vielleicht, durchfuhr es Carina, hatte sie durch ihre Zeichenübungen diese Römerin so verinnerlicht, dass sie sie auswendig konnte. Und vielleicht hatte Luise bei einem Glyptotheksbesuch diese Büste gesehen und danach gedacht, sie hätte ihre Schwester auf dem Königsplatz wiedererkannt. Eine Wunschvorstellung, die tote Schwester sei auferstanden, weiter nichts.

27.

Wie jeden Mittwoch hatte er mit dem Handkarren frisches Gebäck und belegte Semmeln zum Glyptothek-Café geliefert und wartete nun, bis die Tabletts abgeräumt wurden. Er setzte sich in den Innenhof und betrachtete die Leute. Schade, dass er seinen Kasten nicht dabeihatte, den hatte er draußen auf der Handkarre gelassen. Hier hockten einige hübsche Frauen. Wie auf einer tiefergelegten Bühne waren sie für ihn an Tischen aufgereiht. Eine gefiel ihm besonders, wieder eine ältere; sie berührte etwas in ihm, das sich aufregend anfühlte. Hatte er sie schon mal gesehen? Er fixierte sie, tastete ihre Züge mit den Augen ab. Wie immer versuchte er sich die Schönheit des Gesichts einzuprägen, aber wenn sein Blick zur Nase sprang, hatte er die Form ihrer Lider vergessen, war er bei ihrem Mund und registrierte, wie sie unterm Sprechen mit der Zungenspitze über die Lippen fuhr, wusste er die Wölbung ihrer Nase nicht mehr. In seinem Inneren wollte sich einfach kein Bild zusammensetzen. Trotzdem sagte ihm sein Körper, dass sie die Richtige war. Es kribbelte überall. Sie hatte sich herausgeputzt, als wäre es ihr schönster Tag. Wenn er sie für sich gewinnen konnte, war das auch so, ihr schönster und ihr letzter Lebenstag zugleich. Ihr Antlitz gehörte dann für immer ihm allein. Er musste sie nur so weit bringen, dass sie ihm vertraute und ihm in seine persönliche Glyptothek folgte, seine ganz private Sammlung. Dort hatte er alles sorgfältig vorbereitet. Er würde ihre zarte Haut streicheln, von außen und von innen. Welcher Liebhaber konnte das schon? Wie sie wohl roch? Er würde ihren verstummten Mund küssen, bis die Lippen nicht mehr pochten, und ihr die Lider zudrücken, bevor ihre Augen erstarrten. Auf die Wimpern würde er diesmal besonders achten, damit sie nicht wieder ausfielen wie Spinnenbeine. Als sie aufstand, erhob er sich von den Steinstufen und folgte ihr zur Garderobe.

28.
Feldafing, 1996

Das Fieber war gesunken, ihr Sohn außer Lebensgefahr. Rosa bat Lou, an ihrer Stelle einen Vormittag am Bett ihres Sohnes zu wachen. Er hatte noch immer erhöhte Temperatur und zuckte im Schlaf. Sie versprach bis mittags zurück zu sein, damit Lou pünktlich im Restaurant erscheinen konnte. Der Arzt hatte Rosa versichert, dass ihr Kleiner wieder gesund würde, und sie glaubte es, sie musste es glauben, damit sie überhaupt fahren konnte. In der S-Bahn Richtung Tutzing, am Starnberger See entlang, atmete sie zum ersten Mal seit dem schrecklichen Tag an der Isar wieder durch. Mit jeder Haltestelle fiel ein Stück Anspannung von ihr ab. Es gab noch ein Leben da draußen, die Welt drehte sich weiter, ob mit oder ohne sie. Sie nickte kurz ein und hätte fast den Ausstieg verschlafen. Ländlich und verlassen wirkte der rote Backsteinbahnhof – wer vermutete hier einen ehemaligen Stasi-Agenten? Hatte es hier nicht auch diese Nazi-Eliteschule gegeben, in die Alfred Herrhausen gegangen war? Sie hatte davon in der Zeitung gelesen, eines Morgens, als sie das Besteck polierte: in einem Artikel über sein Leben. Suchte sich Felix nach der Wende deshalb gerade diesen Ort aus? Das Dorf war größer und verwinkelter, als es vom Bahnhof aus gewirkt hatte. Nachdem sie einmal im Kreis gegangen war, fragte sie eine Frau mit Kinderwagen nach der Straße, die ihr Julia genannt hatte. Die liege auf der anderen Seite der Bahnlinie, unter der Unterführung durch. Viel Zeit blieb ihr nicht, sie wollte so schnell wie möglich zurück ins Krankenhaus.

Gegen elf brannte die Septembersonne mit ihrer übers ganze Jahr gesammelten Kraft auf den Teer, und Rosa hielt sich im Schatten der hohen Hecken, die die Villengrundstücke säumten. Trotzdem war sie verschwitzt, als sie endlich den Kiesweg zur Nr. 28 hinaufging. Noch konnte sie umkehren, das Ganze nur als Ausflug betrachten und vielleicht ein anderes Mal wiederkommen. Auf dem weitläufigen Grundstück thronte ein gedrungenes, dunkelgraues Haus, es wirkte fast wie ein Bunker. Der Himmel spiegelte sich in den kleinen Fenstern, vermutlich hatte er sie schon längst entdeckt. Wie würde er reagieren, nach all den Jahren, würde er überhaupt aufmachen? In der offenen Garage stand ein Polo. Sie wusste nicht einmal, ob Felix einen Führerschein besaß. Für einen Agenten waren das sicher Kinkerlitzchen und eine Selbstverständlichkeit. Es reizte sie, in den Wagen zu spähen, um irgendetwas Persönliches von ihm zu finden, aber vielleicht hinterließ er immer noch keine Spuren. Hatte er sein altes Leben aufgegeben und übte einen bürgerlichen Beruf aus? Sie lächelte matt bei dem Gedanken; Felix als Verkäufer oder Klempner, das konnte sie sich einfach nicht vorstellen. Dabei fiel ihr etwas ein. Vielleicht arbeitete er hier nur als Hausmeister oder Chauffeur, denn wie sonst hätte er sich so einen protzigen Kasten leisten können? Ja, das musste die Erklärung sein. Sie drückte auf die Klingel und erwartete ihren Liebsten in Butlerkleidung, eine Serviette über dem Arm.

Rosa erschrak, als ihr eine alte Bekannte öffnete. »Was machst *du* denn hier?«, fragte sie.

»Na, wohnen, was sonst«, näselte Julia im offenen Seidenmantel, darunter trug sie nur einen schwarzen Slip. Ihre Augen waren grell umrandet, nur ihre Nase war frei von Make-up und leuchtete rot.

»Dass du kommst, wusste ich ja.« Hastig riss sie ein Tempo aus ihrer Manteltasche und nieste hinein. »Aber ich dachte nicht, dass du gleich herfährst, ausgerechnet heute, wo ich krankgeschrieben bin. Er ist nicht da, tut mir leid.«

Was, wie – Rosa verstand nicht.

»Willst du so lange warten oder hast du Angst vor Ansteckung? Ich weiß nicht, wann er zurückkommt, in einer Stunde vielleicht. Aber ich kann ihn anrufen, warte.« Sie stieß die Tür auf und drehte sich mit weitschwingendem Mantel auf den hohen Pantoffelabsätzen ins Hausinnere.

»Dann wohnt er auch hier, mit … mit dir?«, brachte Rosa endlich hervor.

»Ja, wir sind ein Paar. Sag bloß, das wusstest du nicht? Seinen Eltern gehörte das Objekt. Wie findest du's?« Julia schwenkte die Arme wie eine Königin, die einem Untertan den Palast zeigt. Rosa folgte ihr und kam sich in ihrem zerknitterten geblümten Rock und den flachen Schuhen wie ein Bauerntrampel vor.

»Mir ist es ein bisschen zu düster, aber er weigert sich, die Fenster vergrößern zu lassen. Das Haus stammt noch von der Jahrhundertwende. Irgendein Schriftsteller, ein Freund von Thomas Mann, soll hier seinen Sommersitz gehabt haben, aber frag nicht, welcher, ich lese nicht gern.«

Rosa tappte ihr hinterher, ganz benommen von dem, was sie hörte. Ein Paar, hallte es in ihrem Kopf. Er war mit ihrer Rivalin zusammen, der Person, die ihr bis zur Frisur nachgeeifert, die ihre Stelle beim Staatssekretär übernommen hatte. Eine Brille trug sie nicht mehr, also war das doch nur Show gewesen – oder hatte sie Kontaktlinsen?

Tatsächlich, das Haus sperrte das Sonnenlicht aus, überall brannten Lampen, erhellten die hohen dunkelgebeizten Decken und schmalen Gänge. Spärlich möbliert war alles. Die Formen erinnerten Rosa an vergrößerte Bauklötze, funktional, aber bestimmt unbequem. Julia telefonierte von einem Apparat aus, bei dem die Wähltasten in den Hörer integriert waren. Rosa hätte ihn ihr bloß vom Ohr wegreißen müssen, um sofort mit Felix zu sprechen. Doch sie war wie gelähmt. Wie lange wohnten sie schon hier? War Rosa etwa nur ein Seitensprung gewesen oder hatte Felix sie für Julia verlassen? Hatten sie Kinder? Spielzeug lag nirgends herum, auch hing nirgendwo Kindergekrakel an der Wand.

Julia beendete das Telefonat. »Magst du einen Pfefferminztee oder lieber Eistee?« Es fehlte nur noch, dass sie in die Hände klatschte und eine Dienerin die Bestellung aufnahm. Doch sie schienen allein zu sein. Rosa folgte ihr in die großzügig geschnittene Küche; die Strecke zwischen Kühlschrank und Ofen eignete sich zum Rollschuhfahren.

»Meine Haushaltshilfe ist ebenfalls krank, ausgerechnet heute, wo es mir so schlechtgeht.«

Sie übertrieb, ein Schnupfen, weiter nichts, dachte Rosa. Eine Schwerkranke wäre kaum fähig gewesen, sich so perfekt zu schminken und so leicht bekleidet herumzutänzeln.

»Mandy kommt aus dem Osten, sie ist gerade neunzehn geworden und freut sich über den gut bezahlten Job hier«, redete Julia weiter, öffnete mehrere Schranktüren auf der Suche nach einem Trinkgefäß und fand schließlich ein großes, schweres Halbliterglas, das sie mit Fertigtee aus der Packung und Eiswürfeln aus einer Maschine füllte. Sich selbst goss sie heißes Wasser aus einem Kocher in eine Tasse, hängte einen Teebeutel hinein und forderte Rosa auf, in der abgesenkten Sitzgruppe Platz zu nehmen.

Ein Silberrahmen stand in der Sofaecke. Rosa setzte sich und wagte es kaum, hinzusehen, aus Angst, ein Kleinkind auf dem Schwarz-Weiß-Foto zu erblicken. Beiläufig schielte sie hinüber. Felix von der Seite, ein Schattenriss im Gegenlicht auf einem Segelboot, vermutlich auf dem Starnberger See. Sein ebenmäßiges Profil hätte Rosa überall wiedererkannt. Neben ihm, deutlich erkennbar, befand sich ein anderer Mann, dessen auffälliges Mal sich auf dem Schwarz-Weiß-Bild in dunklerem Grau von seiner übrigen Haut abhob. »Wie lange kennt ihr euch schon?«, fragte Rosa und nippte an ihrem Getränk, das angenehm kühlte. Hier hockte sie nun neben ihrer Nachfolgerin in beruflicher, sexueller und seelischer Hinsicht; diese Streberin, diese Möchtegern-Rosa hatte ihr den Liebsten weggeschnappt.

Julia zog die nackten Füße aus den Pantoffeln, knetete ihre lackierten Zehen und störte sich nicht daran, ihre Brüste fast ganz zu entblößen. Sie plauderte drauflos, als wären sie beste Freundinnen. »Als wir uns mit ihnen im *Lehmann's* trafen, du weißt schon, an dem Abend, als du dich endlich herabgelassen hast, mit mir auszugehen, da waren wir seit drei Monaten zusammen.« Sie wischte sich die laufende Nase. »Für uns war es ein Spaß, vor dir so zu tun, als hätten wir uns noch nie gesehen. Und für mich steckte, ehrlich gesagt, auch ein bisschen Genugtuung darin, dir deine Herablassung heimzuzahlen.«

»Warum hast du dann am Telefon so getan, als wüsstest du nicht, wen ich meine?«

Julia lachte, nieste wieder, schnäuzte sich erneut. »Du hast es mir auch nicht leichtgemacht, erinnerst du dich? Na ja, Schwamm drüber.« Sie klatschte in die Hände. »Magst du unsere Trauzeugin werden? Nächsten Mai wollen wir auf Neuschwanstein heiraten. Es ist total schwer, da einen Termin zu kriegen. Wenigstens hat dann die Geheimniskrämerei ein Ende.«

»Dann weiß niemand, dass ihr zusammen seid?« Wie verkraftete diese Angeberin es bloß, diesen ganzen Prunk hier keinem zeigen zu können?

»Die in der Arbeit finden das ganz spannend, löchern mich ständig, mit wem ich liiert bin, glauben, es wäre ein ganz hohes Tier. Wir treffen uns auch nur am Wochenende hier, ich habe ja mein Apartment in der Stadt.«

Diese unscheinbare Maus, die im Hintergrund wirkte, sollte Felix' langjährige Geliebte sein? Also war er, gleich nachdem Rosa ihm von der Schwangerschaft erzählt hatte, zu ihr gegangen. Die ganze Zeit war er schon mit Julia zusammen, nachher und vorher, vermutlich auch in Gedanken, wenn sie sich liebten. Rosa war lediglich Mittel zum Zweck gewesen, genauso wie es die Staatssicherheit der

DDR geplant hatte, ein westdeutsches Liebchen zum Ausquetschen. Sie umklammerte das Teeglas wie einen Rettungsring. »Was macht er? Ich meine beruflich?« Julia würde ihr vermutlich nicht die Wahrheit sagen. Aber versuchen konnte sie es.

»Er ist beim Bundeskriminalamt, eine ewige Fahrerei ist das zwar von Wiesbaden hierher, dafür sind wir dann ungestört, wenn du verstehst, was ich meine. Bei seinen Fähigkeiten haben die ihn mit Handkuss genommen.« Sie kicherte. »Seinen Ermittlerfähigkeiten natürlich.« Julia sagte das so, als sei es eine Selbstverständlichkeit, dass Ostspione nach der Wende zum BKA wechselten. Ob es stimmte, was sie da von sich gab? An der Tür hatte Rosa keinen Namen gesehen – und das Foto hier, was bewies das schon? Es war Felix, unleugbar, aber sie mussten kein Paar sein. Vielleicht hatte Julia die Aufnahmen heimlich gemacht; so wie sie Rosa damals nacheiferte, aussehen wollte wie sie, sogar ihren Gang nachäffte, hatte sie vielleicht auch Felix aufgelauert, als er mit seinem Freund eine Bootstour machte. Zunächst einmal waren das nur Behauptungen, die bewiesen gar nichts; daran klammerte sie sich. »Du hast also auch für die Stasi spioniert?«

»Nein, mein Auftrag war es, dich mit ihnen zusammenzubringen, weiter nichts.« Julia schlürfte ihren Tee. Was faselte sie da? Ihre ganze aufdringliche Art sollte von der Stasi inszeniert worden sein, nur damit man sie, die kleine Tippse, die Chefsekretärin des Staatssekretärs als Agentin gewann?

»Du glaubst mir nicht?« Julia zog eine Flasche Rum aus dem Zeitungsständer und kippte sich einen Schuss in den Pfefferminztee. »Die fiesen Zettel in deinem Büro, die haben wir uns gemeinsam ausgedacht. Ich mag ja solche Fäkalworte nicht, aber bei dir schienen sie mir angemessen. *Kösterschlampe, Staatslutsche, Aufwärtsfickerin.*« Sie schnäuzte sich wieder.

Unwirklich fühlte sich das alles an, irreal. Plötzlich wurde Rosa alles zu viel. »Felix und ich haben ein Kind zusammen«, begann sie und wartete bis es bei Julia einsickerte.

»Felix?« Sie tat so, als hörte sie den Namen zum ersten Mal, wischte sich die Nase und schluckte ihren Tee wie Wasser. Rosa wühlte in ihrer Handtasche, suchte das Foto ihres Sohnes, fand es in der Aufregung nicht gleich, leerte den gesamten Tascheninhalt aufs Sofa. Da war es, sie streckte es ihr hin. »Einen Jungen, sieben Jahre ist er inzwischen.«

Julia beachtete das Foto nicht, stellte die Tasse ab und starrte Rosa unter getuschten Wimpern an. Ihr eines Auge flackerte, als wäre ihr etwas hineingeflogen. Dann goss sie sich noch etwas Rum ein und trank. »Ja, daran arbeiten wir noch. Ich wollte meine neue Position nicht gleich wieder aufgeben. Bei den heutigen Möglichkeiten der Kinderbetreuung könnte ich zwar sofort weiterarbeiten, doch so eine Schwangerschaft geht nicht spurlos an einem vorüber wie man an dir sieht und …«

Viele Jahre später sah Rosa immer noch, wie sie in Zeitlupe ihr Glas hob, es in der Hand drehte und wie sie dann mit voller Wucht ausholte und es auf Julia niedersausen ließ. In Sekunden kippte Julia zur Seite. Das Glas blieb unversehrt. Braune Brühe, Eistee mit Blut vermischt, färbte die Couch. Rosa überlegte, dass sie weiteres Eis aus der Maschine zum Kühlen brauchen würden, sobald Julia sich wieder aufrichtete und über Kopfschmerzen klagte. Winzige, abgerundete Eiswürfel waren wie Hagelkörner auf ihre Füße gestreut. Mit offenen Augen lag sie, eine Brust entblößt, leicht verdreht in den Polstern. Rosa zog ihr den Seidenmantel zu, band ihr den Gürtel und bedeckte sie. Mit ihrer Erkältung holte sie sich sonst noch den Tod. Dann setzte Rosa sich neben sie, beobachtete, wie das Eis schmolz und durch ihre lackierten Zehen tropfte. Erst als Rosa ein Geräusch an der Tür hörte, rührte sie sich. Ihr Liebster kehrte heim, um die Welt wieder geradezurücken.

29.

Mit Clemens zusammen holte Carina den Hund aus dem Tierheim. Frisch gebadet und von Frauchens Blut gereinigt bekam Gandhi einen Maulkorb umgelegt. Sein weißes Fell habe am Latz und um die Schnauze herum von Natur aus eine rosa Tönung, erklärte der Tierpfleger. Nicht dass es noch Beschwerden gab, er hätte seine Arbeit nicht gut genug gemacht. Zurück durch den Englischen Garten, konnten sie mit Gandhi kaum Schritt halten. Vor Freude über die wiedergewonnene Freiheit zerrte er unter jeden Busch, schnüffelte an jedem Mauseloch, hob an jedem Pfosten sein Bein. Clemens hetzte ihnen samt Tierarztkoffer hinterher. Bald rannten sie zu dritt durch die warme Herbstsonne und ließen sich schließlich erschöpft zu Füßen des Monopteros auf die Wiese fallen. Auch Gandhi hechelte in seinem Maulkorb.

»Der hat's gut«, sagte Clemens, als Carina dem Hund den Bauch kraulte.

»Ja, finde ich auch.« Sie zog ihre Jacke aus und legte sich zurück, obwohl das Gras nass war. Wenn sie eines von den Mexikanern gelernt hatte, dann Zeit zu haben, das Leben zu genießen und sich nicht stressen zu lassen. Deshalb schob sie den Gedanken an die Rekonstruktion, mit der sie eigentlich beginnen sollte, vor sich her. Wenn ein Mexikaner sagte, er sei unterwegs, hieß das, er war eigentlich noch gar nicht losgefahren. *Mañana!* Das am meisten benutzte Wort. Morgen oder übermorgen würde sich alles finden. Als Ausländer brachte einen das aus der Fassung, wenn man auf den Bus oder vor einem geschlossenen Laden wartete. Aber es bedeutete nichts anderes, als den Augenblick zu genießen. In Mexiko unterbricht nichts den Fluss der Zeit, weder die Geburt noch der Tod. Clemens streichelte ihre nackten Arme.

Sie bremste seine Hand. »Ich weiß gar nichts über dich, wer du bist, wo du wohnst. Außer dass deine Tante Zahnärztin ist.« Er zog eine Visitenkarte aus dem Tierarztkoffer und gab sie ihr.

Lachend steckte sie sie ein. »Von wem stammt eigentlich der alte Koffer?«

»Vom Flohmarkt.«

Das erinnerte sie an ihren Schlüssel. Carina musste wohl abwarten, bis Wandas Ramsch verkauft war. »Also, Dr. Schäfer, erzähl was von dir. Aber …«

»Was aber?«

Sie strich über die Lebenslinien in seiner Handfläche. »Ich will keine neue Beziehung.«

»Das passt mir gut. Ich auch nicht.« Er fuhr mit den Fingerspitzen die Konturen ihres Mundes nach. Das kitzelte. Er küsste sie schnell, legte sich dann dicht neben sie. Gemeinsam schauten sie in die Wolken. Gandhi hatte seine eingesperrte Schnauze auf Carinas Waden gelegt und beobachtete sie beide unter immer schwerer werdenden Augenlidern.

Am Hundeverbotsschild vorbei führten sie Gandhi in den Institutskeller. »Die Chefin hat's genehmigt«, erklärte Carina Frau Schauer, die schon den Mund aufgerissen hatte. Allerdings schloss sie ihn sofort wieder, als sie Clemens erspähte, wandte sich eilig ab und wühlte in einer Schublade. Beide taten so, als hätten sie sich noch nie gesehen. Nusser wollte ebenfalls protestieren, als sie an der offenen Tür zu seinem Bestiarium, dem Präparatorenzimmer, vorbeigingen. Gandhi knurrte. Sie flehte stumm darum, dass er nicht zu bellen anfing, denn dass sie den Hund in der Rechtsmedizin betäuben wollten, ahnte Feininger nicht. Aber Gandhis schwarzer Fleck ums Auge, der in der Form Nussers Kinnbärtchen ähnelte, schien dessen Herz zu erweichen. Für den Fall, dass der Versuch misslang, erbat er sich schon einmal die Hundeleiche zum Ausstopfen für seine Sammlung.

»Nichts da«, sagte Carina. »Seinem Frauchen habe ich versprochen, dass ihm kein Haar gekrümmt wird.«

Endlich vom Maulkorb befreit, gähnte Gandhi laut und stürzte sich dann auf das Trockenfutter, das Carina ihm gab, damit Clemens ihn mit einer Spritze betäuben konnte. Sabbernd und schmatzend schlief der Hund ein. Sie wuchteten ihn auf den Schreibtisch und schraubten eine Sperre in sein Maul, dann drückte Clemens die Gebisslöffel mit rosa Knete auf die Hundezähne. Den erstarrten Abdruck gossen sie mit Gipsmasse aus. An alles hatte Clemens gedacht und seinen Tierarztkoffer mit zahnmedizinischen Geräten bestückt. Anschließend spannten sie ein Stück Käse an den Haken einer Waage und testeten die Zugkraft. Die Gipszähne verfingen sich im Edamer und rissen ihn entzwei. Als Nächstes brachte Nusser ein Stück Schwarte. Die Hundezähne, wie bei einer Stoffpuppe an eine Hand gesteckt, konnten die Haut nicht packen, lediglich ein Loch hineinbeißen, und das auch nur unter größtem Kraftaufwand.

»Wir müssen es an einem Menschen ausprobieren«, schlug Carina vor. Nachdem sie die Selbstmordleiche, bei der das Gesicht noch intakt war, aus dem Adventskalender geholt hatten, behauptete Carina, sie müsste noch aufs Klo, rannte die Treppe hinunter und ließ Clemens allein mit dem Aufzug in den Keller fahren. Mit einer Gesichtsfarbe, die zum Abdecklaken der Leiche passte, schob Clemens die Bahre aus den Türen.

»Hast du etwa Platzangst?«, fragte Carina.

»Nein, es liegt eher an der dicken Luft hier drin.« Er schluckte. »Tote Tiere ja, aber tote Menschen … Du bist gruselig, Carina.«

Erst als Carina die Gesichtshaut der Leiche einschnitt, gelang es Clemens als Hundegebiss-Spieler, die Haut mit den Reißzähnen zu packen. Doch Eva Bretschneider hatte keine derartigen schlitzförmigen Wunden gehabt. Auch war ihr Gesicht nicht zerfleischt, sondern die Haut war abgezogen und hochgeklappt worden. Sie befestigten das Gebiss an der Waage und maßen den Zug, den es brauchte, um die Haut vom Gewebe zu lösen. Die Anzeige stieg um ein Vielfaches. Unmöglich hätte ein Tier dieser Größe sein Frauchen auf diese Weise verstümmeln können. Damit war bestätigt, dass es ein menschlicher Täter mit Hilfe eines Werkzeugs gewesen sein musste. Carina beschloss Matte zu fragen, ob eine

Tatwaffe, ein Messer mit Blutanhaftungen oder etwas in der Art in Frau Bretschneiders Wohnung gefunden worden war.

Als hätte Gandhi nur seinen Freispruch abgewartet, kam er auf seiner Zunge kauend langsam zu sich.

Carina sah auf die Uhr. »Ich muss meinen Neffen vom Kindergarten abholen.« Sie bat Nusser, die Leiche zurückzubringen, streifte sich die Handschuhe ab und desinfizierte sich die Hände.

»Warte.« Clemens band ihr den Kittel auf, küsste sie in den Nacken und fuhr ihr unters T-Shirt.

»Nicht hier.« Sie wandte sich zu ihm um und zerrte ihn in die Abstellkammer, wo sie im Dunkeln über Kartons stolperten. Carina fegte Rollen und ein Metallgestänge von einer Liege und zog Clemens an sich. Sie konnten doch nicht … dachte sie noch, doch sie konnten; außerdem war es ihre eigene Werkstatt samt Nebenraum, und was sie darin trieb und mit wem, war ihre Sache. »Aber es bleibt dabei …«, sagte sie und zupfte sein Hemd aus der Hose.

»Bei was?« Er hakte ihren BH auf, streichelte mit warmen Händen ihre Brüste.

»Keine Beziehung.«

»Klar, versprochen.« Gandhi bellte, anscheinend wieder ganz der Alte.

»Frau Dr. Kyreleis, haaaalllooo?«

Carina fuhr auf und schlug sich den Kopf an der alten Röntgenlampe an. Ein Feuerwerk in ihrem Kopf. »Ja?«, krächzte sie, kletterte von Clemens und der Liege herunter, schlüpfte in ihre Sachen und hangelte sich im Dunkeln aus der Kammer. Die Situation erinnerte sie an die Szene von gestern, deren Zeugin sie geworden war. Die Neue vögelt mit dem Tierarzt, würde es heißen.

»Ist das Licht kaputt?«, fragte Dr. Herzog und wehrte den Hund ab, der an ihm hochsprang.

Carina schob die Tür hinter sich zu, Clemens rührte sich nicht.

»Entschuldigen Sie, habe ich Sie geweckt?«

Auch eine Erklärung. Carina strich sich die Haare hinters Ohr. Er sah sich in dem Arbeitsraum um, musterte die angefangene Gesichtsrekonstruktion. »Ich war schon so gespannt, nach allem, was Sie von Mexiko erzählt haben. Technik und Kunst kombiniert, großartig.«

»Die ist noch nicht fertig, Haare und Ohren, das macht viel aus, und der Ausdruck in den Augen.« Carina drehte die Skulptur, merkte, als sie sich vorbeugte, dass sie das T-Shirt links herum übergestreift hatte, mit den Nähten nach außen, wie peinlich.

Herzog schmunzelte, er dachte sich wohl seinen Teil. »Hier ist das Haarbüschel und hier das Ergebnis der DNA-Analyse.« Er zog ein kleines Luftpolsterpäckchen mit einer CD aus seiner Kitteltasche. »Haben Sie inzwischen die Gewebeprobe zum Abgleich?«

Carina unterdrückte ein Grinsen, als sie an den Friedhofsbesuch mit Clemens dachte. Er hatte ernsthaft geglaubt, dass sie sich mit bloßer Hand zu den Überresten der Toten durchgraben würde. Als ob das ginge.

»Noch nicht, aber ich arbeite daran. Sehr nett, vielen Dank.« Am liebsten hätte sie auch Dr. Herzog umarmt. Sie war glücklich wie schon lange nicht mehr. Jemand begehrte sie, jemand, der ihr sehr gut gefiel und der sie nicht unter Druck setzte. »Was bin ich schuldig?«, fragte sie.

»Ein Abendessen beim Mexikaner«, schlug Herzog vor. »Ich habe mir gedacht, wir könnten vielleicht heute nach Feierabend zusammen losziehen und ich zeige Ihnen …«

»Lieber japanisch oder vegetarisch«, unterbrach sie ihn. »Heute allerdings …«

Clemens' Versuch, sich hinter Herzogs Rücken leise aus der Kammer zu schleichen, scheiterte an Gandhi. Der Hund sprang freudig bellend an ihm hoch.

Herzog wandte sich um. Carina bemerkte seinen Blick auf Clemens' ausgebeulte Hose. »Sie rekonstruieren anscheinend auch noch andere Sachen?«

Carina lachte. »Ach, in der Kammer steht so einiges herum.«

Clemens warf ihr einen bösen Blick zu. »Lasst euch nicht stören, ich bin schon weg.« Er packte den Tierarztkoffer und hakte Gandhi an die Leine. »Und den nehme ich auch gleich mit.«

Carina griff seine Hand. »Darum kümmere ich mich.«

»Meinetwegen.« Clemens warf die Leine fort und knallte die Tür zu. Gandhi sprang ihr entgegen, als sie die Leine aufhob, und leckte ihr das Gesicht ab. Sie ließ es zu, schließlich war er ja frei von jedem Verdacht. Eine peinliche Stille entstand. Fehlte nur noch, dass sie gemeinsam den Hund tätschelten, damit der endlich zu sprechen anfing.

Es klopfte. Clemens, der zurückkam, hoffte Carina. »Danke nochmal für die Analyse, aber heute und morgen habe ich leider überhaupt keine Zeit«, sagte sie schnell zu Dr. Herzog und öffnete die Tür. »Sie haben was gut bei mir.«

Nach einem letzten Blick auf sie und den Hund verabschiedete er sich und ging.

Frau Schauer trat ein und reichte ihr eine Aktenmappe. »Die wurde gerade für Sie abgegeben.«

Carina entfernte sofort die rosafarbene Haftnotiz, *Liebe Grüße von Papa.* Also hatte doch er sich die Akte ausgeliehen – und sie belogen.

Die Sekretärin bückte sich und kraulte Gandhi mit gespreizten Fingern den Hals. Wahrscheinlich hasste sie Hunde und tat das nur, weil sie ein schlechtes Gewissen hatte. »Das ist aber ein Braver, haben Sie den vom Tierarzt?« Das klang, als verteilte Clemens überall großzügig Geschenke, Blumen für sie und einen Hund für Carina, wenn einer im Veterinäramt übrig war. Gandhi sabberte auf Frau Schauers Seidenstrümpfe.

»Der Hund gehört Frau Bretschneider«, erklärte Carina. »Einer Frau, die man leblos …«

Die Sekretärin wich zur Tür zurück. »Um Gottes willen! Sie meinen doch nicht dieses Vieh, das seinem Frauchen das Gesicht abfressen wollte? Weiß die Frau Professor davon?«

»Er war es nicht, das haben Ihr Blumenfreund und ich soeben bewiesen.«

30.

»Krieg ich den für immer?« Sandro war begeistert, als er Gandhi am Fahrradständer vorm Kindergarten entdeckte. Einen Hund hätte er sich schon immer gewünscht. Er umhalste ihn, tastete den schwarzen Fleck ums Auge des Hundes ab, so als sei er aufgemalt. »Wieso ist sein Maul in einem Käfig?«

»Damit er nicht aus Versehen jemanden beißt, wenn es eng wird in der S-Bahn«, erklärte Carina.

Sandro presste sich mit den Fingern die Lippen zusammen, um auszuprobieren, wie sich ein versperrter Mund anfühlte. »Und wie frisst und trinkt er dann?«

»Zu Hause nehmen wir ihm den Maulkorb ab«, versprach sie. »Aber erst mal gehen wir einkaufen, was magst du?«

»Schokolade, Gummibärchen, Salamiwurst in der Tüte und gaaanz viel Eis.«

In der Wohnung lockerte Gandhi seinen Kiefer, als Carina den Maulkorb löste, und bellte los. Dann jagten er und Sandro um die Wette durch die Zimmer. Ihr Neffe auf Socken klimperte beim Laufen. An den Gürtelschlaufen seiner Hose war Spielzeug befestigt. Bald wusste sie nicht mehr, wer wem folgte. Eine Eisspur und irgendetwas Wässriges, das sich hoffentlich nicht als Hunde- oder Kinderpipi entpuppte, glänzten auf den Dielen. Sie hatten zusammen eine Pizza und Schokoladenpudding aus Plastikbechern gegessen und Limonade getrunken. Vielleicht sollte sie sich doch bald um einen Ofen kümmern, um wenigstens ab und zu mal selbst kochen zu können. Mit einem Getreidekaffee aus dem Boilerwasser setzte sie sich auf die Isomatte und versuchte sich trotz des kläffenden Hundes und des kreischenden Neffen auf die Akte Salbeck zu konzentrieren.

Bei Reinigungsarbeiten am Wehrrechen nahe der Großhesseloher Brücke hatte man im April 1997 einen Leichnam entdeckt. An einem Vordruck, der Umrisszeichnung einer Frau, dokumentierte die Feuerwehr die schwierige Bergung, markierte darauf auch die Schäden durch die Baggerschaufel und die Bergungsgeräte, maß die Isartemperatur an der Oberfläche und am Grund. Sie sicherten ein ganzes Arsenal an möglichen Tatwerkzeugen, aber auch Säcke, Schnüre, Steine, die dazu gedient haben konnten, den Körper unter Wasser zu halten. Der Bauchraum des Leichnams war beschädigt, den Schädel fand man erst einige Stunden später im Schlamm. Ob die Frau angetrieben worden oder an dieser Stelle zu Tode gekommen war, ließ sich nicht mehr feststellen. Das nächste Wehr lag 1,8 km entfernt. Carina wusste, dass die Klärung der Todesursache bei einer Wasserleiche am schwersten war, weshalb viele Täter das Wasser nutzten, um ein Opfer zu entsorgen. Laut Obduktionsbericht wurde die Leichenliegezeit auf mehrere Monate geschätzt. Den stark verwesten Körper bedeckte ein Algenrasen. Löcher in der verbliebenen grün-schwarz verfärbten Haut deuteten auf Tierfraß durch Fische und Seevögel hin. Die fünfundzwanzig- bis fünfunddreißigjährige Frau starb vermutlich im Herbst 1996.

Carina betrachtete die angehefteten Fotos. Der Leichnam war nackt bis auf einen schwarzen Slip. Dann mussten die Fotos gemacht worden sein, nachdem die Kleidung oder die Kleidungsreste der Leiche ausgezogen worden waren. Eigentlich unüblich. Zuerst dokumentierte ein Tatortfotograf immer die Auffindesituation, und danach wurde auch das Auskleiden festgehalten. Carina blätterte in der Akte. Dort stand unter Bekleidung/Schmuck nur der Slip. Erst weiter hinten, als es um die Personenbeschreibung der vermissten Rosalia Salbeck ging, wurde ein geblümter Baumwollrest genannt, den Luise Salbeck als den Rock ihrer Schwester erkannte. Carina erinnerte sich, dass Frau Salbeck ihr davon erzählt hatte. Eine DNA-Analyse war anscheinend nicht in Auftrag gegeben worden. Ob nach den Monaten im Wasser an der Kleidung noch Spuren zu finden waren, war also nicht ermittelt worden. Als letztes Indiz führte der Zahnstatus im Schädel zur Identifizierung. Carina hielt die beigelegten Röntgenbilder gegen das Licht und legte sie übereinander. Wie eine perfekte Kopie zeigten beide ein makelloses Gebiss. Das eine stammte aus der Rechtsmedizin, eine Aufnahme der Isartoten, vermutlich wenige Stunden nach der Bergung. Unter dem anderen stand in durchsichtigen Buchstaben auf dem schwarzen Rand der Name einer Zahnärztin aus der Innenstadt, dann Rosa Salbecks Name, ihr Geburtsdatum und der Vermerk »21.09.1995«. Also handelte es sich um ein Röntgenbild von einer zahnärztlichen Untersuchung zwei Jahre zuvor. Die Zähne hatten weder Plomben noch Brücken noch fehlte ein

Zahn, was angesichts der starken Beschädigungen durch die Bergung erstaunlich war. Ihr fiel die Besonderheit an den Schneidezähnen der Spielplatztoten wieder ein. Sie hatte ganz vergessen, weiterzuforschen, was die Ursache für die frühe Abnutzung gewesen sein mochte und nahm sich vor, den Zahnforensiker danach zu fragen, der sie identifiziert hatte. Vielleicht hatte der eine Erklärung.

Das Röntgenbild dieser Zähne hier war einer Zahnpastawerbung würdig. Ein völlig ebenmäßiges Gebiss. Für eine Frau, die 1962 geboren und im Zeitalter von Limo und Caprisonne aufgewachsen war, erstaunlich. Carinas Mutter hatte ihr erzählt, dass in den Siebzigerjahren Wasser nicht als Durstlöscher galt, aber vielleicht waren die Salbecks ja Vorreiter der gesunden Ernährung gewesen. Oder es war einfach Veranlagung. Carina schrieb den Namen der Zahnärztin vom Röntgenbild in ihr Skizzenbuch.

Sie blickte auf. Merkwürdig still war es seit ein paar Minuten. Wo waren Sandro und Gandhi? Sie lauschte, vertiefte sich dann wieder in den Bericht. Die chemisch-toxikologische Untersuchung hatte keine Betäubungsmittel oder andere Medikamente zutage gefördert, auch kein Gift, nur 0,2 Promille Alkohol im Blut der Toten. Ein Schwips, durch den sie aus Versehen in die Isar gestürzt war? Aus der Akte ging nicht hervor, ob es ein Tod durch Ertrinken gewesen war oder ob die Frau bereits tot war, als sie ins Wasser gelangte. Bei dem Verwesungsgrad war das auch kaum noch feststellbar. Die Schädelfrakturen und das Loch unterhalb der Rippen stammten vermutlich vom Bagger.

Die Todesursache blieb also ungeklärt. Ob eine Exhumierung, wie es Frau Salbeck wünschte, und nochmalige Untersuchung nach so langer Zeit weitere Erkenntnisse brachten? Das Bundeskriminalamt hatte damals die Akte wenige Tage nach dem Leichenfund geschlossen. Blieb nur die Frage, warum sie sich überhaupt um eine Selbstmordtote kümmerten. Nur weil sie als Sekretärin beim Staatsministerium des Innern gearbeitet hatte? Und warum hatte sich ihr Vater die Akte ausgeliehen, als sie noch in Mexiko war?

Wieder fehlte das Gesicht, dachte sie. Ein Reigen aus Gesichtslosen schien sie zu umgeben. Die einen hatten es im Tod verloren, andere schon zu Lebzeiten keines besessen. Mit Hilfe ihrer Skizze und dem Kinderfoto der Salbeckschwestern konzentrierte sie sich auf Rosas Gesicht, versuchte in sie hineinzuschlüpfen und sie gleichzeitig von außen zu betrachten. Etwas formte sich in ihrem Hinterkopf, sie konnte es nur noch nicht greifen. Ein vages Bild, das weder den Erwartungen von Luise Salbeck noch sonst wem entsprach. Carina versuchte das Bild zu packen, es zu schärfen, da …

»Abputzen«, krähte ihr Neffe. Sie stand auf. Ein Lichtstrahl drang aus dem Bad in den Gang. »Ich seh dich«, rief Sandro, auf dem Klo sitzend.

Carina schaltete das Deckenlicht im Bad ein.

»Jetzt geht's nicht mehr«, maulte Sandro. Er hatte sich ihren Schlüsselbund geschnappt und im Dunkeln den kleinen Lampenanhänger ausprobiert. Der große Hund ruhte wie ein Fußschemel vor dem Klo und störte sich nicht an dem Gestank, den Sandro verbreitete. Ihr Neffe hatte seine Zehen in Gandhis Fell vergraben. Eigentlich ein Foto wert, dachte Carina, und knipste die beiden mit dem Handy. Allerdings beschloss sie, es Wanda lieber nicht zu zeigen.

Sie wäre bestimmt nicht begeistert, wenn sie ihren Sohn mit einem Jagdhundmischling sehen würde. Apropos – wo blieb ihre Schwester nur? Nicht mal eine SMS hatte sie geschickt. Dann fiel Carina ein, wie Wanda sich ihr Handy ausgeliehen hatte, weil der Akku ihres eigenen leer war.

»Kannst du dich nicht selber abputzen?«, fragte sie und hob Sandro vom Klo.

»Schon, aber die Mama hat gesagt, du sollst dich um mich kümmern.« Nachdem sie ihren Neffen saubergemacht hatte, wollte er Kaba und Kerstin. Er legte sich in den Schlafsack und jammerte.

»Wer ist Kerstin?«, fragte Carina. An Milch und Kaba hatte sie beim Einkaufen nicht gedacht.

»Kerstin ist Kerstin.« Sandro schniefte und rollte sich ein. »Bestimmt weint sie schon oder schreit gaaanz schlimm, weil sie alleine zu Hause ist.« Er fing zu heulen an.

Na toll. »Die Mama kommt gleich, versprochen.« Sie kitzelte ihn, aber er schlug ihre Hand weg. »Wie groß bist du?«, fragte sie. Diesen alten Trick hatte ihr Vater bei ihr immer angewandt. Kein Kind konnte widerstehen, wenn es darum ging, mit ausgestrecktem Arm zu zeigen, wie groß es war.

»Kleingroß«, murrte Sandro nur. Offenbar kannte er Opas Trick schon. Zur Wand gedreht brüllte er weiter nach »Keeerstiiin.«

Gandhi kam bellend aus dem Bad gesaust, rutschte prompt auf der Akte aus und verstreute die Seiten im Zimmer. Mit einem abschließenden »Wuff« ließ er sich auf die Dielen fallen. Carina seufzte. Langsam gingen ihr die Ideen aus. Ihr Blick fiel auf die Kaufhoftüte mit dem Plastilin. Sie zupfte ein Stück davon aus der Verpackung und begann zu kneten, formte einen Affen wie den, den ihr dieser Krallinger angeblich geschenkt hatte, und zeigte ihn Sandro.

»Hier ist Kerstin.«

Sandro hielt einen Moment inne, linste durch die Finger und tobte weiter.

Sie stellte den Affen zu dem Brotkopf auf die Sockelleiste, knetete eine neue Figur, zwirbelte lange Ohren und einen Stummelschwanz aus einer Kugel.

Das Heulen verebbte.

»Wenn ich nur wüsste, wie Kerstin aussieht«, murmelte Carina und tat so, als bemerkte sie nicht, dass Sandro sich aufsetzte, auch ein Stück Plastilin abbrach und in den Händen drehte, wie er es bei ihr beobachtet hatte. Sie arbeiteten beide schweigend und ganz vertieft. Nur Gandhis Schnarchen war zu hören. Nach einer Weile reichte ihr Sandro einen langen schweren Klumpen, aus dem so was wie Arme und Beine ragten. Sie wagte nicht zu fragen, ob das Kerstin war; nicht dass er wieder zu weinen anfing.

»Der ist vorne ein Mensch und innen drin ein Hund«, erklärte er. »Der kann sich verwandeln, wenn er mag, schau.« Mit einem Seufzer, weil sie für seine Kunst wohl zu schwer von Begriff war, kuschelte er sich in ihren Schlafsack, legte den Hundemenschen oder Menschenhund neben sich, klopfte noch eine Weile darauf herum und verformte ihn wieder.

Nach einem Blick auf ihre Handyuhr seufzte Carina auch. Eigentlich sollte sie noch ins Institut fahren und mit der Rekonstruktion beginnen. Wie auf Kohlen hockte sie hier und wartete.

Plötzlich durchfuhr es sie. Was, wenn Rosa Salbeck sich

auch verwandelt hatte, wenn sie gar nicht gefunden werden wollte, weil sie nie die war, für die sie ihre Schwester gehalten hatte? Sandro war eingeschlafen und Wanda noch immer nicht aufgetaucht. Wenigstens konnte sie Bescheid geben, wo sie steckte und wann sie endlich kam. Dass Sandro bei Carina übernachtete, war nicht ausgemacht gewesen. Gandhi zuckte mit den Ohren, als sie ihn streichelte. Er schnarchte immer noch, lang ausgestreckt mitten im Raum. Sie setzte sich in die Fensternische des Dachgiebels, starrte über die funkelnde Stadt und dachte an Clemens. Aufgeführt hatte sich der, als wären sie schon ein Paar, nur weil sie ein bisschen in der Röntgenkammer rumgemacht hatten. Sie konnte sich verabreden, mit wem sie wollte. Im Moment, wo sie noch nichts selbst kochen konnte, war auswärts essen sogar notwendig. Und schon aus Trotz bekam sie jetzt Lust, mit diesem Dr. Herzog auszugehen, nur essen natürlich, keinen Kaffee auf irgendeinem Hotelzimmer, oder was er sich eigentlich erwartete. Sie klappte ihr Handy auf, kontrollierte nochmal den Posteingang, nichts. Sorgte sich ihre Schwester denn gar nicht um ihren Sohn? Sollte Carina ihre Eltern anrufen und fragen, ob sie was von Wanda gehört hatten? Sie zögerte, am Ende sah es so aus, als könnte sie nicht auf ihren Neffen aufpassen. Wieder überlegte sie, ob sie ihren Vater fragen sollte, warum er sie wegen der Akte belogen hatte. Warum er zuerst so tat, als wüsste er nichts über Rosa Salbeck, und ihr dann doch die Akte zukommen ließ. Andererseits wollte sie sich nicht in seine Arbeit einmischen; schließlich verlangte sie das auch von ihm. So tippte sie nur eine kurze SMS: **Testergebnis: Freispruch für Gandhi, lg C.**

Sie sammelte die verstreuten Seiten auf und blies die Hundehaare von den Röntgenbildern. Ein weißes Haar hatte sich unter die Beschriftung der älteren Aufnahme mit dem makellosen Gebiss geschoben. Carina kratzte mit dem Fingernagel darauf herum. Der Streifen mit den Daten war aufgeklebt, so sorgfältig, dass es erst auf den zweiten Blick auffiel. Das Röntgenbild war auch kürzer als das andere, stellte sie fest, als sie die beiden wieder übereinanderlegte. Eindeutig, hier hatte jemand die Daten manipuliert. Grübelnd nahm sie ihre Brille ab und putzte sie mit dem Rand ihres Shirts.

Luise Salbeck hatte gesagt, das Bundeskriminalamt habe sich um den angeblichen Selbstmord gekümmert. War nicht dieser Krallinger zum BKA gegangen? Ihn konnte sie fragen, ob es noch Asservate von Rosa Salbeck gab für einen DNA-Abgleich. Eigentlich sollte sie sich gar nicht damit befassen, aber es ließ ihr keine Ruhe. Wieso ermittelte das BKA überhaupt? War es Zufall, dass dieser Typ mit dem Feuermal ausgerechnet zu einem Zeitpunkt auftauchte, als Luise Salbeck ihre Schwester in der Menge erkannte – oder das zumindest glaubte? Sie gähnte und streckte sich. Ihre Gelenke knackten. Irgendwann musste auch sie mal abschalten. Sie rieb sich mit den Zeigefingern die Augen unter der Brille. Schwierig, sich zu entspannen, wenn der Schlafsack besetzt war und sie wie auf Kohlen auf ihre Schwester wartete. Sandro erwachte quengelnd. Eine Pfütze breitete sich auf der Isomatte aus und lief in die Fußbodenritzen. Das auch noch!

Was war eigentlich mit Rosa Salbecks Brille? Setzte eine Selbstmörderin die Brille ab, bevor sie ins Wasser sprang?

31.

Nur wegen ihm komme sie immer hierher, behauptete sie. Sie habe nicht gewusst, wie sie ihn ansprechen sollte, habe gewartet, bis er es tat. Zugleich habe sie gespürt, dass es irgendwann geschehen würde, dass er den ersten Schritt tun musste. Ihr hätte es auch genügt, ihn nur anzusehen, so wie heute. Aber nun sei es umso schöner, endlich hätten sie einander gefunden.

Ihr Geschwätz schien kein Ende zu nehmen, strömte aus ihr heraus und schwallte ihn zu. Nicht alles verstand er, manches wollte er gar nicht hören, blendete es aus wie so oft, wenn man ihm etwas aufdrücken wollte. Ihr Geplapper klang wie das aufgeregte Zwitschern eines Vogels.

Es störe sie nicht, dass er noch kein Wort gesprochen hatte, das würde noch kommen, auch sie sei im Grunde sprachlos. An seiner Seite folgte sie ihm, als er die Handkarre um die Glyptothek herumzog. Quer über den Königsplatz, dann die schnurgerade Meiserstraße entlang stapften sie am Finanzamt vorbei bis zu dem Ort, den er bereits für sie präpariert hatte. Sie faselte weiter, als hätte er mit seinem Schweigen ein Ventil geöffnet. Letzte Woche habe sie vergeblich auf ihn gewartet, habe gedacht, er käme nicht mehr und sie würden sich nie wiedersehen. Als er die Handkarre über den Bordstein hievte, verrutschten die Tücher, mit denen er den Kasten verhüllt hatte. Sie juchzte. Dass er Musiker sei, freue sie sehr. Ob er ihr was vorspielen könne? Wie ein Kind hüpfte sie neben ihm auf dem Gehsteig, hielt den Schal, damit er bei dem Gehopse nicht verrutschte. Bis auf die Augen und die Nase verbarg sie sich, reizte ihn so bis aufs Äußerste. Aber gleich würde er sie entblättern, Schicht um Schicht. Romeo begann zu schwitzen und zog sie hinüber zur anderen Straßenseite, auf die der Schatten fiel. Ihr schien die dampfige Schwüle nach dem Regen nichts auszumachen, sie schlang sich den Schal nur noch fester um den Hals. »Aber wir reden bloß von mir. Was machst du so, wenn du nicht Geige spielst? Ich weiß, ein Musiker spielt immer, in der Straßenbahn habe ich mal einen beobachtet, der hat Noten gelesen wie andere ein Buch.« Sie griff sich ans Handgelenk, als wollte sie ihre Uhr richtig herumdrehen. Dabei hatte sie gar keine. War sie nervös oder juckte sie etwas?

Endlich waren sie in seinem Reich angelangt. Er legte den Finger auf die Lippen und hob den Geigenkasten heraus. Sie zwitscherte weiter; still sein, das lag ihr nicht. Er schob die Handkarre in die eine Kammer, sperrte wieder ab und schloss die Kammer gegenüber auf. In der hatte er extra aufgeräumt, sogar gekehrt und seine Sammlung an dem großen Eichenfass neu drapiert. Sein Vorgänger hatte das Fass hier hereinbugsiert, vermutlich weil draußen unter der Dachrinne die Leute ihren ganzen Müll hineingeworfen hatten. Romeo fand es sehr praktisch, so musste er nicht jedes Mal den halben Park durchqueren, wenn er Wasser zum Gießen brauchte. Wegen der Trockenheit dieses milden Herbstes hatte er das Fass schon halb geleert. Erst an Maries

Entdeckungstag, als es so geschüttet hatte, war durch den Schlauch in der Mauer von der Dachrinne wieder Regenwasser nachgelaufen; noch ein, zwei Tage Regen mehr, und es war wieder voll. Er drückte seine neue Eroberung auf den Gartenstuhl, den er mit der restlichen Laternenfarbe gestrichen hatte.

»Ist das finster hier, hast du kein Licht?«

Er zündete eine Kerze an. Endlich konnte er ihre Schönheit von nahem betrachten. Das Kerzenlicht verlieh der kleinen Kammer etwas Feierliches, verwandelte sie in eine kleine Kapelle. Draußen brauste gedämpft der Verkehr vorbei, doch mit etwas Fantasie konnte das auch Meeresrauschen sein. Sie beide auf einer Insel, von der Außenwelt abgeschnitten. Evas Wohnzimmer war dagegen banal gewesen, weißer Teppich hin oder her.

Er betrachtete sie erneut, als sähe er sie zum ersten Mal. Das tat er ja auch in einer gewissen Weise. Die sanften Augen und ein Stück der nicht mehr ganz glatten, aber doch weich wirkenden Stirn verhießen ihm das Ersehnte. Ihre schmale Nase, die in einer lang geschwungenen Linie von den Augenbrauen wegführte. Auf einmal begriff er, dass das der Blick war, den er in allen Frauen gesucht hatte, in Marie, in Eva, in allen anderen Straßenbekanntschaften. Seine verlorene Erinnerung bündelte sich hier, bei ihr. Es war zwar eng zwischen seiner Sammlung, doch ihr gefiel es, sie hielt es für das Paradies. Sie, die Neue, würde sein Juwel werden, das Prunkstück seiner Glyptothek. Jetzt, wo er sie hier bei sich hatte, war er so ruhig wie ein See, der alles in sich trug. Auch die Forelle schwieg, planschte ganz leise und entspannt. Gleich würden die Neue und er vereint sein – sobald er sie berührte, den Schal fortzog. Er würde ihr die Falten auf der Stirn und um die Mundwinkel glätten. Dann würde sie still sein, schweigen wie er. Nur die Schwingungen ihrer Worte würde er vielleicht noch in ihrer Haut spüren, wie ein Geiger die Musik in den Sehnen seines Instruments. Wenn er nur endlich ihr Gesicht besaß. Er ließ die Scharniere des Kastens aufschnappen.

Noch sprach sie. Sie habe etwas, das sie retten könne, das viel Geld bringen würde. Er verstand nicht, wollte nichts mehr hören. Bekam sie Angst und wollte sich freikaufen? Angst war schlecht, die verkrampfte ihre Gesichtszüge. Außerdem würde er sie gleich in die Ewigkeit retten, was zählte da Geld? Er klappte den Deckel auf und strich über die Klingen. Welche sollte er diesmal wählen?

»Spielst du auswendig?«, fragte sie und legte den Schal ab. Dann kratzte sie sich am Hals. »Kannst du ein Fenster aufmachen oder die Tür, hier ist es ein bisschen stick…«

Als er sah, was sie unter ihrem Schal verborgen hatte, zuckte er zusammen. Angewidert zog er das größte Messer heraus und stieß es ihr in die Brust. Mitten im Satz verstummte sie.

Fünfter Tag

Ach, wie gut ist, dass niemand weiß,
dass ich Rumpelstilzchen heiß!

Aus Grimms Märchen

32.

Auf Handtuch und Pullover, mehrmals von Sandros Tritten geweckt, der sich auf der Picknickdecke eng an sie drängte, erwachte Carina von einem Jaulen, das nach starken Zahnschmerzen klang. Gandhi heulte das Türschloss an. Es gab schon genug Pfützen in der Wohnung, Isomatte und Schlafsack von Sandros Malheur waren auch noch nicht trocken. Also rappelte sie sich im Halbschlaf auf. Schon im nächsten Moment durchfuhr sie der Gedanke an Wanda. Sie überprüfte ihr Handy, nichts, immer noch kein Anruf. Nach einer kurzen Runde um den Häuserblock kehrte Carina mit Sandro und einem erleichterten Hund samt voller Bäckertüte zurück. Sie frühstückten in der Fensternische. Bevor Carina ihren Neffen in den Kindergarten brachte, wollten sie nachsehen, ob Wanda inzwischen zurück war. Gandhi musste, mit Fressen und Wasser versorgt, allein bleiben. Mit dem Bus fuhren sie zur Entenbachstraße in der Au.

Nach mehrmaligem Klingeln bei ihrer Schwester öffnete Wandas Nachbarin ihre Tür, wie immer mit einer qualmenden Zigarette im Mundwinkel. »Da können Sie lange läuten.« Sie blies den Rauch mit der Unterlippe schräg an Carina und Sandro vorbei ins nächste Stockwerk hinauf. »Die ist gestern noch spät mit einem Kerl weg.«

»Wann war das?«, fragte Carina.

»So gegen elf, als ich von der Arbeit gekommen bin.«

Wo Frau Dornbeck nachts arbeitete, wusste Carina nicht. Sie passte manchmal auf Sandro auf, obwohl Wanda sie wegen der Kettenraucherei nicht als Babysitterin bevorzugte. »Wie hat der Mann ausgesehen?«

»Ach, das war ein ganz junger noch, Milchbart oder Halbstarker hätten wir zu meiner Zeit gesagt. Irgend so ein Musiker. Als das Treppenlicht ausgegangen ist, bin ich über seinen Kasten gestolpert. Und laut waren die, na ja, ich war auch mal jung.« Carina hoffte ihrem Neffen zuliebe, dass Frau Dornbeck die Sache mit der Lautstärke nicht noch näher ausführte.

Die Zigarette über ihren Kopf haltend beugte sich die Nachbarin zu Sandro hinunter. »Magst du ein Eis? Ich hab gestern eingekauft.«

Frühmorgens schon ein Eis, das war keine gute Idee.

»Über Dornbecks Balkon kann ich zu uns rüberklettern und nachschauen, ob Mama da ist«, schlug Sandro vor. »Das mache ich öfter.«

»Über das Geländer im dritten Stock?« Doch ihr Neffe war schon in die Wohnung geflitzt. »Meine Schwester hat sich nicht gemeldet, dürften wir nachsehen? Nicht dass sie vielleicht bewusstlos irgendwo liegt.« Ausgerechnet jetzt drängte sich die verletzte Eva Bretschneider in Carinas Erinnerung.

»Nur zu.« Frau Dornbeck ließ sie eintreten. Kalter Nikotingestank biss ihr in die Augen und tauchte Möbel und Vorhänge in hellgelben Dunst. Sandro schob gerade die Balkontür auf, schwang sich wie ein Stuntman auf das kleine Stück vorstehendes Geländer und sprang, ehe Carina noch zupacken konnte, auf den Balkon nebenan.

»Aber der Junge kommt ja nicht rein, wenn drüben die Balkontür von innen zu ist.« Frau Dornbeck stand hinter ihr, eine neue Filterlose im Mundwinkel.

Stimmt, Carina war wirklich noch nicht ausgeschlafen und hatte ihren Neffen umsonst der Gefahr ausgesetzt.

Sandro war aus ihrem Blickfeld verschwunden. »Ich kann nicht reinsehen«, krähte er herüber. Es ratterte, offenbar rüttelte er an irgendetwas herum.

»Sandro?«, rief Carina und verrenkte sich fast den Hals, als sie um den Mauervorsprung und das Geländerstück zu spähen versuchte.

»Die Rouletten sind kaputt, ich krieg sie nicht hoch.«

»Die kann man auch nur von innen hochziehen. Komm lieber wieder rüber.« Die Vorstellung, Wanda läge wirklich in der Wohnung und ihr Kind würde sie so finden, beunruhigte Carina noch mehr. Es dauerte eine Weile, dann tauchte endlich sein kleines Gesicht auf. »Ich wollte Kerstin holen.« Seine Mundwinkel zuckten.

Carina fing ihn auf und schloss ihn in die Arme. »Die Mama kommt bald«, flüsterte sie ihm in die Haare.

»Lass mich runter. Es steht alles auf dem Zettel.« Er strampelte sich frei.

»Welcher Zettel?«

»Den die Mama extra für dich mit lauter Sachen vollgeschrieben hat. Gaaanz wichtig, hat sie gesagt.« Sandro holte sich wie selbstverständlich ein Eis aus Frau Dornbecks Kühlfach.

»Und warum hast du ihn mir nicht gegeben?«

»Hab ich doch.« Er riss die Verpackung auf und ließ sie fallen. »Er klebt auf deinem Klodeckel, damit du ihn gleich angucken kannst.« Carina war kein Zettel aufgefallen, aber der Deckel war auch oben gewesen, da Sandro und sie in der vergangenen Nacht ständig auf dem Klo gewesen waren. Also hatte ihre Schwester gestern vorm Kindergarten etwas für sie aufgeschrieben. Warum hatte sie ihr das nicht in der Glyptothek gesagt? Carina hob die Verpackung auf und warf sie in den Mülleimer unter der Spüle, bedankte sich bei Frau Dornbeck und trat ins Treppenhaus, froh, wieder nikotinfreie Luft einzuatmen. Sie hatten keine Zeit mehr, zurück zur Franziskanerstraße zu fahren und nach dem Zettel zu suchen. Sandro musste in den Kindergarten, und auf Carina wartete die Gesichtsrekonstruktion. Sie marschierten zur Bushaltestelle. Noch vier Minuten, stand auf der Anzeigetafel. »Hat die Mama dir vorgelesen, was sie für mich geschrieben hat?«, versuchte es Carina.

»Die Mama liest mir niiie vor, immer wenn ich noch gar nicht eingeschlafen bin, hört sie mit der Geschichte auf.« Sandro verschlang das weiche Eis mit großen Bissen, flüssige Schokolade lief ihm in den Ärmel, Frau Dornbecks Kühlung war wohl zu niedrig eingestellt. Nun versuchte er den Kaugummi, der im Eisstiel versteckt war, aufzukriegen. Nachdem sie ihm geholfen hatte, klebten auch Carinas Hände. »Hat die Mama gesagt, wo sie hingeht?«, bohrte sie weiter.

Sandro schob sich die ganze Kaugummistange auf einmal in den Mund und brachte keinen Ton heraus. Der Bus kam. Carina wartete, bis sie einen Sitzplatz fanden, und wiederholte dann die Frage.

Sandro kämpfte immer noch mit dem Kaugummi. Er spuckte ihn aus, wog ihn in der Hand, antwortete endlich. »Sie redet ganz woanders in ein Mikrofon, und das kann ich dann in meinem Zimmer anhören, wenn sie da draußen reinspricht.«

»Und wo ist da draußen?«

Er tippte mit dem Kaugummiklumpen auf die Fensterscheiben im Bus. »Draußen halt, siehst du doch.« Er wollte sich den Kaugummi wieder in den Mund stopfen.

Sie hielt ihn zurück. »Was hat sie noch gesagt?«

»Dass sie mich lieb hat und tschüss, nein ciao, hat sie gesagt und mir kein Bussi gegeben wegen ihrem Lippenstift. Das war gut.«

Im Kindergarten spuckte er den Kaugummi auf den Boden, hob ihn allerdings wieder auf, als Carina ihn ermahnte. »Gehen wir in den Zirkus und ins Kino und in den Zoo? Mama hat gesagt, dass du mit mir alles machst, nicht immer nur mit den toten Indianern.« Er reichte ihr den verdreckten Klumpen. »Schenk ich dir, wenn ich dafür die kleine Taschenlampe kriege.«

Carina hakte sie von ihrem Schlüssel ab und hängte sie ihm zu seinem anderen Spielzeug an die Gürtelschlaufen.

33.

Romeo hatte sich getäuscht. Sie war doch nicht die Richtige. Ihr Gesicht glich eher dem eines Fisches als dem einer Frau. Einen Pickel hätte er ja noch verziehen, aber das? Die Forelle in seinem Kopf schlug um sich, war kaum zu beruhigen. Deshalb der Schal, deshalb die Geheimniskrämerei. Sie hatte ihn gelinkt, mit nicht vorhandener Schönheit geblendet.

Er zog das Messer aus ihrer Brust und schabte ihr die Schuppen vom Gesicht, aber die Haut war dennoch nicht zu gebrauchen. Selbst wenn er die wenigen makellosen Flecken heraustrennte, würde er wieder nichts besitzen. Er war wieder am Anfang, genau wie bei Marie. Das Gesicht dieser Frau war zwar noch warm und löste sich leichter, bloß was nutzte das? An ein Gesicht wie dieses wollte er sich doch gar nicht erinnern. Sie hatte alles zerstört. Wie konnte sie ihm das antun? Die Forelle zappelte, squashte mit den Flossen gegen sein Schädelinneres, als wäre er der Ball und sie der Schläger. Er stieß die Klinge in die erstarrten Augen der Frau, zerteilte die Lippen und zerschnitt ihre Ohren, säbelte auf ihrer Nase und den Wangen herum, bis ihre Fratze zerfetzt war. Nun hatte sie ihn auch noch beschmutzt. Bluttriefend wankte er zum Regenfass und wusch sich den Dreck ab. Als ob er nicht genug zu tun hätte, musste er sie jetzt auch noch loswerden und die Kammer wieder saubermachen. Das Spielplatzgrab konnte er nicht noch einmal benutzen, und die aufgeregte Forelle lenkte ihn ab – wie sollte er da denken? Er sperrte die Kammer ab, lief durch den Garten, sperrte wieder auf in der Hoffnung, dass sie weg war, wie sie auch sofort aus seiner Erinnerung geschlüpft war, sobald er ihr den Rücken zukehrte. Die ganze Nacht irrte er umher, wusste nicht ein noch aus. Er war ja kein Mörder, es war ein Versehen. Auch bei Marie war das so gewesen. Sie behauptete ihn zu lieben. Aber was hatte er davon, wenn sie in Wirklichkeit weggehen wollte, auf einen anderen Kontinent sogar. Damals hatte es genügt, dass er blinzelte und kurz die Augen schloss – schon blieb nur ein Sehnen nach ihr, sonst nichts. Und dieses Gefühl konnte er beliebig verschenken, an einen Hydranten, einen Besenstiel oder eine Schaufensterpuppe. An alles, was nur eine Andeutung von Auge, Nase, Mund besaß. Zu Hause noch einmal so viel Folie abzwacken, das ging nicht. Er fand eine alte Pferdedecke im Keller und zog sich zum Frühstück um. Den ganzen Vormittag beim Blumengießen und Laubrechen im Garten überlegte er, wie er die Verpfuschte losbrachte.

Als er gegen Mittag seinen Rechen in die Kammer zurückstellte, stolperte er über ihre Handtasche. Schminke, Taschentücher und anderen nutzlosen Frauenkram leerte er auf den Boden. Ein Geschenk fiel heraus. Glitzerpapier mit einer Schleife. An einem Bändchen hing eine Karte.

Sein Name stand darin. Sein richtiger.

34.

In Nussers Kammer brannte die Schreibtischlampe und beleuchtete sein groteskes Arsenal. Wenn er vom Menschenteile-Präparieren genug hatte, erfand er nach Feierabend neue Wesen. Nicht nur mit verschiedenen Fellstücken überzog er die Tierbälger und Schädel neu, sondern montierte auch Schrauben und Blechteile dazu. Ein weißes Kaninchen mit Zahnradaugen und Kugelschreiberfedernschnurrhaaren grinste von der Wand. Ein Kopf mit Flossenohren und einer verrosteten Fuchsfalle im Maul stierte aus alten Kamerablitzlichtern ins Zimmer.

Carina hatte im Vorbeigehen hineingespäht; der Präparator assistierte oben im Seziersaal.

Sobald sie ihren eigenen Arbeitsraum betrat, sperrte sie jeden Gedanken an Wanda aus. Sie musste sich endlich voll und ganz auf ihre Arbeit konzentrieren und hoffte, dass ihre Schwester nur bei irgendeinem Liebhaber verschlafen hatte. Zu gern hätte sie ihr die Leviten gelesen, weil sie das mit Sandro unverantwortlich fand. Ganz abgesehen davon, dass sie wegen ihr erst jetzt mit der Rekonstruktion beginnen konnte. Aber die Predigt von wegen du hast ja selbst keine Kinder und weißt gar nicht, wie angekettet man da ist, wollte sie sich ersparen.

Der technische Teil, die genaue Berechnung der Weichteildicke und der Plastilinaufbau waren abgeschlossen, nun ging es um die künstlerischen Feinheiten der Skulptur. Carina liebte diesen Teil der Arbeit, wenn sie aus einem Rohling ein Individuum gestalten konnte. Der Schädel jedes Menschen ist einzigartig und gibt die Struktur vor. An ihr lag es, mit dem Modellierwerkzeug diese Züge herauszuholen und zu unterstreichen.

Die Augenbrauen zupften sich die jungen Mädchen heute wieder, sie waren vermutlich nicht so dicht zusammengewachsen wie bei Frida Kahlo. Also ritzte sie nur wenige Striche in einem geschwungenen Bogen auf dem Augenhöhlenrand ein, deutete so mit dem Modellierstab die Härchen an. Die Ohren, abgesehen von stark abstehenden, waren auf den ersten Blick für den Betrachter zwar nicht entscheidend, sie mussten lediglich vorhanden sein. Erst wenn man sich nicht sicher war, ob die Skulptur der gesuchten Person ähnelte, konnten die Ohren an Bedeutung gewinnen. Unter der Perücke würden ohnehin nur die Ohrläppchen zu sehen sein. Carina formte zwei Ohrmuscheln und verband sie über einen Streifen Plastilin mit der Kopfskulptur. Die exakte Nachbildung der Kaumuskeln bestimmte die Form des Mundes und des Kinns. Sie baute die leicht vorstehende Oberlippe auf. Mit dem kleinen Finger drückte sie Vertiefungen um Nase und Mundwinkel, verlieh dem Gesicht einen entspannten Ausdruck. Keine richtige Falte, die würde das Gesicht zu alt wirken lassen. Auch ein Lächeln wäre zu viel. Die Lippen schob sie etwas auseinander, um die Besonderheit der abgenutzten Schneidezähne sichtbar zu machen. An Milchzähnen gab es diese Art der Verformung, wenn Kleinkinder sehr lange am Daumen lutschten, aber bei einer fast Erwachsenen? Rosa Salbecks perfektes Gebiss in der Akte fiel ihr wieder ein. Sie streckte sich, lockerte die verkrampften Nackenmuskeln. Auch ihr wäre ein eigener Physiotherapeut jetzt recht, das war eben der Unterschied zwischen Chefin und Angestellter, dachte sie und massierte sich die Halswirbel. Sie spähte auf die Uhr in ihrem Handy. Gleich würde ihr Vater mit den Angehörigen kommen. Im Internet suchte sie die Telefonnummer der Zahnärztin heraus, die sie in ihrem Skizzenbuch notiert hatte, wählte die Nummer und bat um Auskunft. Hektisch, zwischen zwei Patienten, erklärte die Zahnärztin, dass das Bundeskriminalamt damals alle Unterlagen beschlagnahmt hätte.

»Seit wann war Rosa bei Ihnen?«, fragte Carina.

»Soviel ich mich erinnere, seit 1993, seit ich die Praxis hier betreibe.«

»Wissen Sie vielleicht, bei welchem Zahnarzt die Salbecks vorher waren?«

»Nein, tut mir leid. Vielleicht bei meinem Vorgänger, Dr. Seltenlach, ja, der heißt wirklich so. Aber der ist bereits im Ruhestand.« Bohrersirren erklang. »Ich verbinde Sie mit meiner Hilfe, die kann Ihnen die Nummer raussuchen.« Den Hörer zwischen Schulter und Ohr geklemmt wartete Carina, betupfte die Oberfläche der Rekonstruktion mit feinem Schmirgelpapier, verlieh so dem glänzenden Plastilin eine hautähnliche Struktur.

Dr. Seltenlach, den Carina gleich anschließend anrief, konnte sich tatsächlich an die Salbeck-Schwestern erinnern. Die eine habe Kraut-und-Rüben-Zähne gehabt, die andere ein Hollywoodgebiss. Aber welche der beiden die schiefen Zähne und welche die geraden gehabt hatte, das habe er vergessen. Leider besitze er auch keine Unterlagen mehr, die habe er alle seiner Praxisnachfolgerin überlassen.

Vielleicht waren die beiden Schwestern also bereits in der Zahnpraxis verwechselt worden, dachte Carina. Und womöglich hatte dort jemand den Fehler bemerkt, das eine Röntgenbild abgeschnitten und die richtigen Daten aufgeklebt.

Ihr Vater betrat mit einer Plastiktüte raschelnd ihr Arbeitszimmer. Zeit für die Gegenüberstellung. Carina hakte die Salbeck-Sache vorerst ab. Sie bedankte sich bei Dr. Seltenlach und legte auf.

35.
Feldafing, 1996

»Wo ist Felix?«, fragte Rosa sofort und noch ein Dutzend Mal in den nächsten Minuten. Aus ihrer Starre erwacht, versuchte sie einen klaren Gedanken zu fassen. Was machte *er* hier, warum er? Sie wollte nicht zulassen, was sie langsam begriff. Wegen eines Missverständnisses hatte sie gemordet. Julia war gar nicht mit Felix zusammen, sondern mit ihm, Felix' Freund, dem schwitzenden Typen mit dem Feuermal. Inzwischen wucherte es ihm den Hals hinunter, hatte sich dunkel verfärbt wie Julias Kopfwunde. Wie hieß er noch gleich? Hatte er sich damals, als sie Felix kennenlernte, überhaupt vorgestellt? Sein beißender Geruch, wie hatte sie den nur vergessen können? Sein blaues Hemd war voller nasser Flecken, und als er sich über Julia beugte, um ihren Puls zu fühlen, wanderte der Schweißfleck von seiner Achsel nach oben und schloss sich über der Schulter. Warum achtete sie bloß auf so was, es gab Wichtigeres als ein durchgeschwitztes Hemd. »Wo ist Felix?«, fragte sie.

Er richtete sich auf, kurz davor, sich auf sie stürzen, dann hielt er inne. »An dir mache ich mir nicht die Finger schmutzig.« Er zog die Antenne seines Funktelefons heraus, schob sie wieder hinein, ging zur Tür, kam zurück. Sie rührte sich kaum, folgte seinen Bewegungen nur stumm mit den Augen wie einer Vorführung. Fast tat er ihr leid, doch sie konnte ihm nicht helfen, ihm nicht und sich nicht. Sie hatte alles verloren, alles zerstört, sie hatte getötet. Doch sie fühlte nichts, kein Gestern, kein Morgen. Ganz in der Ferne gab es etwas, jemanden, zwei Menschen, die nichts davon erfahren durften. Sie sah sie in sich gespiegelt wie in einer Glaskugel, an der Blut klebte. Ihre Schwester und ihr Sohn, dem es hoffentlich besserging. Sie durften nicht beschmutzt werden. Julias Geliebter zog Handschellen aus der Tasche, packte Rosa grob, klemmte ihre Gelenke in den Stahl. Ihr war das nur recht, hoffentlich zerrieben sich ihre Mörderhände darin, dachte sie, als es klickte. Er trug keine Polizeiuniform, oder hatte er die Jacke draußen gelassen? Vielleicht war er Kriminalbeamter? Dann hätten sie einen Dreier gebildet, er, Felix und Julia, um Rosa als Agentin zu werben. Was war sie naiv und eingebildet gewesen. Hatte geglaubt, eine junge Tippse eifere ihr, der tollen Chefsekretärin nach, dabei war alles inszeniert gewesen. Erst jetzt nahm sie wahr, dass er sie beschimpfte. Von einer Schere faselte er. Sie schluckte, strengte sich an, seine Worte zu verstehen, formte die Buchstaben nach. Dann endlich begriff sie, dass er »Scherereien« meinte. Scherereien, die er mit ihr hatte, die er immer hatte, weil er den Dreck fürs BKA beseitigten musste. Ja, Dreck war sie, das spürte sie deutlich. Doch da lag auch seine Geliebte, war sie auch Dreck für ihn? Willenlos ließ sie sich wegzerren, wunderte sich nur, dass ihre Beine sie trugen. Ihr Körper funktionierte wieder. Gleich würde auch das zu Ende sein. Er zog eine Waffe. Draußen in einem dunklen Eck, wo sie als Mörderin hingehörte, würde er sie auslöschen.

Sie stolperte durch den Flur, fiel und konnte sich wegen der Handschellen nur mit dem linken Ellbogen abfangen. Unwillkürlich schrie sie auf, als ihr der Schmerz bis unter die Zähne fuhr. Er zerrte sie hoch, schob sie die Stufen hinauf in den ersten Stock, stieß ihr die Waffe in die Kniekehlen, um sie anzutreiben.

»Wo ist Felix«, fragte sie. Er knallte ihr den Lauf gegen die Hüfte. Felix, der einzige Name, der ihr einfiel. Eine Boje ohne Anker.

Im Schlafzimmer fesselte er sie mit den Handschellen an den Bettpfosten. Musik erklang. Julia hatte das Radio angelassen, irgendein Schlager dudelte im Hintergrund. Widerstand sei sinnlos, zischte er, er würde sie sofort erschießen.

Zu drohen brauchte er nicht, ihr fehlte ohnehin die Kraft, sich zu wehren. »Wo ist Felix«, fragte sie tonlos.

Er setzte ihr den Lauf an die Schläfe und presste sie damit aufs Bett.

»Wenn du noch *einmal* seinen Namen sagst, drück ich ab.« Sie hielt den Atem an, als sie eine Kinderstimme hörte. Im Radio sprach ein Kind, plapperte irgendwas. Der Gedanke an ihren Sohn durchfuhr sie wie ein elektrischer Schlag. Auf dem Weg zu ihrem Ausflug hatte er geredet wie sonst nie. Sie musste hier weg, musste zu ihm. Seine Stimme noch einmal hören, ihn in den Arm nehmen, ihn halten und trösten. Sich selbst trösten mit seiner Wärme. Der Mann lockerte den Druck und drehte das Radio ab. Stille. Sie zerrte an den Handschellen, schrammte sich die Haut auf.

Er legte die Waffe neben das Radio wie andere Leute vorm Einschlafen die Armbanduhr, ging zu ihr und schob ihr den Rock hoch. »Du hast ein Kind, wie alt ist es?«, fragte er und setzte sich neben sie auf die Matratze. Seine Finger rutschten ihren Oberschenkel hinauf.

Sie versuchte seine klebrige Hand abzuschütteln. Doch sie schien sich nur noch fester um ihr Bein zu saugen.

»Eine DDR-Spionin wird zur Mörderin, was meinst du, was für Schlagzeilen das gibt. Aber erst mal stundenlange Vernehmungen und dann Untersuchungshaft. So schnell siehst du dein Kind nicht mehr.«

Sie strampelte, wollte seine Hand abstreifen. Er griff umso fester zu, bohrte seine Finger durch ihren Slip. »Was ist los, du bist doch sonst nicht so schamhaft, was mir Felix so erzählt hat …«

Sie biss sich auf die Lippen. Sie musste zurück ins Krankenhaus, zu ihrem Sohn, nichts anderes sonst zählte. Aber dass er sich nicht schämte; seine Frau lag tot im Wohnzimmer, und er begrapschte eine Fremde. Er drängte sich an sie, sie spürte sein nasses Hemd an ihrem Gesicht. Schweißgeruch umhüllte sie, nahm ihr fast den Atem.

»Mir hat Julia auch was erzählt.« Sie flunkerte, um Zeit zu gewinnen und ihn auf Abstand zu halten, spulte in ihrem Inneren alles ab. Wenn er wirklich BKA-Beamter war, würde er jede Lüge enttarnen. Julia als Agentin, nein, Julia als Geliebte von Felix, nein. Julia … Moment. Genau. Ihre Stimme klang dünn, fast unhörbar. Er presste sich an sie, gleich würde sein Feuermal sie entzünden. »Sie hat mir das mit dem Mikrofilm verraten.«

Seine Beinklemme lockerte sich. »Welcher Mikrofilm?« Es war riskant; wenn er Felix' Freund war, wusste er womöglich, dass nicht Julia, sondern sie einen Film unterschlagen hat. Sie hatte Julia etwas vorgegaukelt, indem sie behauptete, als Zeugin vernommen zu werden, vielleicht klappte es bei ihm genauso? Wenn ihr Liebster sie in den vergangenen sieben Jahren nicht verraten hatte, dann hatte er es jetzt auch nicht getan. Sie räusperte sich, versuchte den Schmerz in den verdrehten Armen zu verdrängen und erklärte, dass es um wichtige Dokumente gehe, zum Herrhausen-Attentat.

Der Name des ermordeten Bankers tat seine Wirkung. Er rückte von ihr ab. »Was weißt du davon? Wo soll dieser Mikrofilm sein?«

Ein gemeinsames Bett am Starnberger See hin oder her, Julia hatte ihm auch nicht alles gesagt, sonst würde er Rosa jetzt nicht so einfach glauben. »Am sichersten Ort in ganz Bayern, wo sonst«, erklärte sie.

36.

Matte stellte ihr die Eltern der Vermissten vor. Wie einem gefährlichen Tier, auf Zehenspitzen fast, näherte sich Herr Preuss, ein bärtiger Zweimetermann, der Skulptur. Seine Frau hatte sich aus seiner Hand gelöst und verharrte an der Tür. Carinas Herz klopfte ihr bis zum Hals, als sie die Ähnlichkeit zwischen der Frau und der Rekonstruktion erkannte. Manchmal war schwer auszumachen, was Mutter und Tochter den gleichen Ausdruck verlieh. Der Abstand der Augen, die Grübchen beim Lachen, die Form der Wangenknochen. Frau Preuss war stark geschminkt, mit unnatürlich langen Wimpern, und anstelle der Brauen hatte sie eintätowierte Bögen viel zu weit oben. Aber ihr Profil ähnelte unverkennbar dem der Toten – oder dem, wie es in zwanzig Jahren ausgesehen hätte. Ihr Mann schritt langsam um den Schreibtisch herum und betrachtete die Nachbildung aus der Nähe.

Frau Preuss wandte sich ab und schüttelte den Kopf. »Nein, nein, das ist sie nicht«, presste sie heraus, wollte kehrtmachen, hatte die Hand schon an der Klinke.

Matte berührte sie sanft am Arm. »Sollen wir zusammen hingehen?«, schlug er vor. »Wissen Sie, so *könnte* Ihre Tochter ausgesehen haben, sie muss es nicht sein. Und wenn Sie sich dann immer noch sicher sind, dass sie es nicht …«

»Da brauch ich nicht näher hinzugehen«, unterbrach ihn Frau Preuss, ihre Stimme überschlug sich. »Da stimmt ja gar nichts. Die Haare, die Augen, die Nase. Auch die Haut, Marie hatte ganz feine Haut, fast durchsichtig.« Sie drohte auseinanderzufallen, umschlang sich selbst mit überlangen roten Fingernägeln und musste vor Zorn ein paarmal schlucken. »Sie bestellen mich extra her, für nichts und wieder nichts. Der Klotz da drüben ist vielleicht schön anzusehen, hat aber nichts mit … mit … ihr zu tun, gar nichts. Was sich die Polizei einbildet, als ob es nicht reicht, fast zwei Jahre ohne Ermittlungsergebnis …«

Sie unterbrach ihren Redeschwall, als ihr Mann die Hand hob, ruckartig. Carina glaubte, er würde die Skulptur herunterschlagen, doch dann berührte er das Gesicht, strich mit den Fingerspitzen über die Wangen und streichelte die braune Perücke. Sein Körper bebte wie ein Findling, unter dem ein Vulkan brodelte. »Marie hat …« Er flüsterte so leise, dass Carina näher trat und sich zu ihm beugte, um ihn zu verstehen. »… langes rotes Haar, in kleinen widerspenstigen Kringeln bis hierher.« Er zeigte die Länge mit der Handkante an der Skulptur. »Sie hasst ihre Haare und trägt immer irgendwas auf dem Kopf, ein Tuch oder einen Hut.«

Carina band die Perückenhaare zu einem Pferdeschwanz, suchte in ihrer Umhängetasche nach Wandas roter Häkelmütze und setzte sie ihr auf. Auf einmal schluchzte Frau Preuss hinter ihr auf, ohne dass ihrer Kehle ein Laut entfuhr. Als wäre nicht genug Luft im Raum, riss sie den Mund auf und sackte dann zusammen. Matte fing sie auf und drückte sie auf den Schreibtischstuhl, den Carina schnell herbeirollte.

Herrn Preuss' Lippen zitterten. Er sprach in der Gegenwart von seiner Tochter, so als wäre sie noch am Leben. Keiner wagte ihn zu korrigieren. »Ihre Augenbrauen sind dichter.«

Carina ritzte ein paar Härchen mehr ein. »So?«

Er nickte. »An ihrem achtzehnten Geburtstag darf sie sich endlich die Haare färben.« Sein Bart glänzte tränennass. Carina reichte ihm eine Packung Taschentücher.

»Hat sich Marie als Kind im Gesicht verletzt?«, fragte sie nach einer Weile. Auch Herrn Preuss hatte sie einen Hocker untergeschoben. Ihr Vater legte den Zeigefinger auf die Lippen, wollte ihr bedeuten, dass sie besser schweigen sollte. Sie ignorierte ihn, das hier war ihr Reich, und sie bestimmte, wie und was sie fragte. Die Kerben am Kieferknochen, sie musste es wissen.

»Mit vier ist Marie mit dem Roller gestürzt und hat sich am Lenker das Kinn aufgeschlagen.« Herr Preuss zeigte auf die Stelle an der Skulptur. »Hier unten hat sie eine winzige Narbe. Ich ziehe sie immer auf und sage: Tut das Kinn noch weh? Dabei kann sie sich selbst gar nicht mehr daran erinnern.«

»Und später, gab es da mal eine zahnchirurgische Operation, hatte sie Probleme mit den Zähnen?«, bohrte Carina weiter. Sie dachte an die Abnutzung der Schneidezähne.

Da sprang Frau Preuss vom Stuhl auf, Schlieren von Wimperntusche liefen ihr übers Gesicht. »Was hat er ihr angetan, sagen Sie's mir, ich will es wissen! Ihr etwa die Zähne ausgeschlagen, bevor er sie … bevor er ihr …« Ihr Mann fand endlich die Kraft, sie zu halten.

37.
Feldafing, 1996

Wieder und wieder befragte er Rosa. Dabei gab es nur drei kleine Sätze, die sie bei dem Ganzen erfand, die konnte sie leicht variieren, egal wie oft der Typ sie vernahm.

Vorhin erst hätte Julia ihr von dem Mikrofilm erzählt.

Er sei in der losen Parkettleiste unter ihrem Schreibtisch im Büro versteckt.

Julia habe von Rosas altem Versteck gewusst.

Sie hatte keine Ahnung, wie sie darauf gekommen war. Vielleicht weil ihr einmal der Personalausweis heruntergefallen war und sie ihn erst nach Tagen unter der Leiste gefunden hatte. Damals hatte sie gedacht: ideal für ein Versteck. »Was sie genau fotografiert hat, weiß ich nicht, nur dass es um das Attentat ging, mehr nicht.«

»Zieh dich aus«, befahl er, dann sah er ein, dass es mit Handschellen schwierig war, und sperrte auf. Sie hielt die Luft an, als ihr Gesicht sein nasses Hemd streifte. Dass er sich wegdrehte, verlangte sie nicht von ihm, doch als sie ihren BH aufhakte, packte er auf einmal ihren Rock und die Bluse, holte sich selbst ein frisches Hemd aus dem Schrank und ging hinaus. Lange stand sie nackt vor den Kleidern ihrer Rivalin; auch wenn die Sachen in der Qualität ihrem früheren Geschmack ähnelten, waren sie doch alle etwas farbloser, nichtssagender. Aber vielleicht kam ihr das nur so vor.

Einen Moment spielte sie die Möglichkeiten einer Flucht durch. Aus dem Fenster im ersten Stock. Sie würde sich den Knöchel verstauchen, vielleicht sogar brechen, wenn sie unten aufschlug, und was dann? Bis zur S-Bahn zurück war es weit. Ein Auto aufhalten, wenn in diesem Kaff überhaupt welche vorbeikamen, und den Fahrer bitten, sie Richtung München mitzunehmen? Oder sich zuerst einmal irgendwohin zurückziehen, wo sie über alles nachdenken konnte, was geschehen war? Nein, er wusste, dass sie keine Wahl hatte, er war der Herr über ihr Leben, und sie musste sich fügen und mitspielen. Aus einer Schublade mit edler Unterwäsche nahm sie sich einen schwarzen Slip, der ihr groß genug erschien. Julia hatte Recht gehabt, seit der Geburt ihres Sohnes hatte sie zugelegt. Alle Büstenhalter ihrer Nachfolgerin schienen einem Teenager zu gehören, mit verstärkten Cups, maximierend, statt minimierend. Sie entschied sich für einen etwas dünneren Seiden-BH ganz unten im Fach; als sie ihn herauszog, stießen ihre Finger auf etwas Kaltes, Hartes. Eine Waffe. Rosa hielt inne. Sollte sie sich den Weg freischießen? Wenn sie einmal getötet hatte, war das zweite Mal fast egal. Einmal lebenslänglich, mehr konnte sie nicht kriegen.

Es war ein kleiner silberner Revolver, sie wog ihn in der Hand, fast wäre er ihr heruntergefallen, so zitterte sie. Wo befanden sich die Kugeln – oder war die Waffe bereits geladen? Sie wühlte in der Schublade, da waren keine. Sie merkte, dass sie gar nicht wusste, wie man mit so einem Ding umging. Sie hob den Revolver an, versuchte den Hahn zu spannen, davon hatte sie gehört. Sie legte den Daumen darauf, zielte auf die Tür. Plötzlich schob sich das Gesicht ihres Kindes vor ihr inneres Auge. Sie hatte ihren Sohn auf dem Gewissen, er litt wegen ihr, und jetzt hatte sie auch noch eine Frau ermordet. Was, wenn sie den Kerl nicht gleich traf oder nur schwer verletzte? Würde sie es schaffen, noch einmal abzudrücken und noch einmal, bis er sich nicht mehr rührte? Sie legte den Revolver in die Schublade zurück und zog den BH an. Selbst bei der weitesten Hose brachte sie den obersten Knopf nicht zu, dann musste sie eben den Blazer zuknöpfen, damit man es nicht sah. Nun noch die Haare aufstecken und die Augen zukleistern mit allem, was die Palette des Schminktischchens hergab.

In der Küche wartete er mit einem Glas in der Hand; er senkte den Blick, als sie die Treppe herunterkam. Absurd, wie bei einem Ehepaar, das sich auf einen Theaterbesuch vorbereitete. Nur dass er sich bei ihrem Anblick nicht freute, sondern verschluckte. Er hustete und versprühte Whisky oder was es war. Die Ähnlichkeit mit der Toten herzustellen musste ihr also gelungen sein. Rosa brauchte noch ihre Tasche, die hatte sie nicht mal mehr eingeräumt. Sie zögerte ins Wohnzimmer zu gehen.

»Falls du deine Sachen suchst, die behalte ich als Pfand.« Er lachte gequält. Ausweis, Geld, ein Foto von ihrem Sohn, einfach alles.

Er befahl ihr, in den schwarzen BMW einzusteigen, der in der Auffahrt parkte. Auf der langen Fahrt am See entlang und dann auf die Autobahn nach München sprach er kein einziges Wort. Wenigstens hatte er sich gewaschen und umgezogen. Sein Feuermal glänzte wie poliert. Er roch nach Seife, erst am Mittleren Ring schob sich wieder ein Schweißfaden darunter. Julias Stiefel waren eine Nummer zu klein. Sie hatte den Reißverschluss nur halb hochgezogen, trotzdem schnürten sie Rosa die Waden ab. Der Druck half ihr, alle anderen Gedanken auszusperren, sie konzentrierte sich darauf, dagegen anzuatmen. Was, überlegte sie, wenn der Typ nicht die abgesprochene Route nahm, wenn er ihr nicht glaubte, zum Bundeskriminalamt fuhr oder zur Polizei? Beim Warten an den Ampeln in der Innenstadt war sein Hemd schon wieder voller Schweißflecke und der Gestank beißend.

38.

Wenige Minuten nachdem er die Eltern des ermordeten Mädchens hinausbegleitet hatte, kehrte Matte mit seiner grünen Plastiktüte zurück. »Sie bestehen darauf, zu Fuß nach Hause zu gehen«, erklärte er, ließ sich auf dem Schreibtischstuhl nieder und rieb sich die Lider, was seine Augenringe zum Leuchten brachte.

Carina schob Skizzenbuch und Handy in ihre Tasche und schaltete den Computer aus. »Kommst du mit, eine Kleinigkeit essen, irgendwo hier in der Nähe?«

»Großartig.« Matte rührte sich nicht, starrte auf die Skulptur.

»Na, dann los«, forderte sie ihn auf.

»Nein, ich meine deine Arbeit, wie du das hingekriegt hast.«

»Ja, Teil eins, die Identifikation ist geschafft. *Mein* Beitrag.« Sie betonte das »mein«. »Und *deine* Sache ist es jetzt, den Mörder zu finden. Nun komm, ich muss dir sowieso was sagen.«

Er machte keine Anstalten aufzustehen. Sein Blick hing wie gebannt an der Nachbildung von Maries Gesicht. »Ich habe es mir nicht richtig vorstellen können und war schon so gespannt. Man sieht zwar, dass es aus Knete ist, aber gleichzeitig wirkt es so lebensecht. Die Augenlider bis in den Winkel hinein, der Glanz. Die Rotzrinne zwischen Nase und Mund … oder wie das heißt.« Er berührte den Kopf, wie vorhin Herr Preuss.

»Das Philtrum meinst du. Im Mutterleib wächst das Babygesicht aus einzelnen Teilen zusammen, einmal von oben nach unten und von den Seiten zur Mitte. Genau da, wo diese Gesichtsteile aufeinandertreffen, entstehen zwei Nahtstellen und damit diese Rinne unter der Nase. Es könnte natürlich auch der Fingerabdruck sein, den ein Engel hinterlässt, wenn ein Kind geboren wird. Jedenfalls freut's mich, dass dir der Kopf gefällt, Papa. Aber jetzt los. Mir knurrt der Magen.« So viel Lob auf einmal bekam sie von ihrem Vater sonst nie. Noch einmal kramte sie ihr Handy heraus, keine neue Nachricht. »Habt ihr eigentlich was von Wanda gehört? Sandro war gestern bei mir, sie hat ihn abends nicht abgeholt. Deshalb hab ich ihn dann heute in den Kindergarten gebracht. Hat sie sich bei euch gemeldet?«

Matte seufzte. »Wenn ihr der Kerl zu viel wird, meldet sie sich schon wieder.«

»Welcher Kerl?«

Matte zuckte mit den Schultern.

Dann war ihre Schwester also nicht zum ersten Mal mit einem Liebhaber unterwegs. Im Grunde ging es sie nichts an, Hauptsache, Sandro wurde nachmittags abgeholt.

»Dieser Glanz in den Augen und überhaupt.« Ihr Vater war mit seiner Lobrede noch nicht am Ende. »Der Zeitungsausschnitt aus Mexiko mit deiner Rekonstruktion war ja nur in Schwarz-Weiß.« Er räusperte sich und wartete; als sie nicht nachfragte, redete er hastig weiter. »Toll, wirklich! Ein würdiges Bildnis hast du geschaffen, als würde Marie noch leben. Sag mal, da ist doch der Originalschädel drunter, oder?«

»Ja. Nachher fotografiere ich den Kopf aus allen Perspektiven und nehme die ganze Knetmasse wieder ab. Das Plastilin ist leicht ölig und lässt sich spurlos wieder ablösen, so dass die Familie den Leichnam vollständig beerdigen kann.«

Er zog einen Umschlag aus der Plastiktüte. »Willst du Fotos von Marie sehen?« Zwischen einigen Tatortfotos von Eva Bretschneiders Wohnung suchte er ein Passbild heraus. Marie, ernst in die Kamera blickend, dann auf einem weiteren Bild fröhlicher, im Bikini auf einem Handtuch. Marie beim Abschlussball, wie sie mit ihrem Vater tanzte, und ein Schnappschuss, vors Objektiv gequetscht; ihre Hand, die auf den Auslöser gedrückt hatte, war schärfer als der Hintergrund. Sommersprossen sprenkelten ihre Haut; die hatte Carina nicht erahnen können. Aber sonst war ihr die Ähnlichkeit gelungen. Die Augenbrauen wirkten natürlich gewachsen. Nur war Marie in Wirklichkeit fröhlicher gewesen als ihr Ebenbild.

»Warum hast du nach der Gesichtsoperation gefragt?«, wollte ihr Vater wissen.

Carina ließ den Computer noch einmal hochfahren und zeigte ihm die Röntgenbilder der Spielplatztoten, die jetzt einen Namen bekommen hatte. »Marie Preuss« und das Geburtsdatum tippte sie ein. »Siehst du hier auf dem Kieferknochen diese Kerben? Gleichmäßige Rillen, so als hätte der Täter mehrmals angesetzt. Habt ihr ein Tatwerkzeug gefunden? Ein Brotmesser zum Beispiel.«

Matte verneinte. »Nur Plastikbesteck in einer Mülltonne,

aber mit dem dürfte so was kaum funktionieren. Bloß wer läuft mit einem Brotmesser durch die Gegend?«

»Dann eben ein Taschenmesser, haben die meisten nicht eine kleine Säge dabei? Alles hinterlässt Spuren auf den Knochen. So wie man die Gewebedicke aus der Schädelform ableiten kann, sieht man auch verheilte und frische Abschürfungen. Diese Kieferspuren könnten von einem Unfall herrühren oder von einer zahnmedizinischen Operation, aber auch von einer neueren Verletzung, einem Werkzeug mit Zacken.«

»Du meinst, *du* kannst alles ablesen, ich hätte nämlich gedacht, das Röntgenbild selbst ist einfach verkratzt – aber das geht ja gar nicht mehr bei der heutigen Technik.«

Na gut, dachte Carina. Der Beifall reichte für die nächsten paar Jahre. Dann würde sie eben alleine essen. Sie griff nach ihrer Tasche, die Fotos flatterten vom Schreibtisch. Als sie sie vom Boden aufsammelte und in den Umschlag zurückstecken wollte, fiel ihr der Ring auf, den Marie auf dem Schnappschuss mit Selbstauslöser getragen hatte. »Eva Bretschneider hat auch so einen, sie sagt, ihr Verlobter hätte ihn ihr geschenkt.«

»Frau Bretschneider ist verlobt?« Matte horchte auf. »Davon weiß ich nichts.« Er betrachtete das Bild. »Wir haben keinen Ring auf dem Spielplatz gefunden. Die rechte Hand, die man auf dem Foto sieht, hat gefehlt.«

»Ist vielleicht nur irgendein Modeschmuck, den man an jeder Ecke kriegt.« Ihr fiel etwas ein. »Gab es eigentlich vor Eva Bretschneider schon mal eine Gesichtsverstümmelung?«

»Du glaubst, Maries Mörder hat ihr das Gesicht abgezogen, und die beiden Fälle hängen irgendwie zusammen?« Er lehnte sich zurück, verschränkte die Arme hinterm Kopf und schlug die Beine übereinander. »Beim zweiten Mord werden die Täter meistens besser, nicht schlechter. Und Eva Bretschneider hat überlebt, dank dir.«

»Wer hat eigentlich die Polizei verständigt? Habt ihr diese Person schon vernommen?«

»Ja, Frau Kriminalkommissarin«, flachste er. »Auch wir machen unsere Arbeit.«

»Vielleicht wurde der Täter gestört. Oder glaubst du, er hat noch geübt? Und erst beim nächsten Opfer gelingt es ihm, das Gesicht ganz zu entfernen?« Carina verglich in Gedanken Eva Bretschneiders Gesichtswunde mit Maries Kiefer voller Kerben von Schneidversuchen.

»Ich hoffe nicht.« Matte seufzte.

»Was für eine Erklärung hast du dann für die Tat, nachdem es Gandhi nicht war?«

»Ach, Frau Bretschneiders Hund heißt so?« Er lachte auf. »Jetzt verstehe ich deine SMS. Testergebnis: Freispruch für Gandhi. Solchen Rätseln bin ich in meinem Alter kaum noch gewachsen.«

Aber er war zu stolz gewesen, um nachzufragen, dachte Carina. »Maries Gesicht ist verwest, weil es nicht in Folie verpackt war wie der übrige Körper. Die Folie am Halsrand wurde gleichmäßig abgeschnitten. Vielleicht hat er das Gesicht erst später entfernt.«

»Wie viel später, gleich nach ihrem letzten Atemzug oder Tage, Wochen später, was denkst du?«

»Ich denke, er hat sie erst mal weggebracht und die Spuren beseitigt, dann ist er nochmal zu der Stelle …«

»Du meinst, er hat die Tote wieder ausgegraben, um ihr die Haut abzuziehen? Wozu? Und vor allem: auf einem öffentlichen Spielplatz mitten in der Innenstadt?« Matte schüttelte den Kopf.

»Das Motiv zu finden ist deine Aufgabe, ich stelle keine Vermutungen an.« Sie zwang sich, ernst zu bleiben, als sie Feiningers Rüge nachplapperte. »Aber auf Röntgenbildern von Eva Bretschneider könnte ich erkennen, ob sie ähnliche Zickzackrillen am Kiefer hat.«

»Mein Totenvogel.« Matte grinste über beide Ohren. »Wieso kommst du nicht zu uns ins K 11, wenn du so gern ermittelst.«

In Carina begann es zu grollen. »Ich ermittle nicht. Aber du hast gefragt, und ich antworte.« Sie funkelte ihn an.

»Wir finden bestimmt bei uns eine Nische, wo du Gesichtsmasken *Glanz* einhauchen kannst, versprochen.«

»Deine Technik besteht darin, zu schweigen, bis deine Zeugen reden. Bei mir ist es umgekehrt. Durch mich sprechen die Opfer. Und außerdem sind mir deine Fußstapfen zu ausgelatscht, ich mag meinen Keller hier.« Sie hockte sich auf die Schreibtischkante und atmete langsam aus. Also gut, dann musste es eben jetzt sein. Es war offenbar leichter, trauernden Eltern ihr totes Kind zu zeigen, als sture Väter zurechtzuweisen. »In Mexiko hast du mich überwachen lassen. Du spionierst mir nach, immer und überall.« Sie schob die Knetkrümel mit den Schuhen am Boden zusammen, vermied es, ihm in die Haschpapi-Augen zu sehen, um ja nicht schwach zu werden. »Andererseits belügst du mich. Du tust so, als ob du erst überlegen müsstest, wer Rosa Salbeck ist, dabei hast du dir die Akte ausgeliehen. Und unterlass es zukünftig auch, Grüße auf rosa Zettel zu schreiben.«

»Bist du fertig?« Er wollte ihre Hand nehmen, sie steckte sie in die Hosentasche.

»Frau Salbeck war im Präsidium und hat behauptet, ihre totgeglaubte Schwester wiedergesehen zu haben. Und sie hat unseren übereifrigen Neuling, Kriminalmeister Peter Schuster, dermaßen beschwatzt, dass der sich die Akte kommen ließ. Wie es so geht, irgendwann hat er sie mir auf den Stapel gelegt, ohne was dazu zu sagen. Der Name Salbeck fiel mir erst auf, als du mich danach gefragt hast. Hast du denn was rausgefunden?«

Das würde ihm natürlich passen: über irgendwelche Fälle reden. Aber nichts da. So interessant es auch sein mochte, jetzt kam erst mal er selbst an die Reihe. Sie nahm erneut Anlauf. »Ich will mein eigenes Leben führen, und du engst mich ein, wenn du dich in alles einmischst.« Sie redete schnell, er sollte sie nicht noch einmal unterbrechen oder sich rechtfertigen. Sie legte alle Kraft in ihre Stimme. »HÖR ENDLICH AUF DAMIT.« Nun war es gesagt, sie bebte.

Er runzelte die Stirn. Sollte er ruhig schweigen, es als weitere erfolgreiche Vernehmung verbuchen, Hauptsache, er respektierte es ein für alle Mal.

Vorsichtig griff er nach ihrem Handgelenk, zog es aus der Hosentasche und löste ihre zur Faust geballten Finger. Nach einem Blick auf sein Gesicht ließ sie es geschehen. »Ich muss dir auch was sagen. Deine Mutter …« Er schien mit sich zu ringen. Draußen polterten Leute im Gang.

»Hat Mama endlich mit dir gesprochen wegen ihrer Nase?«

»Ihrer Nase?« Er sah sie verwirrt an. »Nein, nicht Silvia, ich …«

Ihre Chefin und die Kollegen drängten herein. Nusser balancierte ein Tablett mit Sekt auf der erhobenen Hand. Sie bestaunten die Gesichtsrekonstruktion und gratulierten ihr. Carina wand sich in all den Komplimenten wie in Essig.

Was hatte ihr Vater ihr bloß sagen wollen?

39.

München, 1996

Auf dem Parkplatz des Innenministeriums reichte er ihr Julias Chipkarte und ihre randlose Brille, die sollte sie gegen ihre eigene tauschen.

»Na, Julia, schon wieder gesund?« Eine Frau, die Rosa nur undeutlich sehen konnte, winkte ihr von weitem und verschwand im Eingang. Julia musste weitsichtig gewesen sein. Rosa linste über den Brillenrand und wollte der Frau nach drinnen folgen.

Er hielt sie zurück. »Julia war beim Arzt und hat nur was im Büro vergessen«, schärfte er ihr ein. »Sie ist weiter krankgeschrieben, vergiss das nicht.«

Auf einmal bemerkte Rosa einen Mann, der sich ihm lautlos von hinten näherte; er zwinkerte Rosa zu, dann stieß er ihm den ausgestreckten Zeige- und Mittelfinger in den Rücken. »Hände hoch oder ich schieße.«

Der Überrumpelte reckte die Arme hoch. Es klickte. Mit geübten Griffen hatte der Fremde ihm die Handschellen aus der hinteren Hosentasche gezogen, ihm einen Arm nach hinten verdreht und seine rechte Hand mit der linken zusammengekettet. »So, ich hoffe, du hast deinen Schlüssel dabei, Wennwirkurti, sonst haben wir ein Problem.« Er grinste über beide Ohren.

»Matte, was soll das, ich hab's eilig.«

»Genauso ging's mir damals auch, auf dem Weg zum Standesamt, weißt du noch?« Er wandte sich an Rosa. »Und wer sind Sie?« Er reichte ihr die freie Rechte.

»Julia Herbig«, sagte sie schnell, löste sich jedoch hastig aus seiner Hand, als sein Blick auf ihr abgeschürftes Gelenk fiel.

»Matthias Kyreleis, ein Exkollege von Krallinger, ich bin noch bei der Münchner Kriminalpolizei«, stellte er sich vor.

Rosa zupfte an ihren Ärmeln, wusste nicht, was sie von dem Ganzen halten sollte. Erst hatte sie geglaubt, es ginge tatsächlich um eine Verhaftung und der Polizist in Zivil hätte nur seine Dienstwaffe vergessen. Und jetzt gab es kein Zurück mehr, sie hatte sich als Julia ausgegeben.

Krallinger, so hieß der mit dem Feuermal also richtig, rang nach Fassung. »Was suchst du hier?« Er kochte buchstäblich bis in die Haarspitzen hinein. Wenn er noch ein paar Liter wegschwitzte, würde er aus den Handschellen flutschen, dachte Rosa.

»Auch ich komme mal an die Reihe, Kurti.« Kyreleis klopfte seinem ehemaligen Kollegen auf die Schulter, was für Krallinger wegen der Handschellen eine schmerzhafte Verrenkung bedeutete. Die gute Laune des Kripobeamten schien ungebrochen. »Sie haben mich zum Hauptkommissar befördert. Und du, was treibst du beim BKA, immer noch auf Terroristenjagd?«

»Das werde ich dir nicht hier auf der Straße erzählen«, knurrte Krallinger, der versuchte, mit der Linken in die rechte Hosentasche zu langen, vermutlich hatte er dort den Schlüssel.

»Du wirst doch keine Geheimnisse vor deiner Frau haben, oder, Kurti?« Kyreleis musterte Rosa. Als keiner der beiden ihre Beziehung richtigstellte, zog er Krallinger weiter auf. »Die dritte Generation der RAF, gibt's die nun wirklich, oder ist das nur ein Gerücht? Ich meine, ich kann es ja öffentlich sagen, hier vorm Ministerium, wo überall Kameras installiert sind. Deutschland hält seine Verbrecher in Schach, bald werden wir komplett überwacht, bis in die Schlafzimmer hinein.«

Rosa ergriff ihre Chance. »Äh, Schatz, ich geh schon mal vor. Lasst euch bei eurem Männerspielen nicht stören. Ich bin gleich zurück.« Sie hastete zum Eingang, schob Julias Chip in den Automaten und hoffte, dass das Krallinger-und-Kommissar-Pärchen ihr nicht nacheilen würde. Behäbig öffneten sich endlich die Glastüren, schlossen sich aber dafür umso schneller. Sie war drin und Krallinger draußen. Hoffentlich sah es an ihrem alten Arbeitsplatz noch genauso aus wie vor sieben Jahren. Türen und Ausgänge konnten sich kaum verändert haben. Und dann wäre es ein Kinderspiel, ihm zu entkommen. Nach Feierabend hatte sie oft genug den schnellsten Weg nach draußen geübt, in völliger Missachtung aller Sicherheitsvorschriften, einfach über die Feuertreppe am Hintereingang.

Die Kameras in allen Ecken, von denen Kyreleis gesprochen hatte, folgten ihren Bewegungen. Die waren noch nicht da gewesen, als sie hier gearbeitet hatte. Aber wenigstens saß nicht mehr der alte Eisenberger an der Pforte, der hätte sie vielleicht wiedererkannt. Sein Nachfolger starrte mehr auf die Bildschirme als in ihr Gesicht, nickte nur kurz. Der Chip war aus seiner Sicht vermutlich Überwachung genug.

Sie zwang sich, langsam zu gehen, geradeaus, dann links. Über der Tür, die noch vor den Herrentoiletten kam, leuchtete das grüne Schild mit dem rennenden Strichmännchen und dem Pfeil nach unten. Sie wandte sich um. Krallinger verhandelte jetzt mit dem Pförtner. Was erzählte er dem? Sagte er, er sei dienstlich hier und da hinten versuche eine ehemalige DDR-Spionin zu fliehen? Oder gab er die Beziehung zu Julia zu, wie sie eben vor diesem Kyreleis? Wo war der überhaupt, hoffentlich wollte er sie nicht am Hinterausgang abfangen. Sie öffnete den Notausgang – kein Kommissar weit und breit – und lief los. Auch wenn die Stiefel ihre Füße wundscheuerten, fühlte sie sich wieder wie Anfang zwanzig. Drückende Schuhe waren schließlich nichts Neues für sie. Sie hastete in die U-Bahn-Station hinunter, schlüpfte durch die sich gerade schließenden Türen einer Bahn und fuhr zum Marienplatz. Auf dem Rathausplatz tummelten sich die Touristen, wie immer zur Oktoberfestzeit, und warteten auf das Glockenspiel zur vollen Stunde. Inzwischen badete Rosa in ihrem Schweiß wie Krallinger. Es war fast kein Durchkommen. Sie drängte Dirndl- und Lederhosenträger beiseite, um zur Deutsche-Bank-Filiale am Anfang der Fußgängerzone zu gelangen. In drei Minuten würde sie schließen. Der Wachmann zückte schon den Schlüssel und versperrte einen Flügel der Tür. Sie nickte ihm zu und hastete in den Keller. Jetzt nur nicht vertippen, dann war bald alles vorbei. Ihre Hände zitterten, ihr war schwindelig und schlecht. Sie stützte sich an der Schließfächerwand ab und atmete kurz durch, konzentrierte sich auf die Nummer. Julia hätte ihr Kennenlerndatum gewusst und Rosas zweites Leben knacken können. Jedenfalls theoretisch, wenn sie an den naheliegenden Passwörtern scheiterte. Rosa tippte die Ziffern ein. Ihr Fach sprang auf. Manchmal nachts, wenn sie wach lag, hatte sie daran gedacht, das Schließfach aufzugeben und alles aufzulösen. Ausgerechnet bei der Deutschen Bank verwahrte sie die Herrhausen-Attentatspläne. Doch am nächsten Tag hatte sie immer wieder alle Zweifel von sich geschoben. Irgendwo mussten die Sachen ja lagern, also war das Fach genauso gut wie jeder andere Ort auf der Welt. Die Kopien und der Mikrofilm im Parfümfläschchen ruhten zusammen mit ihrem restlichen Schmuggelgut seit sieben Jahren in einer Luftpolstertasche. Ihr Trinkgeld legte sie monatlich dazu, wenn sie einkaufen ging. Das wollte sie für eine Kreuzschiffreise sparen, so hatte sie es sich nach der Geburt ihres Sohnes erträumt. Es war nicht viel, bloß ein paar hundert Mark in einem Kindergeldbeutel, den sie zum Schulanfang von ihrem Vater bekommen hatte.

40.

Falls Wanda bis dahin nicht aufgetaucht war, würde ihr Vater Sandro vom Kindergarten abholen, versprach er. Carina schlug sein Angebot aus, sie heimzufahren. Er brauchte noch nicht zu wissen, wo sie wohnte. Beim Bahnhofsbäcker kaufte sie sich eine mit Salat und Käse belegte Semmel und wartete auf die S-Bahn. Entspannte und gestresste Gesichter, die vage jemandem zu ähneln schienen, den sie kannte, lenkten sie von ihren Sorgen ab und inspirierten sie.

Erst den vierten Tag war sie jetzt wieder in Deutschland und fühlte sich doch, als wären es vier Wochen. Wenn an der Anzeigetafel zwei Minuten stand, dann setzte sie wie selbstverständlich voraus, dass die nächste Bahn auch in genau zwei Minuten kam. In Mexiko konnten es auch mal zwei Stunden oder Tage werden. So mancher Fahrgast hatte dort anstelle einer Aktentasche ein Huhn auf dem Schoß oder gleich den gesamten Hausstand samt zahnloser Großmutter dabei. Sie stieg in die S-Bahn, wandte sich dann rasch um. Schon auf dem Weg vom Institut zum Bahnsteig hatte sie das Gefühl gehabt, dass ihr jemand folgte. Einbildung und Übermüdung, weiter nichts, sagte sie sich, zupfte ein Gurkenstück aus der Semmel und betrachtete wieder die Leute. Sie stellte sich die Halsmuskeln vor, die Kieferknochen und wie sie den Schädel aufbauen würde, sollte einer von ihnen einmal auf ihrem Tisch landen. Hier erst das Bad in der unbekannten Menge – zu Hause wollte sie dann ein richtiges nehmen. Am besten, sie brachte Gandhi gleich ins Tierheim zurück, kaufte sich auf dem Rückweg ein Badesalz und legte sich in die Wanne.

Leer gähnte ihr der Briefkasten entgegen. Wer sollte ihr auch schreiben? Außer Clemens, Wanda, Frau Schauer oder dem Vermieter kannte niemand ihre Adresse. Der lange Brief ihres Vaters fiel ihr wieder ein, den er ihr nach Mexiko geschrieben hatte, als er endlich ein Lebenszeichen von ihr bekam. Darin hatte er, versteckt in Anekdoten aus dem Präsidiumsalltag, all das ausgedrückt, was er ihr nie gesagt hatte. Er berichtete von drei alten Damen, die bei einer Kaffeefahrt abgezockt worden waren und nun der Ermordung des Veranstalters verdächtigt wurden, der mit drei Heizdecken erstickt worden war. Sie beschworen ihre Unschuld und hatten auch passende Alibis. Zur Tatzeit waren sie auf einer Kaffeefahrt gewesen, natürlich, wo sonst. Carina hatte beim Lesen gespürt, was unter den vielen Zeilen eigentlich verborgen lag, eingeprägt wie ein Wasserzeichen: »Komm zurück.« Jetzt war sie heimgekehrt, aber irgendwas quälte ihren Vater immer noch. Gerade wollte sie den Briefkasten wieder zuschlagen, da bemerkte sie ganz unten drin ihren Wohnungsschlüssel. Merkwürdig, hatte ihre Schwester ihn nun doch gefunden und eingeworfen?

»Hunde sind übrigens nicht erlaubt, Frau König«, sagte der Hausmeister, dem sie gleich den Ersatzschlüssel zurückgab. Die dreifarbige Katze schlüpfte mit hoch erhobenem Schwanz an Carina vorbei in seine Wohnung. Richtig,

Wanda hatte sie ja unter dem Mädchennamen ihrer Mutter angemeldet. C.K., raffiniert, an Wanda war eine Agentin verlorengegangen. »Ist nur für kurze Zeit, für eine kranke Freundin.« Sie konnte sich zwar nicht erinnern, dass ein Verbot von Haustieren im Mietvertrag gestanden hatte, aber sie war zu müde, um zu diskutieren oder ihren Namen richtigzustellen, und stieg die Stufen hinauf. Ihr Vater, mit seiner Vernehmungskunst, hatte sie ausgelaugt, einzig auf den Fall Rosa Salbeck war er sofort angesprungen. Dabei hatte sie ihm noch gar nicht gesagt, was sie herausgefunden hatte. Sie wollte am liebsten nur noch durchschlafen bis morgen früh. Doch gleich hinter der Eingangstür stieß sie auf ihre verstreuten Sachen. Unterhosen und eine Haarbürste, der Hund musste ganz schön herumgetobt haben. Sie rief ihn, keine Reaktion. Er war nicht im Kuppelzimmer oder in der Küche und auch nicht im Bad. Nur seine Leine lag im Flur. Ein Handtuch verstopfte den Abfluss der Dusche. Bevor sie mit Sandro heute Morgen gegangen war, hatte sie es über die Badewanne gehängt. Sie rief ihre Eltern an, es reichte, liebe Wanda! Ihre Mutter nahm ab und überfiel sie gleich als Erstes mit der Meldung, der Kindergarten habe gerade angerufen, Sandro sei immer noch nicht abgeholt. Dann hatte Matte es also vergessen. »Es ist Viertel nach sechs. Um vier hat Sandro aus, ist ja lang genug, so ein Achtstundentag für ein Kind. Null Verantwortungsgefühl hat sie. Sie kann ihren Sohn doch nicht einfach immer irgendwo abstellen.« Silvia war außer sich. »Weißt du, wo sich deine Schwester herumtreibt?«

»Ist Papa schon da?«, fragte sie in Silvias Gezeter hinein. »Er wollte Sandro ab...« Carina stockte. Rosa Salbecks Akte war weg. Bevor sie heute Morgen gegangen waren, hatte sie sie in die Fensternische gelegt.

Silvia lachte auf. »Er musste gleich wieder fort zu einer verletzten Frau. Macht jetzt auch noch private Krankenbesuche, aber wie es mir geht, ist ihm egal. Du, ich muss jetzt Schluss machen und Sandro holen.«

Carina durchsuchte die Wohnung. Konnte es sein, dass der Hund die ganze Mappe davongeschleppt hatte? Aber wie war er überhaupt hinausgekommen? Sie erinnerte sich nicht mehr, ob sie abgesperrt hatte. War er auf die Klinke gesprungen?

Also los, sie musste ihn suchen und dann Wanda. Nein, zuerst ihre Schwester, dann den Hund. Von weit weg betrachtet, aus der mexikanischen Einsamkeit, war ihre Familie was Wunderbares, alle hatten nur lachende Gesichter, hielten zusammen und nahmen Rücksicht aufeinander. War man mittendrin, war sie kaum auszuhalten. Sogar Wandas Anrufe und ihr Gejammer als Alleinerziehende waren wie eine vergessene Musik gewesen, die sie nur abzuschalten brauchte.

Was, wenn ihr doch was passiert war? Hätte sie ihr besser zugehört, dann wüsste sie jetzt, wo sie sich befand. Ein Casting irgendwo – nur wo? Sie wusste nicht mal, ob beim Radio oder in einem Tonstudio. Der Zettel! Den hatte sie ganz vergessen. Sie lief ins Bad. Aber am Klodeckel klebte nichts. Sie hob die Klobrille. Sandro hatte vergessen zu spülen, und da schwamm auch ein Stück Papier: der Zettel. Sie fischte ihn mit der Klobürste heraus. Was auch immer darauf gestanden hatte, war blassblau verschmiert.

Wo sollte sie anfangen, nach Wanda zu suchen? Seufzend setzte sie sich in die Fensternische und starrte in den schmalen Streifen Abendsonne unter den dicken, schwarzen Wolken über der Stadt. Vermutlich kehrte Wanda auch gerade in diesem Moment heim, und ihre Mutter hatte sich ganz umsonst aufgeregt. Vielleicht hatte Carina die Akte auch mit in die Arbeit genommen? Ja, so musste es sein, bei dem Chaos heute Morgen. In ihrer Tasche war sie allerdings nicht. Dort fand sie nur Clemens' Visitenkarte, sie dachte an ihren ersten Kuss im Englischen Garten und die vielen Küsse in der Röntgenkammer. Zu gern hätte sie jetzt mit jemandem geredet, alles erzählt. Sie hätten zusammen den Hund suchen können, und als Wiedergutmachung hätte sie ihn dann ins Kino eingeladen. Wanda hin oder her, wenn ihre Schwester sich mit einem Liebhaber vergnügte, dann … Nein, sie sorgte sich wirklich um sie. Aber was sollte sie tun? Sie hatte Lust, sich mit einem deutschsprachigen Film abzulenken, keinem dieser schlecht synchronisierten Hollywoodschinken, wie sie in den mexikanischen Kinos liefen. Oder einfach nur spazieren gehen, Hauptsache nicht allein sein. Sie wählte Clemens' Nummer.

»Becky Schäfer.« Eine Kinderstimme meldete sich.

»Hallo, hier ist die Carina. Kann ich bitte Clemens sprechen?«

»Nein, geht nicht. Ich darf in der Badewanne nicht telefonieren und sie auch nicht.«

»Wer sie?«

»Na, Mama und Papa, die baden doch gerade. Tschüss.« Es klickte in der Leitung.

Wieso sagte Clemens ihr nicht, dass er Familie hatte? Er knutschte und fummelte mit ihr herum … Vielleicht gab es ihm ja einen Kick, dem verkappten Zahnklempner, wenn er mit einer Gruftieärztin herummachte. Und zu Hause war er dann wieder der brave Papa, der mit seinem Frauchen in der Wanne hockte. Vater, Mutter, Kind. Wie es ihr ging, interessierte ja keinen.

Carina schniefte. Fast genau dieselben Worte hatte vorhin ihre Mutter gebraucht. Nicht mal eigene Gedanken hatte sie mehr. Und dieser blöde Köter war auch noch verschwunden. Wie sollte sie der Bretschneider beibringen, dass ihr geliebter Gandhi abgehauen war? Am liebsten hätte Carina sich verkrochen und ihr Hirn ausgeknipst. Aber der Schlafsack war immer noch feucht. Sie drehte die Heizung voll auf und legte ihn darauf. Sie gehörte nirgendwohin. Nicht hierher und nicht mehr nach Mexiko. Von ihren Eltern herumgezerrt, von ihrer Schwester ausgenutzt, hatte sie sich dem Nächstbesten an den Hals geworfen wie ein Teenie und ... Ihr Handy vibrierte. Wehe, wenn es Clemens mit irgendeiner Ausrede war.

Eine SMS ihres Vaters, hoffentlich gute Nachrichten über Wanda. **bei dir war besetzt, hole dich gleich ab.** Haschpapi mit einem Überfall. Sie rief ihn an.

Den Hintergrundgeräuschen nach zu urteilen, war er in einer Kneipe. »Eva Bretschneiders angeblicher Bräutigam weiß nichts von einer Verlobung. Ich hab ihn aufgetrieben. Er ist der Wirt vom *In Maßen*, der Eckkneipe in der Augustenstraße. Er leugnet im Krankenhaus gewesen zu sein und ihr einen Ring angesteckt zu haben. Vielleicht will er es auch nur nicht vor der Frau, die er hier gerade bezirzt, zugeben. Er behauptet, dass Eva Bretschneider ständig mit Selbstmord gedroht hätte. Schwere Kindheit oder so. Jedenfalls wollte er sich ihr Gejammer nicht länger anhören und hat die Beziehung beendet. Dass sie ernst macht, hätte er nicht gedacht. Lass uns in die Poliklinik fahren und Eva nochmal befragen.« Er holte Luft und brüllte weiter ins Telefon. »Du wohnst doch nicht mehr bei Wanda, oder?«

»Wie hast du das rausgefunden?«

Er überhörte die Frage. »Äh, verrätst du mir deine Adresse, wenn ich in allen Belangen Besserung gelobe?«

Sie sagte nichts davon, dass jemand in ihrer Wohnung gewesen war, die Akte und den Hund geklaut und dann den Schlüssel eingeworfen hatte. Sonst schickte er ihr vor Sorge bestimmt gleich das ganze Spurensicherungsteam auf den Hals. Vielleicht war der Hund selbst entwischt, und die Akte lag doch in der Arbeit. Er sollte erst mal herfahren, dann konnte sie immer noch beichten. Wenigstens nannte sie ihm die Straße und Hausnummer freiwillig, redete sie sich ein, bevor er sie über ihr Handy orten ließ. Als sie das Gespräch beendet hatte, räumte sie die herumliegenden Sachen auf. Die Klingel hustete zweimal, Matte hatte offenbar Gas gegeben. Sie drückte auf den Summer. Mit dem, der dann statt ihres Vaters die Treppe heraufstapfte, hatte sie nicht gerechnet.

41.
München, 1996

»Auf Gleis neun, zurückbleiben, Türen schließen selbsttätig.«

Rosa sprang in den erstbesten Waggon und lief fast bis nach vorne durch. Sie vermied es, aus dem Fenster zu schauen, nicht dass Krallinger sie doch noch vom Bahnsteig aus entdeckte. Als der Zug aus der Bahnhofshalle rollte, ließ sie sich auf einem Sitzplatz nieder.

Der Schaffner verlangte einen Aufpreis, weil sie ohne Fahrkarte eingestiegen war. »Ihr Fahrziel?«, fragte er.

Darauf wusste sie keine Antwort, sagte einfach »bis zur Endstation« und bezahlte mit dem Geld aus dem Schließfach. Mit dem gleichmäßigen Rattern der Räder wurde ihr bewusst, was sie alles hinter sich ließ. Vielleicht sah sie ihre Schwester und ihren Sohn nie wieder. Wo sollte sie hin? Was sollte sie tun? Krallinger und vielleicht auch dieser Kyreleis würden sie suchen, überall. Das Bundeskriminalamt würde sie aufspüren, nirgends hätte sie Ruhe. Wenn das bayerische Innenministerium von dem Attentat auf einen Bankchef Kenntnis gehabt hatte, dann war es doch ein Leichtes, Rosa zu finden oder ihre Schwester und ihren Sohn ermorden zu lassen. Ihr einziges Pfand, die Versicherung für ihre Familie, waren die Dokumente aus dem

Schließfach. Das Parfüm mit dem Mikrofilm hatte sie in der Deutschen Bank gelassen. Vorerst konnte sie sowieso nichts damit anfangen. Welcher Fotoservice entwickelte schon einen DDR-Mikrofilm?

In der Zugtoilette fing sie an zu heulen, alles brach aus ihr heraus. Sie schluchzte laut. Jemand klopfte, schnell wusch sie sich das Gesicht und die verschmierten Brillengläser, wischte sich die Schminke ab. Der Wartende wollte protestieren, warum sie das Klo so lange blockiere, es seien schließlich noch mehr Leute hier, aber als er sie sah, bleich und die Augen von Wimperntuscheresten schwarz umringt, verstummte er. Sie drängte sich an ihm vorbei. Er bot ihr seine Hilfe an. Sie lehnte ab, wankte auf ihren Platz zurück. Es war zu spät, sie stürzte in ein neues Leben, wieder einmal.

42.

Nicht er, ausgerechnet. Woher wusste er, wo sie wohnte? »Der Hausmeister behauptet, der Hund gehört dir. Er hat ihn im Keller gefunden.« Lars stieg die Treppe herauf, an einem Strick führte er Gandhi mit sich, mit der anderen hievte er einen Rollkoffer die Stufen hoch. Der Hund sprang Carina an, sie fing sich an der Flurwand ab. Hundeerziehung gleich null, Frau Bretschneider, dachte sie, rieb sich den Rücken und nahm Lars den Strick ab, der an Gandhis Halsband geknotet war. In eine leere Plastikschachtel, noch vom griechischen Essen, füllte sie Hundefutter. Gierig stürzte sich Gandhi darauf.

»Ich war zuerst im Institut.« Lars stand immer noch in der geöffneten Haustür, setzte jetzt unterm Reden einen Fuß über die Schwelle. »Die Sekretärin hat mir deine Adresse gegeben.«

Hoffentlich bekam Frau Schauer von den vielen Blumen richtig starken Heuschnupfen. Carina musste mit ihr ein ernstes Wort über Datenschutz und Sicherheit reden. Die Frau wäre bei der Information im Kaufhof besser aufgehoben als in einem Institut für Rechtsmedizin. Sie wollte die Tür zuschlagen, damit der Hund nicht wieder abhaute, doch Lars drängte sich an ihr vorbei in die Wohnung.

»Carina, warte.« Schon keuchte der Nächste die Treppe

herauf. Ihr Vater. »Du kümmerst dich um den bissigen Köter?«

»Tag, Herr Kyreleis, oder wie sagt man hier … ›Grüß Gott‹?« Lars streckte ihm die Hand entgegen. Matte ignorierte sie.

»Der Hund beißt nicht, ich hab's dir doch erklärt«, erwiderte Carina. Sie hatte Lars nie gesagt, dass ihr Vater ihn in den Polizeiregistern überprüft hatte, ob er seiner Tochter würdig sei. Als die beiden sich das letzte Mal begegneten, waren Lars und sie frisch verliebt gewesen, und Carina hatte ihn zum Sonntagsessen mitgebracht.

»Ich werde Karl von der Rettung ausrichten, dass er sich den Biss ins Bein nur eingebildet haben muss.« Beiläufig beäugte Matte Lars.

»Der Hund hat nur sein schwer verletztes Frauchen verteidigt, weiter nichts. Komm, wir fahren zu Eva Bretschneider.« Sie tat so, als wäre Lars einfach ein Teil der Wohnung, fuhrwerkte um ihn herum wie um eine Säule, schnappte sich ihr Handy und ihre Tasche.

»Kann ich mitfahren?« Die Säule sprach. »Polizeiarbeit hat mich schon immer interessiert. Du weißt doch, dass ich Krimis liebe, und ich verspreche auch …«

Von seinen Versprechen hatte sie genug. »Leihst du mir deine Handschellen, Papa?« Lars lächelte gequält und wich rückwärts ins große Zimmer.

Erschöpft winkte sie ab. »Von mir aus, bleib erst mal hier. Wenn dir Gandhi was übrig lässt, kannst du seine Schüssel auskratzen, bis ich zurückkomme.«

Mit angehaltenem Atem stieg sie in Mattes Auto und schnallte sich an. Für den Bruchteil einer Sekunde hatte sie Flammen aus der Kühlerhaube aufsteigen sehen. Sie schluckte und atmete aus.

Ihr Vater, die Hand am Zündschlüssel, beobachtete sie. »Ich weiß von deinem Unfall.«

»Was weißt du nicht«, knurrte sie und rollte das Fenster herunter.

»Bist du selbst am Steuer gesessen, oder wer ist gefahren?«

Entweder war das eine Fangfrage, oder er wusste es wirklich nicht. Er rangierte aus der Parklücke und fuhr los.

»Was hast du eigentlich über Lars rausgefunden?«

»Nichts. Es tut mir leid.«

So einfach war das, fünf Worte und abgehakt. Sie sog den Fahrtwind ein.

»Darf ein Vater sich nicht um seine Tochter sorgen? Ist das verboten oder verkehrt?«

Bloß jetzt keine Selbstmitleidsrede, davon hatte sie für heute genug. »Tut es dir auch leid, dass du mir hinterherspioniert hast, mich überall kontrollierst, sogar meine Chefin überredet hast, eine Stelle für mich zu schaffen?«

»Na ja, ganz so war das nicht. Ich war so stolz auf dich, als ich das mit der rekonstruierten Kinderleiche las. Ich dachte mir, dass wir so jemanden dringend in München bräuchten, und hab ihr davon erzählt.«

Wieso hörte es sich aus seinem Mund immer so harmlos an? Sie wollte, aber konnte ihm einfach nicht böse sein. Eigentlich schade, dass Lars eine reine Weste hatte, dann hätte sie ihren Groll wenigstens auf ihn übertragen können.

Mattes Handy klingelte. Er schob es in den Halter an der Scheibe und drückte die Freisprechtaste.

»Sandro ist jetzt bei uns, aber ich habe gleich eine Geburt. Wann gedenkt mein werter Gatte heimzukommen?« Silvias Stimme klang müde.

»Hallo, Mama. Ich kann Sandro nochmal mit zu mir nehmen, ja?«, schlug Carina vor.

»Danke, Liebes. Aber er schläft schon. Ich will einfach, dass dein Vater zur Abwechslung mal zu Hause bleibt.«

»Ich hab wegen Wanda bei der S-Bahn angerufen«, sagte Matte.

»Ah, der Meister spricht«, rief Silvia. »Ich hoffe, du findest sie und wäschst ihr diesmal gründlich den Kopf. Sonst bist du doch auch nicht so zimperlich bei deinen Nachforschungen.«

Er überhörte den Seitenhieb. »Wanda war heute nicht in der Arbeit und hat sich auch nicht abgemeldet. Hast du noch eine Idee, wo sie sein könnte?«

»Nein, ihre Freundinnen hab ich schon angerufen. Aber bei der Gelegenheit fällt mir ein, wenn Carina bei dir ist, dann kannst du es ihr ja endlich sagen. Und dann komm gefälligst mit Blaulicht heim.« Sie legte auf.

»Was meint Mama, was sollst du mir sagen?«, fragte Carina. Die Andeutung von heute Nachmittag – was steckte dahinter?

Er konzentrierte sich auf den Verkehr, grüßte überschwänglich einen Streifenwagenfahrer, der ihnen entgegenkam.

»Ich hoffe, Wanda verliert diesen Job nicht wieder«, sagte er an der nächsten roten Ampel.

»Dann ist das nicht das erste Mal, dass sie einfach abhaut?« Carina konnte es kaum glauben. Sie war zwar auch ohne ihren Eltern Bescheid zu geben nach Mexiko gegangen, aber sie hatte kein Kind zurückgelassen.

»Spätestens übermorgen taucht sie wieder auf, heult und entschuldigt sich tausendmal«, erklärte Matte. Er war anscheinend immer noch nicht sonderlich beunruhigt.

Carina war entsetzt. »Wegen einer Liebschaft lässt sie ihren Sohn im Stich und hofft, dass wir uns um ihn kümmern.«

»Na ja, Liebschaft«, Matte verzog das Gesicht. »Für deine Schwester ist es jedes Mal der Mann ihres Lebens. Und Silvia kümmert sich nicht nur um Sandro, sondern päppelt auch hinterher Wanda wieder auf. Sag mal, es ist doch nicht zu spät, falls das an Silvias Nase wirklich Krebs ist?« Carina atmete auf, also darum war es bei der Andeutung gegangen. Das zweite Versprechen hatte sich in Luft aufgelöst, Silvia hatte Matte eingeweiht.

43.

Deggendorf, 1996

»*Dringent: Ferkeuferin gesucht*« stand in krakeliger Schreibschrift an der Eingangstür des Drogeriemarktes. Rosa steckte Julias Lesebrille weg – von der bekam sie nur noch mehr Kopfschmerzen. Sie war am nächstbesten Halt ausgestiegen und in Deggendorf gelandet. Was sollte sie tun, wo sollte sie hin? Ihre Füße in den engen Stiefeln, die sie zur Hälfte heruntergeklappt hatte, bestimmten den Weg. Es würde nicht lange dauern, dann schnappte man sie. Wenn sie auf der Strecke ins Stadtinnere an einem Polizeipräsidium vorbeikam, würde sie sich stellen. Falls ein Polizeiauto vorbeifuhr, würde sie es anhalten, sagte sie sich mit jedem Schritt. Die vorüberbrausende Feuerwehr galt nicht und das Wachauto einer Schließfirma vor einer Bankfiliale auch nicht. Sie war den unscharfen Schildern in die Altstadt gefolgt und hatte die Farben des Blumenmarktes aufgesaugt. Hier in der Drogerie wollte sie sich etwas zu trinken und Pflaster für ihre Blasen kaufen. Im Gegensatz zum Wochenmarkt auf dem Rathausplatz, war der Laden leer. Die Kassiererin kaute Kaugummi und feilte sich ganz vertieft die Fingernägel.

Rosa legte eine Familienpackung Pflaster, Taschentücher und eine Flasche Wasser aufs Laufband. »Sie suchen eine Verkäuferin?«

»Zwölfvierzig die Stunde, einen Nachmittag frei. Dafür Arbeitsbeginn um sieben, wenn der Lieferant kommt«, ratterte die Frau los, ohne aufzusehen. Mit zu braunem Makeup hatte sie versucht, ihre unreine Haut zu überdecken. Erst als sie den kleinen Fingernagel in Form gebracht hatte, hielt sie inne und streckte Rosa die Hand entgegen. »Ich bin die Gaby mit Ypsilon, und du?«

»R-Regina.« Sie besann sich auf Felix' Trick, die Anfangsbuchstaben bei einem Decknamen zu behalten, damit man noch den Bruchteil einer Sekunde hatte, um sich zu korrigieren. Ihr Blick fiel auf ein Schlussverkaufsschild mit reduzierten Badeschuhen. »S-Sommer«, ergänzte sie.

Der Kassenstuhl quietschte, als Gaby sich erhob und aus dem Karbäuschen kletterte. »Dann zeige ich dir mal alles, ist sowieso gerade Flaute. Wann kannst du anfangen?«

Eine Viertelstunde später reichte ihr Gaby den Arbeitsvertrag. Ohne einen Ausweis verlangt zu haben, den ihr Krallinger abgeknöpft hatte, oder irgendetwas von ihrer Vorgeschichte zu wissen, gab sie ihr die Stelle. Rosa umklammerte den Stift, zerquetschte ihn fast, um das Zittern ihrer Hand zu unterdrücken, und wollte schreiben, doch das Ding schrieb nicht. Ein R hatte er geschafft, dann war Ende. Gaby riss ihr den Kugelschreiber weg und kritzelte auf einer Fototasche herum, bis er wieder anging.

»Regina Sommer«, unterzeichnete sie, stockte jedoch, als Gaby mit ihrem Bärchenaufkleber-Fingernagel weiter oben auf die Felder »Bankkonto und Adresse« tippte. Spätestens jetzt würde sie das Papier zerreißen und sie hinausscheuchen.

»Ich hab noch keine Wohnung, bin gerade erst angekommen.«

Gaby musterte Rosa in ihrer zerknitterten, verschwitzten Bluse, die aus der Hose gerutscht war und ein Stück ihrer Hüfte mit dem sich blau färbenden Fleck von Krallingers Waffe entblößte. Hastig stopfte Rosa die Bluse in die Hose zurück.

Eine Kaugummiblase zerplatzte auf Gabys Make-up. »Kein Problem, ergänzen wir später.« Sie legte den Vertrag zur Seite. »Dann erklär ich dir noch den Fotoservice und die Babybreisorten. Da musst du aufpassen, wir haben eine ganz spezielle Sorte Kundinnen: Mütter!« Sie grinste. »Ansonsten sehen wir uns morgen um sieben.«

44.

Eva Bretschneider schrie und stöhnte im Zimmer, ihre Verbände wurden gerade gewechselt. Quälend lange Minuten warteten Matte und Carina im Krankenhausgang.

Ihr Vater marschierte mit verschränkten Armen auf und ab. »Dann erklär mir mal, was Nasenkrebs ist«, forderte er.

Carina setzte sich auf eine Bank. »Ich kenn mich da auch nicht so aus, habt ihr nicht darüber gesprochen? Es kommt auf die Art des Tumors an und darauf, wie groß er ist.«

»Du meinst, wenn es sich schon im ganzen Körper verteilt hat?«

»Nein. Hör einfach auf zu spekulieren und rede mit Mama. Was haben denn die Ärzte gesagt?«

»Sie wirft mir vor, dass ich als Erstes an meine Verbrecher denke, als Zweites an dich und als Drittes, wenn überhaupt, an meine übrige Familie. Als wenn ich da einen Unterschied machen würde, das stimmt doch nicht, oder?«

Carina blieb es erspart zu antworten, sie durften ins Krankenzimmer. Als Eva Bretschneider hörte, dass Gandhi unschuldig war, richtete sie sich im Bett auf und tippte in ihr Handy: **geld für futter hier in schublade**

»Ist schon okay«, winkte Carina ab. »Hauptsache, Ihnen geht es besser. Sind die Schmerzen auszuhalten?«

Frau Bretschneider zeigte auf den Tropf, der ihr Linderung in die Venen pumpte. **geld für transplantation zusammen**

»Dann werden Sie ja bald wieder sprechen können.« Carina beglückwünschte sie.

und essen und lachen

Sie wurde durch eine Magensonde künstlich ernährt, da ihr Mund komplett zerstört war.

»Kann ich Ihnen noch irgendwas bringen, von zu Hause vielleicht?«

metzger im tal ist bester für frischfleisch gandhi hat es sich verdient

Eva Bretschneiders Sorge galt einzig dem Hund. Trotzdem, solange er in Carinas Obhut war, musste er sich mit Dosenfutter begnügen. Sie verkniff sich jede Bemerkung darüber, nickte stattdessen.

»Einen schönen Ring haben Sie da.« Matte, der schweigend auf dem Besucherstuhl gesessen hatte, holte den Stapel Fotos aus dem Umschlag und suchte Maries Passbild heraus. »Kennen Sie das Mädchen?« Er hielt ihr das Foto vor die Augen zwischen dem Verband.

nein

Sie tastete nach den restlichen Fotos, zuoberst lag das Tatortfoto von ihrer Wohnung auf ihrer Bettdecke. Ihr blutverschmiertes Sofa, der durchtränkte Teppich und die Tablettenhülsen. Hastig schob Matte die Fotos zusammen, wollte sie in den Umschlag zurückstecken.

will sehen

Er zögerte.

bitte

Nacheinander zeigte er ihr die Bilder. Sie starrte sie lange an. Als Letztes kam das Selbstauslöserfoto von Marie, auf dem sie den Ring trug; und er fragte erneut, ob sie das Mädchen schon einmal gesehen hatte. Wieder verneinte sie.

»Dürften wir uns Ihren Ring für eine Untersuchung ausleihen?«, fragte Carina.

will ihn zurück, tippte sie, dann hielt sie ihr die Hand hin. Aber der Ring saß fest. Bei der Stationsschwester bat Carina um ein Stück Zahnseide und fragte gleich, ob sie sich erinnern könne, seit wann Frau Bretschneider den Ring besaß.

»Den hatte sie schon während der Operation an. Es musste alles sehr schnell gehen, ich hab ihn nicht heruntergebracht, und der Arzt meinte, ich soll ihn ihr lassen. Es war ja die unverletzte Hand.«

Wieder zurück im Krankenzimmer schob sie Eva Bretschneider den Fadenanfang der Zahnseide unter den Ring, wickelte das eine Ende bis zum Fingernagel, hielt beide Fadenenden eine kleine Weile fest und wickelte die Zahnseide dann wieder ab. Der Ring rutschte ein Stück über den Knochen, und sie konnte ihn von Evas Hand lösen. So machte sie es auch bei den Toten, die oft geschwollene Finger hatten. Sie steckte den Ring in ein Tütchen aus ihrer Umhängetasche. Diesmal würde sie Dr. Herzog offiziell um eine Analyse bitten. Sie verabschiedeten sich.

Da fing Eva noch einmal hektisch zu tippen an.

von wem ist blumenstrauß auf fotos?

45.
Deggendorf, 1996

Rosa war flau im Magen, als sie am nächsten Morgen unter ihrem neuen Namen zur Arbeit antrat. In der Pension, wo sie die Nacht verbracht hatte, war nur noch ein Raucherzimmer frei gewesen. In dem Moment war es ihr gleich. Hauptsache, ein Dach überm Kopf. Sie kippte das Fenster hinter den gelb gefärbten Stores und zerrte die Stiefel von den Beinen. Dann fiel sie wie ein Stein ins durchhängende Bett. Hupen und Gelächter draußen weckten sie früh, sie hatte traumlos geschlafen, fand aber jetzt kaum die Kraft aufzustehen. Sofort lief die quälende Gedankenmaschine wieder an, kaum dass sie wusste, wo sie sich überhaupt befand und welcher Tag heute war. Vierundzwanzig Stunden ohne Kontakt zu ihrer Schwester und ihrem Sohn. Sie musste sich mit ihnen in Verbindung setzen, nur wie? Ein Lebenszeichen ihres Kleinen, und alles wäre leichter zu ertragen. Ohne Appetit biss sie in eine Semmel und spülte sie mit etwas Kaffee hinunter, trotzdem kam ihr Kreislauf nicht in Schwung. Ihr war übel, und kalter Schweiß stand ihr auf der Stirn. In der Drogerie versuchte sie sich zusammenzureißen, nicht dass sie am ersten Tag gleich was fallen ließ. Die Babybreiregale, die Windelsortimente, die Schminkecke, die Haarfärbemittel. Rosa klammerte sich an den Videoständer und zwang sich, ruhig zu atmen. Sie nahm Julias Brille ab, wischte sich die Stirn. Endlich kam das Artikelkarussell zum Stehen. Sie bückte sich, um ein Regal einzuräumen. Die Brille setzte sie nicht wieder auf, lieber kniff sie die Augen zu Schlitzen zusammen, um die Namen lesen zu können, auch wenn sie mit der Nase fast an die Produkte stieß.

Ajax, Bref, Cillit, Domestos, Ego, Frosch, General … Für jeden Buchstaben gab es einen Reiniger, nur durfte sie die nicht nach dem Alphabet einsortieren. Mit festem Griff packte sie Flasche um Flasche, um ihr Zittern zu unterdrücken. Gaby hielt sie wahrscheinlich schon für eine Alkoholikerin auf Entzug. Außerdem rechnete sie bei jedem Kunden, der die Drogerie betrat, damit, dass er sich als Stadtpolizist entpuppte, der ihr Fahndungsfoto kannte. Eine Sprühflasche Meister Proper glitt ihr aus den Händen, sie konnte sie gerade noch auffangen. Doch der Sprüharm schlug auf die nächste Flasche der aufgebauten Reihe, und alle Reiniger kippten wie Dominosteine vom Regal. Gaby sprang aus ihrer Kassenbox, eilte ihr zu Hilfe. Am ganzen Leib zitterte Rosa jetzt, sie war am Rande einer Ohnmacht. Obwohl sie dagegen ankämpfte, gaben ihre Füße nach, und in ihren Ohren rauschte es wie Isarwasser.

Ungeachtet des schimpfenden Kunden an der Kasse nahm Gaby sie in die Arme und strich ihr über den Rücken. »Du brauchst nicht nervös zu sein. Wir räumen zusammen auf und fertig. Als ich nach den Kindern wieder zu arbeiten angefangen hab, wollte ich gleich wieder aufgeben. So viele verschiedene Haartönungen, und die Leute nerven mit Fragen und Empfehlungswünschen. Der beste Weichspüler oder wie kriegt man eingewachsene Haare aus der

Nase.« Sie äffte mit tiefer Stimme jemanden nach. »Meine Frau mag mein Fußspray nicht, empfehlen Sie mir was Vernünftiges.« Sie tätschelte Rosa die Wange. »Na siehst du, es geht schon wieder.«

Der Kunde an der Kasse rief jetzt: »Was sind denn das hier für Zustände, ich will den Filialleiter sprechen, sofort!«

Erst als die Flaschen wieder im Regal standen, wandte Gaby sich an den geifernden Mann. »Ja, bitte, Gabriele Lechner, Filialleitung, was kann ich für Sie tun?«

46.

Ganz in Gedanken sperrte Carina die Wohnungstür auf und erschrak, als ihr Lars entgegenkam. Den hatte sie völlig vergessen. Sie wich seiner Umarmung aus und streichelte stattdessen Gandhi, der sie schwanzwedelnd begrüßte.

»Wir beide haben uns super verstanden.« Er tätschelte den Hund ebenfalls.

Carina wusste, dass er mit Tieren nicht viel anfangen konnte, im Zoo von Villahermosa hatte er die ganze Zeit nur mit seinem Handy gespielt. Er liebte, wenn überhaupt, nur Steine.

»Was willst du, sag es gleich. Ich bin müde, und es ist spät.«

Er ging in die Hocke, schmuste überschwänglich mit Gandhi. »Seit wann hast du den denn, das ist ja ein ganz Lieber.« Gandhi leckte ihm die Nase.

»Er stand unter Verdacht, seinem Frauchen das Gesicht abgezogen zu haben«, erklärte Carina mit unbewegter Miene.

»Ihr Rechtsmediziner mit eurem schwarzen Humor«, versuchte er sein Entsetzen zu überspielen, sah sich nach etwas zum Abwischen um, benutzte dann seinen Ärmel. Er stand wieder auf. »Ich wollte Kaffee kochen, hab aber gar kein Geschirr gefunden. Wo hast du denn deine Sachen?«

Carina antwortete nicht, warf ihre Jacke und die Tasche in die Fensternische und ließ sich im Bad Wasser in die Wanne.

Lars folgte ihr bei jedem Schritt.

»Es tut mir so leid, bitte glaub mir.« Der Tag der Entschuldigungen, erst ihr Vater, jetzt ihr Ex. »Ich stand total unter Schock, weil ich dachte, du bist tot und ich bin schuld.«

»Sehr tröstlich, wirklich.«

Lars schwieg eine Weile, bevor er einen neuen Anlauf nahm. »Eine schöne Wohnung, wie hast du die nur gefunden? Kann ich dir vielleicht helfen, die Möbel hochzuschleppen?« Er versuchte wirklich alles.

Sie goss sich heißes Boilerwasser auf einen Teebeutel in ihrem Trinkglas. »Noch zwei Minuten, dann ist die Wanne voll und du bist draußen. Also?«

Er nahm sich auch einen Teebeutel, sah sich nach einem zweiten Glas um, fand keines, spülte sich eine Plastikschachtel aus. Carina nahm sie ihm fort, füllte sie mit kaltem Wasser und stellte sie Gandhi hin. Der Hund trank, und Lars warf den Teebeutel in die Spüle. Dann stützte er sich mit einem Arm an der Wand ab. »Kennst du Amelie noch? Hab ich dir von ihr erzählt?«

Carina tauchte ihren Teebeutel im Glas auf und ab. »Noch eine Minute. Sechzig, neunundfünfzig, achtundfünfzig ...«

»Na ja, jedenfalls hab ich bei ihr gewohnt, seit ich wieder in Deutschland bin, und jetzt wollte ich mir München anschauen. Zeigst du mir deine Stadt?«

»Amelie, oder wie sie heißt, hat dich rausgeschmissen, stimmt's?« Carina marschierte zur Haustür und öffnete sie. »Dann weißt du ja, wie das läuft.«

»Nur für ein paar Tage, bitte«, flehte er. »Bis ich was Neues gefunden habe.«

Doch sie erbarmte sich nicht.

47.

In einer Pause am Hintereingang bot Gaby Rosa eine Zigarette an.

Sie lehnte ab.

»Ich dachte, du rauchst auch.«

»Ich hab bloß in einem Raucherzimmer übernachtet«, erklärte Rosa, bezweifelte allerdings, dass Gaby den Geruch wahrnahm. Rosas Kleidung stank nach allem Möglichen, und diese Miststiefel hatte sie auch wieder an den Füßen.

»Er hat dich geschlagen, oder?« Gaby sog an ihrem Glimmstängel und blickte ab und zu in den Spiegel, durch den sie den Laden im Auge behielt. »Deine blauen Flecke, an der Hüfte und am Ellbogen, ich hab sie gesehen.«

Rosa setzte sich auf einen Lieferrolli und knabberte an einem Schokoriegel. Nun war ihre einstudierte Geschichte dran, sie murmelte etwas von Scheidung und Schulden.

»Männer.« Gaby stieß den Rauch Richtung Boden aus. »Hat man einen, jammert man, hat man keinen, auch. Wie ist es mit Kindern?«

Rosa hörte zu kauen auf, sie musste ihren Sohn verleugnen, zu ihrer aller Sicherheit.

Gaby gab sich selbst die Antwort. »Blöde Frage, entschuldige. Die hättest du bestimmt nicht im Stich gelassen.« Sie seufzte. »Ach, ich kann dich gut verstehen. Manchmal würde ich auch gerne alles hinschmeißen, aber meiner schlägt mich wenigstens nicht.« Sie trat die Zigarette aus. »Warum nicht hier in Deggendorf neu anfangen, ist zwar nicht die Südsee, aber genauso gut wie jedes andere Kaff.« Mehrere Leute mit Rucksäcken drängten auf einmal in den Laden. »Mein Schwager hat eine Mansardenwohnung, ein Zimmer, Kochnische, Bad. Wäre das nicht was für dich? Allerdings ohne eigenen Eingang, deshalb hat er es bisher auch noch nicht vermietet.«

Sie bat Gaby, eine Viertelstunde früher gehen zu dürfen, um sich neue Klamotten zu kaufen. Endlich andere Schuhe, eine Wohltat. Auf dem Weg in die Pension kam sie wieder an der Telefonzelle vorbei. Gestern hatte sie sich gezwungen, daran vorbeizugehen, heute wählte sie die Nummer der Auskunft, dann die des Krankenhauses.

Jemand hob ab, sagte keinen Namen, atmete nur in kurzen Stößen, fiebrig.

»Dimitri, du sollst noch nicht aufstehen«, hörte sie ihre Schwester sagen. »Gib mir den Hörer. Wer ist denn dran? Bist du's, Rosa?«

Sechster Tag

Das Innere eines Gesichts, mit geschlossenen Augen, sonst nichts.

Aus Michael Ende: Der Spiegel im Spiegel

48.

Küssen mit den Lippen einer Toten

München – Eva B., deren Gesicht durch einen bisher unbekannten Täter grausam entstellt wurde (wir berichteten), hofft bald wieder lachen, sprechen und essen zu können. Sie wartet auf ein Spendergesicht, aus dessen Mundpartie ihre neuen Lippen entnommen werden.

In Frankreich (2006) und Spanien (2010) gelang bereits eine vollständige Gesichtstransplantation. Nun wagt sich erstmals ein Münchner Ärzteteam, unter Leitung von Prof. Dreifuss, an eine Transplantation des Mundes. »Essen und trinken dürfte bald wieder möglich sein, aber bis Eva B. wieder lächeln oder küssen kann, wird es noch dauern«, so Prof. Dreifuss (Interview S. 7). *»Nach der Operation ist es noch nicht ausgestanden. Ihr Körper muss lernen, das fremde Gewebe anzunehmen. Auch wenn die Lippen von einer anderen Person stammen, wird das Aussehen zwischen Frau B.s ursprünglicher Mundpartie und dem der toten Spenderin liegen. Der Mund wird mit Frau B.s vorhandener Muskulatur verbunden und ihrer Knochenstruktur angepasst.« Wir werden Eva B. bei diesem Eingriff exklusiv in Zusammenarbeit mit Beauty TV begleiten* (s. Porträt S.32).

Carina entdeckte die Schlagzeile des Münchner Tagblatts am nächsten Morgen im Zeitungskasten und las den Artikel in der S-Bahn. Nun wusste sie, woher Eva Bretschneider das Geld für die Transplantation hatte. Sogar ein Foto von ihr vor der Entstellung und dann eines im Krankenhaus mit Gesichtsverband waren hinten im Porträt, das den Start einer Serie bildete, abgedruckt. Carina lehnte sich zurück. Also die Rekonstruktion einer Lebenden mit Hilfe einer Toten.

Die Salbeck-Akte war auch in ihrem Arbeitsraum nirgends zu finden. Am besten, sie besprach mit ihrer Chefin, wie sie wegen der verschwundenen Akte weiter vorgehen sollte. Bloß wie erklärte sie, dass sie die Akte mit nach Hause genommen hatte?

Auf jeden Fall war zuerst Marie an der Reihe, die Familie hatte lange genug gewartet. Von allen Seiten knipste Carina mit ihrer Digitalkamera Maries Gesichtsrekonstruktion und überprüfte die Ansichten auf dem Computerbildschirm. Wenn die Skulptur zerstört war, blieb nur diese Datei als Dokumentation. Bevor sie das Plastilin wieder vom Schädel nahm, gab sie Maries Gesicht noch verschiedene Ausdrücke, Freude und Trauer, Grübeln und Schmollen und fotografierte es für ihre private Datei. Als sie endgültig von Maries Antlitz Abschied nahm und die Knete in großen Brocken entfernte, rief Matte an. Sie klemmte sich das Handy in die Halsbeuge. »Ja?«

»Wir haben was.« Er klang aufgeregt. »Meine Kollegin, die eine Gärtnerlehre zugunsten des Streifendiensts aufgegeben hat, konnte die Herkunft von Eva Bretschneiders Blumenstrauß auf wenige exquisite Geschäfte in München eingrenzen.«

»Und?«, fragte Carina, rollte vorsichtig die Glasaugen aus den Höhlen und legte sie in die Schachtel zurück.

»Wir haben den vergrößerten Ausschnitt des Tatortfotos herumgezeigt und eine Floristin gefunden, die sich erinnert, am vergangenen Samstag genau diesen Strauß verkauft zu haben. Treffen wir uns vor dem Laden, sagen wir um elf?«

Was sollte sie als Rechtsmedizinerin dort? Ihre gestrige Predigt war wohl für die Katz gewesen. Andererseits … Sie rang mit sich. Neugierig war sie schon, und hatte sich nicht sogar ihre Chefin nach dem Befinden von Eva Bretschneider erkundigt? Sie sagte zu, reinigte den Schädel, wischte die restlichen Knetespuren mit einem Tuch ab und brachte ihn zu Maries Skelett in die Kühlung. Dann ging sie nach oben und suchte im Aktenschrank, ob nicht vielleicht jemand in ihrem Arbeitszimmer gewesen war und die Akte einfach zurückgebracht hatte. In der Lücke lag immer noch der Vermerk, von der Mordkommission entliehen. Also war tatsächlich jemand in ihrer Wohnung gewesen und hatte dann brav den Schlüssel in den Briefkasten geworfen, oder was?

Im Seziersaal gab Carina Nusser Bescheid, dass der Leichnam zur Bestattung freigegeben war.

»Frau Dr. Kyreleis, kann ich Sie kurz sprechen?« Prof. Feininger legte ihr Kittelzelt ab, desinfizierte ihre Hände. und winkte sie in ihr Büro. Das traf sich gut, Carina wollte sowieso um Erlaubnis bitten, sich einige Stunden freizunehmen, ihr Vater erwartete sie. »Nehmen Sie Platz.« Feininger selbst brauchte eine Weile, um sich hinter ihren Schreibtisch zu zwängen und in ihren geräumigen Stuhl zu wuchten. »Ich habe gestern Abend einen Anruf erhalten.« Sie glättete eine geknickte grüne Haftnotiz, eine von vielen bunten Zettelchen auf ihrer Schreibtischunterlage. Drei fett gekritzelte, auf dem Kopf stehende Buchstaben konnte Carina erkennen: BKA; darunter stand noch etwas, vermutlich die Eckdaten des Telefonats, aber Feininger legte ihre breite Hand darauf. »Haben Sie ohne dienstliche Anweisung eine DNA-Analyse in Auftrag gegeben?«

Dr. Herzog war das Gefummel mit Clemens in der Röntgenkammer wohl zu viel gewesen, und er hatte sie bei der Chefin angeschwärzt.

Die schien Carinas Gedanken zu lesen. »Dr. Herzog hat die Analysedaten in die internationale Vermisstendatenbank eingegeben, er hat völlig korrekt gehandelt. Aber wie oft muss ich Sie noch ermahnen? Sie handeln mir zu eigenmächtig.«

»Luise Salbeck glaubt, dass ihre Schwester, die 1997 beerdigt wurde, noch lebt.« Kaum war es ausgesprochen, wurde ihr bewusst, wie mager das klang. Frau Salbeck hatte es irgendwie überzeugender formuliert.

Feininger lehnte sich zurück und wippte in ihrem Stuhl. »Ach, und wegen einer Untoten veranlassen Sie einfach so eine Analyse? Was glauben Sie, wie viele Esoteriker hier rein- und rauslaufen würden, wenn wir es erlaubten? Auferstandene, Geister, Wiedergeborene. Fühlen Sie sich unterfordert, soll ich Sie wieder mehr bei den Sektionen einteilen?«

»Ich weiß, ich hätte fragen sollen«, gestand Carina.

»Und warum haben Sie es nicht getan?«

»Ich habe auch eine Schwester.« Und die ist gerade spurlos verschwunden, fügte sie in Gedanken hinzu. Sie schob ihre Brille hoch. »Frau Salbeck tat mir leid.«

»Sie bieten also jedem, der eine Schwester hat und mit einer absurden Bitte an Sie herantritt, unsere Dienste an?« Die Chefin seufzte, dann musterte sie Carina mit einem unergründlichen Ausdruck. »Meine Schwester ist bisher leider nicht von den Toten auferstanden, so gerne ich es auch hätte. Sie hat sich mit vierzehn das Leben genommen.«

»Das tut mir leid. Wie alt waren Sie da?«

»Zehn, ich hab sie in der Badewanne gefunden, im Ferienhaus meiner Eltern, sie lag schon zwei Tage dort.« Carina sah auf einmal eine junge, auch damals schon pummelige Paula vor sich, die von einem Tag auf den anderen die Große sein musste und stark für zwei.

»Ich möchte, dass Sie sich zukünftig in allen Belangen an mich wenden. Schließlich muss ich Ihre Stelle beim Institutsleiter festigen. Ihr Erfolg mit der Gesichtsrekonstruktion hilft zwar fürs Erste, aber trotzdem steht alles noch auf wackligen Beinen.«

Carina atmete auf und gelobte, sich nicht mehr zu Gefälligkeiten jenseits der Dienstvorschriften überreden zu lassen.

»Diese Salbeck-Sache ist ein Fall des Bundeskriminalamts, also lassen Sie die Finger davon, solange uns keiner beauftragt. Es hat sich doch sonst nichts ergeben, was ich wissen sollte?«

Carina überlegte, das mit der Akte musste sie gestehen. »Also, ich …«

Feiningers Telefon klingelte. »Heute ist wieder mal der Teufel los«, schimpfte sie und hob ab. Sofort änderte sich ihr

Tonfall von sauer zu süß, als spräche sie mit einem Kleinkind. »Warte einen Moment«, säuselte sie in den Hörer, drückte ihn an ihren mächtigen Busen. »Was wollten Sie sagen?«

»Es gibt neue Erkenntnisse im Fall Bretschneider, die Kriminalpolizei bittet mich nochmal um Mithilfe bei einer Tatortbegehung.« So konnte man es ja im weitesten Sinn bezeichnen.

»Eigentlich reicht es mir mit Ihren Vater-Tochter-Ausflügen. Aber wenigstens fragen Sie mich um Erlaubnis; und Sie berichten mir danach, ja?« Sie drehte ihr den Rücken zu. »Hallo Purzelchen, jetzt bin ich wieder ganz Ohr.«

Bevor Carina ging, riskierte sie einen Blick auf die Haftnotiz. Krallinger stand da, der Affenfreund ihres Vaters.

49.

Sie trafen sich vorm *Blütenblatt* in der Herzogspitalstraße. Die erste Frage galt Wanda, sie hatte sich noch immer nicht gemeldet. Sollte sie bis zum Abend nicht auftauchen, würde Matte eine Fahndung einleiten. Doch er behauptete noch immer, dass so ein Techtelmechtel meist nicht lange dauerte. Und er musste es wissen, zusammen mit Silvia hatte er einiges in den zwei Jahren ihrer Abwesenheit mitgemacht.

Im Laden roch es, als hätte man die Düfte der ganzen Welt zusammengeschüttet. Nach Arten sortiert füllten die Blumen farbige Blecheimer auf dem Boden. In einem verschnörkelten hellgrünen Regal hinter der Verkaufstheke lagen kunstvoll gesteckte Buketts. Eine große, abgezehrte Frau schob eine Tür auf, schlang sich das Schürzenband zweimal um den Leib und begrüßte sie. Carina lugte in den Nebenraum, mehrere Mitarbeiter arbeiteten an Sträußen und Gestecken. Dort sah es weniger aufgeräumt aus, Blütenteile, Blätter und Stängelreste lagen herum. Matte Kyreleis zeigte seinen Polizeiausweis und gab Carina als seine Kollegin aus. Bei der Mordkommission schien Lügen erlaubt zu sein, dachte Carina.

Er legte drei grobkörnige Vergrößerungen von Eva Bretschneiders Wohnzimmertisch auf den Verkaufstresen.

»Frau Muth, Sie können sich also an den Kunden erinnern, der diesen Strauß gekauft hat?«

Die Floristin betrachtete die Fotos, nickte dann. »Den habe ich mir gemerkt: eine rote Margerite, eine Gerbera, eine Rose, ein Aspidistra-Blatt, eine Passionsblume und eine Lilie. Wir hatten ziemlich viel Stress, wie immer am Wochenende, und dann kam kurz vor Ladenschluss dieser junge Mann herein.« Sie zupfte mit von Pflanzensaft verfärbten Fingerkuppen an einem eingerissenen Fingernagel. »Ich dachte zuerst, der will eine Abfallblume geschenkt kriegen – so nennen wir die halbverwelkten, die sowieso aussortiert werden. Für seine Freundin als Mitbringsel oder so. Samstags kommen oft Kinder oder Rentner aus der Nachbarschaft und holen sich welche. Ich wollte ihm irgendeine geben, aber da zog er aus jedem Eimer eine bestimmte Blume heraus. Ganz schön dreist, habe ich gedacht, ihn aber machen lassen. Es hatte was, wie er die Blumen auswählte, sie in der Hand drehte und gegen das Licht hielt. Manch eine steckte er dann wieder zurück und nahm eine andere.« Sie klopfte sich mit den Fingern auf den gespitzten Mund und sah zum Fenster hinaus.

Carinas Vater warf ihr einen kurzen Blick zu. Jetzt nur nicht unterbrechen, das kann alles verderben, bedeutete er ihr mit den Augen. Die Zeugin war in Gedanken beim vergangenen Samstag und Carina bis aufs Äußerste gespannt.

»Auf wie viel soll ich die Gladiolen kürzen?«, krähte eine Mitarbeiterin aus dem Nebenraum.

»Gar nicht, nur anschneiden, hab ich doch gesagt«, rief Frau Muth und stapfte in den Nebenraum.

»Aber das Grünzeug ist zu kurz dafür.«

Die Floristin schimpfte. Eine ähnliche Standpauke hatte sich auch Carina gerade von ihrer Chefin abgeholt.

»Erstes Lehrjahr«, sagte Frau Muth, als sie zurückkam. »Wo war ich?«

Carina wollte den Mund aufmachen und ihr auf die Sprünge helfen, doch ihr Vater hob unterhalb des Tresens, nur für sie sichtbar, beschwichtigend die Hand.

Frau Muth steckte sich eine gelöste Haarsträhne in den Pferdeschwanz. »Ja genau, der junge Mann, Anfang zwanzig, schätze ich, kaum älter als mein Lehrmädchen, aber der verstand was von Blumen auf eine Weise, wie ich es noch nie erlebt habe. Sehr wählerisch drehte er jede einzelne, als hätten sie Gesichter und sprächen mit ihm. Aber das Eigenartigste … und das war auch der Grund, warum ich mich ihm trotz des Chaos hier voll und ganz gewidmet habe …« Sie stockte, strich sich die Schürze über ihrem knochigen Leib glatt. »Verstehen Sie mich bitte nicht falsch. Jeder Kunde hat bei uns das Recht auf Service, aber …« Sie holte Luft. »Er sprach nicht, kein Wort. Ich weiß nicht, ob er behindert war oder keine Lust zum Reden hatte, soll es ja auch geben, mein Mann zum Beispiel …«

»Er machte Ihnen also ohne Worte verständlich, welche Blumen er für den Strauß haben wollte.« Matte lenkte sie sanft in die richtige Bahn zurück. »Und deshalb erinnern Sie sich an ihn?«

»Das allein wär's vielleicht nicht gewesen. Manchmal geht es hier ganz schön zu, so dass wir uns untereinander nur noch mit Gesten verständigen, und wir haben immer wieder Kunden mit Behinderungen, doch selten ist ein Musiker dabei.«

»Ein Musiker?« Carina konnte sich nicht mehr beherrschen. Wandas Nachbarin hatte ihre Schwester auch mit einem Musiker gesehen.

»Ja. Er trug so einen abgegriffenen Geigenkasten, und deshalb habe ich ihm auch Rabatt gegeben.«

»Es ist zwar eine Woche her, aber würden Sie trotzdem versuchen, zusammen mit einem Kollegen ein Phantombild zu erstellen?«, fragte Matte, das Handy schon am Ohr.

Es nieselte. Carina zog den Reißverschluss ihrer Jacke hoch, kaum dass sie wieder auf der Straße standen. Sie wollte sofort zur U-Bahn und Frau Dornbeck fragen, wieso sie Wandas Liebhaber für einen Musiker gehalten hatte.

»Ich will mir nochmal Maries Sachen durchsehen«, sagte ihr Vater.

»Maries Leichnam ist zur Beerdigung freigegeben, das kannst du den Eltern gleich sagen.«

»Begleitest du mich?« Haschpapi bettelnd im Regen.

»Wozu?«

»Vier Augen sehen einfach mehr.« Er hielt ihr die Beifahrertür seines Dienstwagens auf. Sie überlegte kurz. Was sie in ihrer Mittagspause machte, blieb ihr überlassen und ging Feininger nichts an. Und Frau Dornbeck konnte sie auch anrufen.

Sie stieg ein. Seit dem Unfall saß sie innerhalb weniger Tage ständig in irgendeinem Auto, aber vielleicht war das ja besser, als lange nachzugrübeln oder es angestrengt zu vermeiden. Auf der Fahrt lehnte sie sich aus dem offenen Fenster und hielt ihr Gesicht in den Regen.

»Gib mir die Mütze aus dem Handschuhfach, mir ist kalt«, bat ihr Vater an der nächsten Kreuzung.

Wandas graugestreifte Häkelmütze passte wie abgemessen auf Mattes Topfschnitt. Ihr Vater glich damit einem verstaubten Lampenschirm. Wanda – was, wenn ihr nun doch etwas zugestoßen war? Andererseits hatte Frau Dornbeck mit Musik vielleicht bloß auf den Rhythmus des Bettgequietsches angespielt.

»Was ist eigentlich mit deinem Freund Krallinger?«, fragte Carina.

»Wieso, was soll mit ihm sein?« Er schüttelte sich, fror wohl immer noch. »Wir haben einen Kaffee zusammen getrunken, weiter nichts.«

»Wenn du auf dem Bahnsteig nicht auf ihn zugegangen wärst, hätte er dich vielleicht gar nicht angesprochen«, bohrte sie nach.

»Kann sein. Worauf willst du hinaus?«

Sie spürte, dass ihr Vater etwas vor ihr verbarg. »Wart ihr gut befreundet früher?«

»Wir haben in der gleichen Abteilung gearbeitet, frag Silvia. Mit einem Kollegen ist man oft mehr Stunden zusammen als mit der Ehefrau. Aber befreundet – das wäre zu viel gesagt. Krallinger wollte immer hoch hinaus, hoffte verbissen auf eine Beförderung. Er stammt aus Leipzig, ist acht Jahre vor dem Mauerfall rübergekommen, um hier zu studieren, dann aber zur Polizei gegangen.«

»Hier studieren? War das so einfach damals?«

Ihr Vater zuckte mit den Schultern. »Nicht jeder war bei der Stasi, falls du das meinst. Kurti ist ein paar Jahre älter als ich, ich hab seine Lebensgeschichte nie hinterfragt.«

»Das glaube ich dir nicht«, platzte es aus Carina heraus. »Dann wäre er der erste Mensch in deiner Umgebung, den du nicht abgecheckt hast.«

Matte seufzte. »So arg ist es mit mir? Das mit deinem Freund, das war doch nur, weil er alles über den Banküberfall von 2005 wusste und …«

Carina lachte schallend. »Das hat Lars gelesen, in irgendeinem Krimi, und wollte deine Meinung dazu hören.«

Ihr Vater grinste. »Vielleicht sollte ich auch mal einen Krimi lesen.« Er holte Luft. »Carina, du kannst mir vertrauen, hörst du. Ich spioniere dir nicht mehr hinterher, ehrlich.«

»Ich nehme dich beim Wort. Aber erzähl weiter von Krallinger.«

»Als ich gerade zum ersten Mal befördert wurde, hat er bei der Mordkommission gekündigt und ist zum Bundeskriminalamt gewechselt. 1986 war das, also noch vor der Wende. Er war übereifrig, wollte sich unbedingt gegen den RAF-Terror engagieren.«

»Er hat sich bei meiner Chefin beschwert, weil ich eine DNA-Analyse von Rosa Salbecks Haar in Auftrag gegeben habe.«

»Interessant, mir gegenüber hat er nichts erwähnt.«

»Was wollte er in München?«

Matte zuckte mit den Schultern. »Urlaub machen. Er hat ein Wochenendhäuschen am Starnberger See, jedenfalls war das damals noch so, vielleicht hat er es auch verkauft oder vermietet. Meinen Vorschlag, bei uns zu übernachten, hat er jedenfalls abgelehnt.«

»Traust du ihm zu, dass er eine Akte manipuliert hat?« Langsam tastete sie sich vor.

Wieder lachte ihr Vater, doch diesmal klang es nicht fröhlich. »Wennwirkurti traue ich alles zu. Er ist und bleibt ein aufgeblasener Sack. Wenn wir erst das und das sind, sagte er immer – da bezog er mich noch mit ein. Für ihn ging es nicht um die Mordaufklärung, sondern um den Erfolg, die Lobreden des Polizeipräsidenten. Allerdings gab's da kaum welche, weil wir meist schon mitten in der nächsten Ermittlung steckten. Er lebte immer einen Tag voraus, hörte kaum zu und war wenig beliebt in der Abteilung. Meinst du die Salbeck-Akte?«

Carina nickte.

Matte kratzte sich unter der Häkelmütze. »Ich hielt es für Zufall. Aber im Nachhinein war es vermutlich keiner. Am Tag meiner Beförderung zum Hauptkommissar hab ich ihn mit seiner Lebensgefährtin vorm Innenministerium getroffen, im geschniegelten Anzug. Geradezu symbolisch; immer wenn ich befördert wurde, war irgendwas mit Kurti. Wir hatten uns Jahre nicht mehr gesehen, und ich habe ihn ein bisschen aufgezogen. Tragische Geschichte mit seiner Frau, sie soll mit irgendeinem aus Ostdeutschland durchgebrannt sein, hieß es. Bei dieser Isartoten, ein halbes Jahr später, haben wir uns dann in der Rechtsmedizin wiedergetroffen. Damals habe ich mich gewundert, dass er wegen einer Selbstmörderin extra aus Wiesbaden anreist. Aber er hat behauptet, sie ist eine Angestellte des Innenministeriums, weshalb der Fall auch in den Bereich des Bundeskriminalamts fiel, also in seinen. Ich musste es akzeptieren. Manchmal hat es mich gewurmt, wenn ich an Wennwirkurti dachte, aber die Sache wurde von anderen Fällen überlagert und geriet in den Hintergrund.« Ihr Vater drehte sich zu ihr. »Bis du danach gefragt hast. Ich hab dir die Akte gegeben, weil ich dachte, vielleicht findest du was, das ich übersehen habe. Die Sache mit seiner Lebenspartnerin – sie waren nicht verheiratet –, die habe ich auch nicht überprüft, falls das deine nächste Frage ist.«

»Ein Röntgenbild von Rosa Salbecks Zahnbefund ist gefälscht. Jemand hat das Vergleichsröntgenbild abgeschnitten und Rosa Salbecks Namen draufgeklebt.« Carina wischte sich das regennasse Gesicht. »Vielleicht wurden die beiden Schwestern auch verwechselt; die eine hatte ein makelloses Gebiss, die andere ein kariöses, hat mir ihr alter Zahnarzt gesagt. Außerdem stimmt was mit der Kleidung nicht. Der Obduzent schrieb, dass die Isartote nur mehr einen Slip anhatte, doch Luise Salbeck hat ihre Schwester auf Grund der Kleidung identifiziert.« Sie presste die Lippen aufeinander. »Egal, die Akte ist weg.«

»Weg?«

»Es war jemand in meiner Wohnung.«

»Was? Wann?« Ihr Vater hatte auf einmal einen ganz roten Kopf.

»Gestern, bevor ich heimkam; ich habe den Obduktionsbericht vorgestern gelesen und die Akte in der Früh liegen lassen, bevor ich Sandro in den Kindergarten gebracht habe.«

»Warum hast du mir das nicht gleich gesagt?« Mit quietschenden Reifen wendete Matte mitten auf der Straße, was ihm lautes Hupen von anderen Fahrern einbrachte, und bretterte mit einem großen Schlenker auf den Parkstreifen der anderen Straßenseite. Carina glaubte schon, er würde sie rausschmeißen, weil sie seinen Kollegen beleidigt hatte.

Er stellte den Motor ab, die Scheibenwischer blieben mitten auf der Scheibe stehen. »Du gehst nicht mehr in die Wohnung zurück.«

Sie lachte trocken auf. »Das hast du nicht zu bestimmen. Gerade klang es noch ganz anders, hast du das schon vergessen?«

Er barg sein Gesicht am Lenkrad. Tropfen klatschten auf die Scheibe, die Welt draußen verwischte.

Die Nässe drang durch ihre rechte Jackenhälfte. Auf der Fußmatte bildete sich eine Pfütze. »Krieg ich den Zugang zur BKA-Vermisstendatei? Wenn Krallinger die DNA-Daten von Rosa abrufen kann, dann steht da vielleicht noch mehr.«

»Nur wenn ich dein Fenster schließen darf.« Er drehte den Zündschlüssel, schaltete die Scheibenwischer ein und wollte die Scheibe hochfahren lassen.

Der Regen prasselte aufs Autodach. Carina legte den Finger auf den Schalter und hielt sie unten. Es surrte in der Tür. »Und nach dem Besuch bei Maries Eltern will ich in die Asservatenkammer, die Akte enthielt auch eine Liste mit dem ganzen Isarmüll.«

»Da wird nichts mehr sein. Wenn der Fall abgeschlossen ist, wird alles vernichtet.«

»Ich dachte, es war kein Fall, sondern Selbstmord.«

Matte ließ den Schlüssel los, bevor die Fensterelektronik durchbrannte.

»Fahren wir?«

Er rührte sich nicht.

»Vielleicht täusche ich mich ja auch, und es war gar nicht dein Freund.«

Ihr Vater stöhnte. »Lass das, Krallinger ist nicht mein Freund. Eigentlich ...« Er druckste herum. »Eigentlich muss ich dir was anderes sagen. Deine Mutter ...«

Silvias Ängste oder seine, auf was wollte er hinaus? Doch sie würde es aussitzen, das hatte sie von ihm gelernt.

»Ich sag es dir später im Präsidium.«

50.

Wie Krähen hockte die Verwandtschaft auf alle Sitzmöglichkeiten verteilt bei Maries Eltern. Fotoalben lagen auf dem Wohnzimmertisch, man sprach mit gedämpfter Stimme. Selbst die Bewegungen – das Kaffeeeinschenken, das Abstellen der Tassen – wirkten verhalten.

Maries Vater führte Matte und Carina in einen kahlen Raum. Mit seinen zwei Metern duckte er sich unter dem Türbogen durch, breitete die Arme im Zimmer aus. »Der ruhigste Ort momentan«, sagte er und sperrte mit dem Schließen der Tür das Gemurmel aus. »Ich mag die Stille, aber sie macht mir auch Angst, wenn ich an die Zeit nach der Beerdigung denke.«

Carina sah sich um. Für ein Haus voller Gäste war der Raum erstaunlich leer. Ein Tisch, ein Stuhl, ein Bett, in einen schlichten Holzrahmen gefasst. Kein Koffer oder sonstige Kleidungsstücke. An der Wand eine getrocknete Rose an einer Schnur und ein Foto von drei Kindern mit je einem Punkt auf der Stirn, im Hintergrund ein schneebedeckter Berg. Annapurna stand klein darunter. Auf einem Regalbrett stützte ein marmorierter Stein eine Handbreit Bücher. Sie las die Buchrücken, *Rosinkawiese, Narziss und Goldmund, Das kurze Leben der Sophie Scholl*, und zog ein Gebärdenlexikon heraus. Der Name »Marie Preuss« stand vorne drin. Das Lexikon war viel benutzt worden, einige Seiten umgeknickt und mit Leuchtstift markiert. Carina verharrte an einem markierten Bild, mit Pfeilen und Händen wurde ein Wort dargestellt. *Der Zeigefinger gestreckt, Daumen und die übrigen Finger bilden den Bauch des Buchstabens »D«.* Das Wortbild war eingekreist, Herzen und Schmetterlinge waren darum gemalt.

»Gab es in Maries Freundeskreis jemanden, der stumm oder gehörlos war?«, fragte Carina und zeigte Matte den Eintrag im Lexikon. Herr Preuss verneinte.

»Hatte sie einen Freund?«, wagte sie sich vor.

»Das habe ich doch schon beantwortet.« Er strich die Bettdecke glatt, die keine einzige Falte warf.

Jetzt versuchte es Matte. »Schwärmte sie heimlich für jemanden? Oder … nennt man das heute noch so?« Er warf Carina einen flehenden Blick zu. Sie ignorierte ihn genervt. Er hielt sie hin mit irgendetwas Unaussprechlichem. Was konnte so geheim sein, dass er es nicht endlich sagte, sondern dermaßen herumdruckste? Sie blätterte weiter in dem Buch.

»Mit siebzehn schwärmen Mädchen doch immer für irgendjemanden, ihren Lehrer, einen Popstar, den Jungen aus der Nachbarschaft«, versuchte er es weiter.

Herr Preuss lehnte sich ans Fensterbrett und verschränkte die Arme. »Ich weiß nicht, was ich noch sagen soll. So was interessiert Marie nicht. Meine Frau fragt sie oft, ob sie mal ausgehen will und ob es da jemanden gibt, den sie mag oder toll findet. Wir würden uns freuen, wenn sie jemanden mitbringt.« Noch immer gab es kein »war« für ihn, er hielt Marie mit Worten am Leben. »Meine Tochter ist beliebt, aber sie mag das Alleinsein. Partys, den Führerschein machen, das will sie alles nicht. Sie jobbt als Babysitterin und spart für Nepal. Manchmal kommt eine Freundin her, sie lernen zusammen, ich höre sie lachen.« Seine Lippen zitterten. »Aber sie sitzt auch gerne allein dort unten. Schauen Sie.« Er wandte sich um, winkte sie näher. Zwei Bänke ohne Rückenlehne, eine demolierte Rutsche und ein altmodisches Klettergestell standen im Innenhof. Der Sandkasten war zugewachsen, nur noch eine morsche Einfassung im Gras. »Dort unten sitzt sie oft, liest oder spielt mit den Kindern. Sie will Erzieherin werden.« Er nahm Carina das Buch aus der Hand und stellte es ins Regal zurück.

»Können wir vielleicht Maries Zimmer sehen?«, fragte sie.

Herr Preuss blickte auf. »Aber das ist doch ihr Zimmer. Genauso wie sie es jeden Morgen verlässt. Sie versucht ohne den ganzen Konsum auszukommen, ›minimal‹ nennt sie es. Bei jedem Ding überlegt sie, ob es zum Le…« Er stockte, schluckte, starrte wieder zum Fenster hinaus, als säße seine Tochter wirklich im Innenhof und gäbe ihm die Kraft weiterzusprechen. Er holte Luft. »Ob es notwendig ist. Neuerdings verzichtet sie sogar auf Seife.« Er lächelte. »Ein ewiges Streitthema zwischen ihrer Mutter und ihr. Meine Frau ist Kosmetikerin. Schade, dass Marie nicht mehr Klarinette spielt. Sie hat sie verkauft und will das Geld für die Reise verwenden. Neun Jahre Unterricht wirft sie weg wie nichts.«

Die abgenutzten Schneidezähne, das war also die Erklärung dafür. Entweder hatte sie allzu verbissen Klarinette geübt oder die falsche Technik angewandt.

Er starrte wieder zum Fenster hinaus. »Der Straßenmusiker, mit dem ich sie manchmal dort unten sehe, ist nur eine Zufallsbekanntschaft, sagt sie.«

»Was für ein Straßenmusiker?« Matte war genauso hellhörig geworden wie Carina. »Den haben Sie vorher nicht erwähnt.«

Herr Preuss schien durch sie hindurchzuschauen. »Aber ich finde ihn noch, habe schon in der Fußgängerzone nach ihm gesucht, sogar in anderen Städten.« Er zog eine Liste mit lauter Städtenamen aus der Hosentasche, die Hälfte war bereits durchgestrichen. »Nach der Beerdigung mache ich weiter. Und wenn ich bis nach Kathmandu fahre.«

»Wann haben Sie ihn mit ihr beobachtet, wissen Sie das noch?«, fragte Matte.

»Etwa zwei Wochen bevor … es passiert ist. Ich habe Geräusche im Hausgang gehört und Licht gemacht, da ist er durch die Tür verschwunden.«

»Wieso dachten Sie, er sei Musiker?«

»Weil er so einen alten Geigenkasten dabeihatte, und als Marie allein nach oben kam, hab ich gefragt, warum sie ihren Freund nicht mit raufgebracht hat. Da sagte sie, sie hätte ihn vorhin erst in der Fußgängerzone kennengelernt, weiter nichts.« Seine Mundwinkel zuckten. »Sie hat sich Tschaikowskys Streichquartette von mir ausgeliehen und sie die ganze Nacht gehört. Ich habe schon gehofft, sie hätte zu ihrer Musik zurückgefunden. Nepal, das ist doch viel zu weit weg.« Er wandte sich an ihren Vater. »Würden Sie wollen, dass Ihre Tochter so weit von Ihnen fort ist?«

Matte räusperte sich. »Können Sie den Musiker beschreiben oder würden Sie ihn auf einem Phantombild womöglich wiedererkennen?«

»Ich glaube nicht, ich habe ihn ja kaum gesehen, nur seinen dunklen Haarschopf von hier oben, als sie auf dem Spielplatz saßen. Sie haben sie auch auf einem Spielplatz gefunden, stimmt's?« Er hatte angefangen, von Marie in der Vergangenheit zu sprechen. Mit Tränen in den Augen blickte er auf Carina hinunter. »Gibt es was Schlimmeres, als sein eigenes Kind zu begraben?«

Auf dem Weg zum Auto erzählte sie ihrem Vater, dass Wandas Nachbarin einen Musiker bei ihr gesehen hatte. »Vielleicht hatte der auch einen alten Geigenkasten dabei, wie der Typ bei der Floristin und der hier bei Marie.«

»Ein stummer Straßenmusiker als Serienmörder? Du meinst, Wanda ist sein nächstes Opfer?« Er stellte den Polizeifunk ab, der sich automatisch mit dem Drehen des Zündschlüssels einschaltete.

»Wie lange willst du noch mit der Fahndung warten?«

Er tätschelte ihr den Arm. »Deine Schwester ist erwachsen und hat das Recht zu tun, was sie will.«

Sie schlug seinen Arm weg. »Ach, Wanda hat das Recht zu tun, was sie will? Und was ist mit mir?« Sie merkte selbst, wie kindisch das klang. Dabei hatte sie immer gedacht, nur Wanda sei auf sie eifersüchtig. Prompt lächelte ihr Vater, was sie noch mehr in Rage versetzte. »Wenn ich mich von Mexiko aus nicht gemeldet hätte, hättest du mich doch auch zur Fahndung ausgeschrieben, oder?«

»Carina.«

Sie verdrehte die Augen, jetzt packte er wieder sein Haschpapigetue aus.

»Deine Schwester weiß, dass wir uns um Sandro kümmern. Lass uns noch bis morgen warten, ja? Aber ich befrage die Nachbarin, ich zeige ihr und Herrn Preuss das Phantombild, einverstanden?«

Sie schwieg und drehte den Polizeifunk auf volle Lautstärke.

51.

Deggendorf, 2000 – Heute

Anfangs dachte Rosa, keinen einzigen Tag zu überstehen. Sie klammerte sich an die Stunden in der Drogerie, die vergingen am schnellsten. Die freie Zeit vor und nach der Arbeit quälte sie. Nachts wälzte sie sich schlaflos in ihrer Schuld. Sie hatte ihren Sohn verlassen, sie hatte einem Menschen sein Leben gestohlen, unwiederbringlich. Was war wohl mit Julias Leichnam geschehen?

Sie überließ ihrer Schwester, die sowieso schon so viel für sie getan hatte, alles allein. War ihr wirklich noch keiner auf die Spur gekommen oder wurde sie stillschweigend überwacht, weil das BKA hoffte, sie würde sie irgendwann zu Felix führen? Sie fragte sich, wie sie überhaupt noch existieren konnte, bei dem, was sie verbrochen hatte. Sie musste aus ihrem Kopf aussteigen, sonst wäre sie durchgedreht. Manchmal spürte sie sich kaum noch, stolperte, knickte um, ihre Arme und Beine waren mit blauen Flecken übersät. Sie schob es auf den Umzug, Gabys Schwager hatte noch einige alte Möbel, die sie aus dem Keller bis unters Dach schleppte. Körperlicher Schmerz verdrängte das Grübeln, und wenn er verebbte, schenkte er ihr noch einen kurzen, leeren Moment des Vergessens. Die Blutergüsse, die durch Krallingers Stoß mit der Waffe und den Sturz im Flur der Feldafinger

Villa entstanden waren, wichen neuen Verletzungen, die ihren Körper färbten. Erst nach Wochen traute sie sich ein wenig durch die Stadt zu schlendern, die Schlagzeilen der Zeitungen am Kiosk zu lesen, immer in der Angst, dass sich gleich Handschellen um ihre Gelenke schlössen. Und diesmal nicht im Scherz, wie es dieser Kommissar bei Krallinger getan hatte. Das Bankkonto auf Regina Sommer bekam sie, weil Gabys Tochter dort arbeitete, den Zahnarzt besuchte sie nach Feierabend und bezahlte ihn schwarz. Ihre Zähne machten ihr Probleme. Das Zahnfleisch war entzündet, ihr ganzer Körper schien gegen sie zu rebellieren. Sie kochte Kamillentee, saugte an den Teebeuteln, abends wenn sich, allein in ihrer Wohnung, die Minuten in quälende Stunden verwandelten. Wie schon bei ihrer Schwester, saß sie unter einem schlecht isolierten Dach.

Von ihrem ersten Gehalt kaufte sie sich Kontaktlinsen, und die Welt nahm wieder Formen an. Sie färbte sich die Haare dunkelbraun, und Gaby schnitt sie ihr zu einem kinnlangen Bob. Auch wenn sie sich selbst kaum im Spiegel wiedererkannte, vermutete sie hinter jedem, der sie anstarrte, einen Spitzel des Bundeskriminalamts.

Neben Videokassetten hatten sie auch hin und wieder ein paar Bücher im Drogerie-Sortiment. Das dicke Heiligenlexikon half ihr nachts beim Einschlafen. Die Visionen und Qualen frühchristlicher Männer und Frauen entführten sie in andere Welten. Den Rest ihres Lebens auf einer Säule zu verbringen, wäre auch eine angemessene Buße für Rosa gewesen. Harte Schicksalsschläge hatten die Heiligen, ohne mit der Wimper zu zucken, ertragen, sich selbst ihr Leben noch zusätzlich erschwert, sich gegeißelt und allem Luxus entsagt. Wenn sie tagsüber die Schminkutensilien im Laden einräumte, dachte sie an die heilige Dorothea, die in Öl gesiedet worden war und glaubte, man salbe sie mit Balsam. Als man sie an den Füßen aufhängte und auspeitschte, frohlockte sie, weil sie glaubte, man streichelte sie mit Pfauenfedern.

Die Deggendorfer akzeptierten Rosa alias Regina Sommer mit den Jahren. Sie grüßten sie und tuschelten manchmal hinter ihrem Rücken. Was sie nicht selbst aufschnappte, berichtete ihr Gaby mit einem Grinsen. Alleinstehend sei sie oder eine Sitzengelassene, aus Köln oder Düsseldorf sollte sie stammen, da sie ja Schriftdeutsch sprach. Manche hielten sie sogar für eine Französin, der Frisur wegen, die der von Mireille Mathieu so glich. Oder war sie es gar? Man sah die Sängerin ja kaum noch im Fernsehen. Vielleicht war ihr Akzent nur Show gewesen, und der »Spatz von Avignon« stammte eigentlich aus Bayern, war nach ihrem Karriereknick hier untergetaucht. Es fehlte bloß noch, dass einer ein Ständchen verlangte oder ein Autogramm.

Sie räumte die Babynahrung um, sortierte die abgelaufenen Gläschen aus.

»Und, was sagen Sie?« Die Bibliothekarin, die sie wegen einer Haartönung beraten hatte, führte ihr die kastanienbraun glänzende Frisur vor; genau denselben Farbton hatte Rosa auch für sich gewählt. »Ich bin damit zufrieden, vielen Dank für Ihren Tipp. Die Tönung kleckst nicht, Sie glauben ja nicht, wie mein Bad vorher ausgeschaut hat.« Sie steckte ihr eine Karte zu. »Hier, damit Sie mal ein paar Bücher mit nach Hause nehmen können. Auch von der Fernleihe, wenn Sie wollen. Wir haben Zugang zu allen bayerischen Landesbüchereien, sogar zur Bayerischen Staatsbibliothek.«

»München« versetzte Rosa einen Stich, sie drückte sich auf den Bluterguss am Ellbogen, um die Erinnerungen auszusperren. Ohne ihre wahre Identität preiszugeben, erhielt sie einen Bibliotheksausweis. Es war also aufgefallen, dass sie in den freien Stunden in der Stadtbücherei die Tageszeitungen durchstöberte. Aber so sehr sie auch in den Meldungen suchte, nie fand sie etwas über sich.

Von den Grübeleien lenkten sie am besten ihre Nachforschungen im Fall Herrhausen ab. Sie verfolgte die Artikel im *Spiegel*, sammelte Stichpunkte auf einem Block und verglich ihre Notizen mit den geschmuggelten Dokumenten aus dem Innenministerium. Anfangs verstand sie gar nichts. Sitzungsprotokolle, Berichte von Überwachungsaktionen, ein Bekennerschreiben der »Rote Armee Fraktion«, mit dem Maschinengewehr in diesem Stern.

Ihr Hirn schien sich zu verknoten. Devisen, was war das nochmal? Aus einem Lexikon schrieb sie sich die Grundbegriffe heraus, fing im Jugendbuchregal an, las sich durch politische Einführungen, Zusammenfassungen und Biografien. Inzwischen wusste sie alles über Herrhausens Leben, seine Pläne und Visionen. Der mächtigste Mann der Deutschen Bank war er gewesen, Berater des Bundeskanzlers. Zuletzt wollte er den Entwicklungsländern die Schulden erlassen und die DDR reformieren. War das der Grund für den Mord an ihm gewesen?

»Was steht da?« Eine Kinderstimme. Sie erschrak. Ein Mädchen mit abstehenden Pinselzöpfen und Zahnspange drängte sich zwischen den Bücherbergen auf ihren Schoß und hielt ihr ein Kinderbuch unter die Nase. Rosa bemerkte erst jetzt, dass sich eine ganze Grundschulklasse zwischen den Regalen und rund um die Tische verteilt hatte. Sie wollte die Kinder ausblenden, den Duft des Mädchens nicht einatmen. Sie musste sich zwingen, nicht aufzuspringen und das Kind herunterzuschubsen.

»›Im Wald sind keine Räuber‹«, las sie. »Peter stieß das Holzschwert ins Sofa und eine kleine weiße Feder kroch aus der Füllung hervor. ›Im Wald sind keine Räuber …‹ Hinten in der Ecke stand das Puppenhaus, das Mama gehört hatte, als sie klein war. Es war ein sehr schönes Puppenhaus, da gab es unten eine Küche und ein Esszimmer und im oberen Stockwerk ein Schlafzimmer und einen Salon. Im Salon saß eine kleine Puppe, die ein blaues Kleid anhatte. Sie hieß Mimmi. Peter zielte mit seiner Platzpatronenpistole auf Mimmi und schrie wieder: ›Im Wald sind keine Räu-be-e-er!‹ Da stand Mimmi von ihrem Stuhl auf und ging auf Peter zu. ›Da hast du aber gelogen‹, sagte sie. ›Im Wald sind doch Räuber.‹«

Bei jedem Räubersatz trat ihr das Mädchen rhythmisch gegen den blauen Fleck am Schienbein. Es kannte die Geschichte wohl schon. Das lenkte Rosa von den Gedanken an ihren Sohn ab. Trotzdem schlüpfte eine winzige Frage durch. Wie ging es ihm in der Schule? Tat er sich leicht? Machte ihm das Lernen Spaß und hatte er Freunde gefunden? Sie hatte ihm viel zu wenig vorgelesen, war oft erleichtert gewesen, wenn er beim Warten, bis sie Zeit gefunden hatte, zu ihm ans Bett zu kommen, eingeschlafen war. Kein Schmerz tilgte all die verlorene Zeit.

Das Mädchen hatte offenbar genug, es rutschte von ihrem Schoß und warf dabei den Bücherstapel um.

»Sind da auch Räuber drin?«, fragte es und deutete auf ein Fahndungsplakat der RAF-Terroristen in einem aufgeschlagenen Buch.

Anfang des neuen Jahrtausends besuchte Rosa mit Gaby zusammen eine Fortbildung; die Kasse und das Sortiment sollten auf Computer umgestellt werden. Das neue Gerät faszinierte Rosa. Das Gelernte übte sie in der Bücherei, wo sie auch gerade einen Rechner angeschafft hatten, sogar mit Internetanschluss. Mit klopfendem Herzen tippte sie ihren Namen in die Suchmaske und las ihre Todesanzeige.

52.

»Das hebt die Stimmung im ganzen Dezernat«, Frau Kirchleitner, Mattes Kollegin im Präsidium, grinste. »Ihr Vater war die letzten zwei Jahre ungenießbar. Wir haben schon für eine Reise nach Mexiko gesammelt.«

Als Erstes gingen sie in Mattes Büro. Für einen Moment musterte Carina wehmütig ihre Spielecke, in der jetzt eine große Palme stand. Die war genauso alt wie sie, nur etwas staubig. Matte loggte sich in die BKA-Datenbank ein und klickte sich zur Vermisstenanzeige Rosa Salbeck. Unter ihren gesammelten Lebensdaten fand sich auch ihre Einstufung als sogenannte »Romeo«-Agentin, eine Westspionin, die im Innenministerium aus Liebe für einen Ostagenten wichtige Dokumente kopiert, fotografiert oder auch gestohlen hatte. Gerade hatte ihre Enttarnung unmittelbar bevorgestanden, da sei sie abgetaucht, hieß es, um dann im April 1997 als Wasserleiche buchstäblich wieder aufzutauchen.

»Ein Doppelleben also«, Carina staunte. Sandros Skulptur fiel ihr wieder ein. Außen Mensch und innen Hund, oder war es umgekehrt gewesen? Matte schenkte ihnen ein Spezi ein und kramte eine ungeöffnete Schachtel Kekse aus einer Schublade. Sie las weiter. Die Verhaftung hatte man hinausgezögert, um an den Drahtzieher, den Stasi-Agenten zu gelangen. Wegen der Amnestiegesetze sei er zwar nicht mehr zu verurteilen, aber die Dokumente könnten wiederbeschafft werden. Um welche Inhalte es da genau ging, stand nicht in der Datei. Nur das Stichwort »K 106«.

»Das war so eine Maßnahme zur Terrorbekämpfung Anfang der achtziger Jahre, um gefährdete Personen, hauptsächlich Politiker, zu schützen«, erklärte ihr Vater und bröselte mit einem Keks die Tastatur voll. »Hat aber nicht funktioniert, wie man an dem bis heute unaufgeklärten Herrhausen-Fall und einigen anderen Morden, die der dritten Generation der RAF zugeschrieben werden, sehen kann.«

»Herrhausen, wer war das nochmal?«

»Der Chef der Deutschen Bank, damals einer der mächtigsten Männer Deutschlands. Nachdem er auf dem Weltwirtschaftsgipfel mit dem mexikanischen Präsidenten gesprochen hatte, schlug er, zurück in Deutschland, einen Schuldenerlass der Entwicklungsländer vor und machte sich damit bestimmt viele zu Feinden. Seine Ermordung ist bis heute nicht aufgeklärt.« Ihr Vater klickte im Internet auf einige Fotos. Das gepanzerte Mercedeswrack, oder was davon noch übrig war. Im Vordergrund sperrte ein Polizeibeamter mit einem rot-weißen Band die Straße ab. Matte setzte sich die Lesebrille auf die Nasenspitze. »Das gibt's doch nicht.« Zusätzlich zog er, ganz Kommissar, eine große Lupe aus der oberen Schublade seines Schreibtisches. »Kennst du den hier.« Er zeigte auf einen Mann, der hinter dem Leibwächterwagen stand. Er hatte das Gesicht von der Kamera weggedreht, nur ein Stück seines Halses lugte aus der schwarzen Jacke, die er trug. Ein Stück Rot. Ein Feuermal. Krallinger.

»Dann war er einer der Ermittler vor Ort?«

Matte nahm seine Brille ab und kaute am Bügel. »Das habe ich auch nicht gewusst.« Er erhob sich von seinem knarzenden Bürostuhl. »Aber mir fällt da was ein. Bin gleich zurück.« Er lief hinaus, und sie hörte ihn mit der Kollegin Kirchleitner sprechen. Carina vertiefte sich erneut in die Datenbank und verglich die Informationen mit den öffentlichen Links zum Herrhausen-Attentat.

»Rosa Salbeck könnte doch ein RAF-Dokument oder irgendwas in der Art gestohlen haben«, spekulierte sie, als ihr Vater zurückkam. »Und wusste vielleicht, wer die wirklichen Drahtzieher waren.«

Matte stimmte zu. »Dann ist es kein Wunder, dass sie spurlos verschwunden ist.« Er wirkte gehetzt, was war los? Hatte es etwas mit Krallinger auf dem Tatortfoto zu tun? »Komm, du wolltest doch in den Beweisstücken wühlen.«

Anders als vermutet, lag die Asservatenkammer nicht im Keller des Präsidiums, sondern im dritten Stock. Die mit Eichenfurnier getarnte feuerfeste Tür unterschied sich nicht von den anderen Büroräumen, außer dass die Klinke fehlte. Matte klingelte und trug dem wachhabenden Kollegen Fromm ihr Anliegen vor. Der hielt in einer Hand eine halbe Weißwurst, schlabbrig in ihrer Haut hängend, und in der anderen ein Glas Senf. »Wir haben nichts gefunden, hat dir das dieser BKA-Beamte nicht ausgerichtet?« Carina grüßte er mit einem Nicken.

»Krallinger war hier? Wann?« Matte schob den Kollegen beiseite und drängte sich in den Raum.

Fromm legte hastig sein Essen weg, holte die Besucherkladde und ging die Liste durch.

»Vorgestern um 11.15 Uhr.«

»Kann sein; Wennwirkurti hat sich um kurz nach elf von mir verabschiedet«, sagte Matte.

»Der Name passt, wegen dem sind mir nämlich die Würste geplatzt, so wichtig hat's der gehabt.« Auf einem Zwei-Platten-Kocher dampfte ein Wassertopf, gleich unter den Verbotsschildern: kein Feuer, kein Handy und kein Hund. »Er hat behauptet, er ist in deinem Auftrag hier und soll nach Asservaten zu Rosalia Sarbeik oder so ähnlich suchen.« Fromm kratzte sich die Bartstoppeln. »Na ja, geglaubt hab ich es ihm nicht. Wer nennt dich hier schon Mat-th-ü-as.« Mit spitzer Zunge ahmte er den Besucher nach. Carina sah sich um. Auf schlichten Eisenregalen in langen Gängen, die ganz hinten einen Knick machten und dann weiterzulaufen schienen, reihten sich Kartons in allen Größen aneinander. Das war keine Kammer, eher eine Halle. Manche Beweisstücke waren in Schränken verschlossen, manche in Schubläden, einiges auch in Gefriertruhen. Vieles, wie ein Tresor mit einem Brandloch, ein Kettcar und ein Rollator, stand auch in offenen Fächern. »Wie sind die Stücke registriert?«, fragte sie.

»Nach den Spur-Nummern, die dann im Computer geordnet sind. Über eine Suchfunktion findet man auch die Namen, aber da ist nichts bei Salberg.«

»Salbeck«, korrigierte Matte.

»Von mir aus.« Fromm zeigte auf den Bildschirm. »Da: Saldern, Sailer und dann kommt Salerno, Antonio.«

»Kann man auch nach Delikten suchen?« Carina beugte

sich über den Bildschirm. Ihr Vater trippelte zwischen den Regalen herum, rieb sich die Stirn. Irgendwas beunruhigte ihn. Wo war seine legendäre Geduld geblieben?

»Um was handelt es sich?«, fragte Fromm.

»Vermuteter Selbstmord«, sagte Carina.

»Asservate aus Selbstmorden werden selten aufbewahrt. Wenn wir jeden Strick und jede Rasierklinge …«

»Ist gut, Erich«, unterbrach Matte. »Wo sind die Sachen von 1997?«

»Ältere Fälle wurden ausgelagert oder vernichtet. Das neue System erfasst die Sachen erst ab 1998.«

»Das heißt, was nicht im Computer ist, gibt's nicht mehr?«

»So ungefähr. Ich bin dabei, auszusortieren, aber …«

»Und das hast du Krallinger auch alles erzählt.«

»Ja.«

»Hat er es dabei belassen?«

»Was meinst du?«

»Vorher hatten wir doch Karteikarten, wo sind die? Vielleicht bei K wie Kartei, oder was?« Ihr Vater klang gereizt.

»Nein, wie gesagt, ich bin noch nicht dazu gekommen.« Fromm führte sie durch die Regalreihen und unter einer Wendeltreppe durch. Carina spähte die spiralförmigen Stufen hinauf. »Was wird dort oben gelagert?«, fragte sie.

»Ach, da geht's in den Speicher. Zur ehemaligen Sternwarte – das Präsidium war doch früher ein Augustinerkloster«, erklärte Fromm.

»Du musst ihm nicht alles glauben«, Matte winkte ab. »Das Kloster wurde abgerissen, bevor das Polizeipräsidium hier entstand. Von wegen Sterne gucken, dort oben hat er höchstens sein Privatarchiv, was, Erich? Die Kunst des Liebens und so.«

Fromm kicherte, was wie ein Hecheln klang. »Vorsicht, nicht den Kopf anhauen.« Er führte sie zu einer Tür, die, umbaut von einem Regal, kaum zu erkennen war. Dort stand ein hoher Metallschrank mit Karteikästen, nach Jahrgängen sortiert. »Davon werde ich doch einem Bundeskriminaler nichts erzählen. Die halten uns Münchner sowieso alle für Weißwurstfresser. Wann war es genau?«

»Im April 1997«, sagte Carina.

Fromm blätterte. »Hier ist was. 2304/97, also am 23. April.« Er las vor. »Schlägerei auf dem Nockherberg, Ass 402/97: Hammer, Baseballschläger, Nudelwalker. Dann Klapprad, vermutlich Fundstück …«

»Ja, ja, zeig her.« Matte riss ihm die Kartei aus der Hand, setzte sich die Lesebrille wieder auf und trat unter die Lampe. »Unbekannte Tote, Isarwehr an der Großhesseloher Brücke, Ass 405/97. Da habt ihr doch bestimmt nichts mehr, dreizehn Jahre später.«

»Doch.« Fromm bückte sich wieder unter der Tür durch und schritt die Reihen der Kartons in der Halle ab.

»Was macht dich so sicher?«, fragte Matte und ließ seine Brille an dem Kettchen baumeln.

»Bis die DNA-Analyse in Deutschland zugelassen wurde, hatten wir die Anweisung, alles aufzubewahren, damit es, wenn erst mal neue Verfahren zur Verfügung stehen, getestet werden kann und die Fälle neu aufgerollt werden können. So sind dann mit den Jahren aus Fundsachen, wie diesem Klapprad, Fälle geworden. Nur die Sachen im Computer werden alle drei Monate kontrolliert, und Abgeschlossenes wird rausgeschmissen. Wie gesagt, ich arbeite dran, aber solange ich alles alleine verwalten …«

»Carina, übernimmst du das?«, unterbrach Matte. »Ich muss schnell was überprüfen. Ruf mich an, wenn du was findest, ja?«

53.

Wieder und wieder nahm sich Rosa die Dokumente des Staatssekretärs vor. Es dauerte, bis sie die Zusammenhänge begriff. Seit den achtziger Jahren sollten besonders gefährdete Bürger der Bundesrepublik Deutschland geschützt werden. Das Protokoll der 106. Tagung der Kripo befand sich auch unter den Kopien. »K 106« nannte sich das Fahndungskonzept, wurde oft in Artikeln erwähnt und infrage gestellt. Dann war da eine Liste mit Anordnungen, um Herrhausen zu schützen. Neben der Observierung seiner Person und der Kontrolle seines Umfelds gehörte die Überwachung von Baustellen auf seiner Fahrstrecke dazu. Besonders war dabei auf Grabungen und das Verlegen von Zündkabeln zu achten.

Dann war die Zeichnung, die zuoberst im Schreibtisch gelegen hatte, vielleicht nur eine verbildlichte Anweisung, auf was die Kripobeamten achten sollten? Rosa fand mit Hilfe von Zeitungsartikeln heraus, dass genau so eine Baustelle wochenlang vor dem Attentat existiert hatte. Bürger berichteten in Interviews, dass sie ein Kabel auf dem Gehsteig und eine Furche in der Straße bemerkt hatten. Einer entfernte sogar das Kabel, als er darüberstolperte und fragte die Arbeiter an der Baustelle, warum sie nicht mit einer Flex, sondern mühsam mit Hammer und Meißel arbeiteten.

Dies sei eine Arbeitsbeschaffungsmaßnahme, gab der Arbeiter zur Auskunft. Angesichts des ganzen Antiterror-Apparates konnte man das natürlich auch so betrachten.

In den Papieren aus dem Innenministerium fand Rosa obendrein eine Liste für Gerätschaften, von einer Schaufel angefangen, Kabeltrommel und Drähte, bis zu Inhaltsstoffen, mit denen sie nichts anzufangen wusste, sie lasen sich wie die Zutaten für ein Medikament. Ob das die Sprengstoffmischung war?

Die ganze »K 106«-Überwachung sollte von zehn Leuten in drei bis vier Aufklärungstrupps umgesetzt werden.

In einem Brief beklagte sich ein Beamter über Personalmangel. Den vielen Überstunden und dem Druck, an allen Orten gleichzeitig sein zu müssen, hätten viele Kollegen nicht standgehalten und gekündigt.

Ging es also auch im Fall Herrhausen um menschliches Versagen? Wurde der Bankchef ermordet, weil sich ein BKA-Beamter eine Auszeit gönnte? Felix hatte es ihr prophezeit. Das beste Sicherheitskonzept scheiterte am Menschen. Auch ihr früherer Chef, der Staatssekretär, hatte den Schlüssel an seinem Schreibtisch stecken lassen, weil er vermutlich in Gedanken schon beim Feierabend war. Nur deshalb hatte Rosa an die Papiere gelangen können.

Kurz nach dem Mord an Herrhausen zweifelten die Zeitungen nicht daran, dass Terroristen für die Tat verantwortlich waren. Dem Bundeskriminalamt war bekannt, dass die DDR die Terroristen versteckte, doch wie hatten diese das Attentat auf Alfred Herrhausen bei Frankfurt planen können, wenn sie, von beiden deutschen Staaten überwacht, hinter einer Mauer lebten? Von der Deutschen Bank erhielt die DDR regelmäßig Devisen. Im Gegenzug erfuhr das Bundeskriminalamt, wo sich die Terroristen aufhielten und was sie planten. Wenn sie überhaupt noch etwas planten.

Die Attentate der achtziger Jahre blieben unaufgeklärt. Von Jahr zu Jahr wurde die RAF gesichtsloser. Die Verdächtigen, die an jeder Bushaltestelle und in jeder Behörde auf Fahndungsplakaten hingen, wurden nie aufgespürt, und wenn doch, war ihnen nichts nachzuweisen. Vielleicht stellten sich für die Plakate unterbezahlte BKA-Beamte zur Verfügung, um wie bei einer Gegenüberstellung die Lücken zu füllen, wenn ein Zeuge einen Täter entlarven sollte. Rosa hatte die Fotos nie genauer betrachtet. War auch Krallinger darunter gewesen oder – sie stockte – Felix? Das Attentat und die Maßnahmen zu seiner Verhinderung glichen sich in auffallender Weise. Es war, als hätte das BKA den RAF-Terroristen eine Anleitung geschrieben.

Warum nur hatte sie sich früher nie für Politik interessiert? Wäre dann womöglich alles anders gekommen? Sie hatte mit einem DDR-Spion geschlafen und an nichts außer an Liebe gedacht.

54.

Fromm schien tatsächlich den Überblick über die vielen Hundert Schachteln zu haben und wuselte so flink zwischen den Regalreihen durch, dass Carina ihm kaum folgen konnte. Sie versuchte ein System in den mit winziger Schrift bedeckten Aufklebern auf jedem Karton zu erkennen. Was von einem unaufgeklärten Verbrechen übrig blieb, wartete hier in Pappe gepackt auf seine Enthüllung. Wie in einer Bibliothek konnte das nur deuten, wer zu lesen verstand, sowohl Buchstaben als auch Spuren.

»Hier, ich hab's. Die haben damals wohl jeden Kieselstein aufgehoben.« Ächzend zerrte Fromm eine große Kiste unter einem Regal hervor, hievte sie auf eine Sackkarre und rollte sie zu dem langen Tisch. »Dann viel Vergnügen. Hier sind Tüten, Schachteln, Pinzetten, Kabelbinder und was Sie vielleicht sonst noch gebrauchen könnten.« Er zog eine Schublade unterm Tisch auf. »Ich bin vorne, wenn was ist.«

Carina streifte sich Handschuhe über und öffnete den Karton. Mehrere schwarze Mülltüten lagerten darin. Sie hob eine auf und leerte sie vorsichtig auf den Tisch. Fromm hatte Recht gehabt. Steine, Äste, Kronkorken, Drahtstücke, vom Isarwasser glattgeschliffene Scherben und abgebrochene Flaschenhälse. Sie breitete alles aus, kam sich vor wie beim Legospielen auf der Suche nach dem passenden

Steinchen. Unter dem Tisch zog sie einen Sattel auf einem Eisengestell heraus, hoffentlich kein Asservat. Das Ding entpuppte sich als ergonomischer Sitz und entspannte angenehm die Wirbelsäule. Wer wusste, wie viele Stunden mancher Polizist hier schon verbracht und deshalb diesen Hocker bei der Staatskasse durchgesetzt hatte. Zentimeter für Zentimeter schob sie den Müll auseinander. Nach was suchte sie eigentlich? Den Stoffrest ihres Rocks, der zu Rosa Salbecks Identifizierung führte, hatte das Bundeskriminalamt beschlagnahmt. Fühlte Carina sich dieser Frau so verbunden, weil sie von ihrer Schwester vermisst wurde? Sie schloss die Augen und versuchte sich ganz in Rosa Salbeck hineinzuversetzen.

Rosa steht auf der Wehrbrücke, nicht an der flacheren Stelle, wo sie dann angetrieben wird, und starrt in die Isar. Die Strömung oder ein Strudel werden sie nach unten ziehen, damit sie sich nicht schwimmend ans Ufer retten kann. Sie nimmt ihre Brille ab und wirft sie voraus. Als Kurzsichtige sieht sie gar nicht, wie das Gestell versinkt. Oder nein, vor Aufregung bleibt sie mit der Hand an der Brille hängen, und sie fällt ihr ins Wasser. Legte ein Brillenträger seine Sehhilfe auf dem Weg in den Selbstmord irgendwo ab?

Carina rief sich die Obduktionsakte in Erinnerung. Der Leichnam war stark beschädigt gewesen. Dann mussten hier zwischen den ganzen Steinchen aber Knochenreste sein. Also noch einmal von vorn. Zentimeter um Zentimeter arbeitete Carina sich durch, sortierte die Scherben auf die eine Seite, fand Muschelschalen, vertrocknete kleine Krebse, eine Menge Sand und – ihr Herz schlug einen Salto, einen silbrig glänzenden Brillenbügel samt dem Rest einer

Einfassung. Sie hielt ihn unter die Lampe. Die Spur einer dunklen Lackierung hing noch in der Bügelverschraubung. Im Scherbenhaufen suchte sie nun nach leicht getönten oder durchsichtigen Gläsern. Was hatte Luise Salbeck von ihrer Schwester gesagt? Ihre Lieblingsfarbe sei rosa gewesen, wie ihr Name. Fieberhaft schob sie Glasstück um Glasstück zur Seite. Bald brannten ihr die Augen. Sie lehnte sich zurück, zog ihre Ellbogen nach hinten, um ihren schmerzenden Rücken zu lockern und starrte erneut in den Scherbenhaufen. Und da war es, ein Stück rosafarbenes Glas. Carina nahm ihre Brille ab und hielt das Glasstück vor das Etikett des Kartons. Die Schrift erschien klar und scharf, je weiter sie es entfernte, desto kleiner wurden die Buchstaben. Kein Zweifel, das war das Brillenglas einer Kurzsichtigen.

Sollte sie ihren Vater anrufen? Drei Viertel des Mülls lagen noch ungeprüft auf dem Tisch. Sie streckte sich. Zumindest ihrer Chefin sollte sie Bescheid geben, dass sie heute nicht mehr ins Institut kam. Sie setzte hier mexikanische Arbeitsverhältnisse fort und riskierte einiges damit. Von Fromm sah und hörte sie nichts, die Kartons schluckten jedes Geräusch. Vielleicht fand sie ein weiteres Brillenstück, dann konnte Luise das Gestell identifizieren und ein Optiker die genauen Dioptrien. Sie stand auf und ging langsam um den Tisch herum, versuchte von oben ein Stück Silberbügel zu entdecken. Moment, da glänzte etwas Goldenes, vermutlich wieder ein Kronkorken oder ein Stück Scherbe im Licht. Sie wühlte in der Schublade, fand einen Pinsel, kehrte Sand und Steinchen beiseite, hob dann mit einem Holzstäbchen ein Projektil an. Wie konnte die Polizei das übersehen haben? Stammte das aus dem Schädel oder dem

Bauchraum und war bei der Bergung aus dem Leichnam gefallen?

Sie rieb sich die Augen. Jetzt musste sie exhumieren. Hastig wählte sie Mattes Nummer. Kein Empfang. Auf dem Weg zur Tür irrte sie zwischen den Kartonreihen umher, fand die Toilette an einem Ende eines Ganges und eine verschlossene, grau gestrichene Tür mit einer aufgemalten Giftwarnung, aber nirgends einen Hinweis, in welcher Richtung sich der Ausgang befand. Sie lief zurück und entdeckte erleichtert die gemalten Pfeile ganz oben an den Regalen.

Fromm redete mit Frau Kirchleitner an der Tür. »Gut, dass Sie kommen.« Er wandte sich zu Carina um, griff nach seiner Jacke, die über einem Stuhl hing. »Ich muss zur Vertretung nach unten. Großeinsatz, fast alle Kollegen rücken aus. Ziehen Sie einfach die Tür hinter sich zu, wenn Sie fertig sind. Mattes Tochter vertraue ich.« Er zwinkerte ihr zu und eilte davon. Das Verbotszeichen über dem Weißwursttopf bewahrheitete sich, auch im Eingangsbereich war noch kein Handyempfang. Draußen im Flur, den Fuß in der Tür, versuchte sie es noch einmal. Hier baute sich endlich ein Signal auf. Sie hörte Sirenen, packte Fromms Topf und stellte ihn in die Tür, bevor sie aus dem Fenster im Gang spähte. Großeinsatz, tatsächlich, die Polizisten liefen zu ihren Autos und schalteten die Blaulichter ein. Zwei Anrufe in Abwesenheit zeigte ihr Handy an und drei Nachrichten auf der Mailbox von ihrem Vater.

55.
Deggendorf im Oktober

Rosas Armbeugen hatten sich entzündet, kleine Pusteln, die juckten. Auch in den Achseln und am Hals entlang kroch ein Ausschlag nach allen Seiten wie ein Schimmelfleck an der Wand. Zuerst hielt sie es für eine Allergie auf die Probeshampoos aus der Arbeit, die sie benutzte. Doch der Ausschlag blieb, auch wenn sie nur Kernseife verwendete und sogar das Deo wegließ. Der Apotheker gab ihr eine Salbe, die zwar den Kratzdrang dämpfte, aber die Quaddeln blieben, breiteten sich mal da, mal dort aus wie schwimmende Inseln. Zum Arzt wollte sie nicht, dort würde sie bestimmt mehr als nur ihren gefälschten Namen angeben müssen. Bald bedeckte der Ausschlag ihren gesamten Körper. Nur ihre Hände, Füße und das Gesicht blieben verschont. Da wo die Heiligen ein Christusmal getragen hatten, dachte sie. Nach Feierabend vertiefte sie sich in die Legenden, flehte, auch auf sie möge eine derartige Wunderkraft übertragen werden, dann wäre sie mit ihrem Sohn und ihrer Schwester wieder vereint. Doch wie sollte das gelingen, die in dem Buch hatten nicht gemordet, ihre Seelen waren rein gewesen. Sosehr sie sich auch zu beherrschen versuchte, Rosa schaffte es nicht einmal umzublättern, ohne sich über die Pusteln zu streifen, zu reiben, zu kratzen, sie aufzuscheuern, bis es blutete. Sie schleuderte das Heiligenlexikon gegen die Wand, brach ihm den Rücken, zerfetzte die Seiten, warf sie in den Wasserkessel und zerkochte sie. Nur die Herrhausen-Dokumente blieben ihr, obwohl sie die inzwischen auswendig kannte, samt Phrasen, Betreffs und Seitenzahlen. Sie strich sich den erkalteten Heiligenbrei auf den Ausschlag. Ein Wunder, das linderte den Juckreiz. Zwar lugten fortan, auch während der Arbeit, immer ein paar Wörter oder Wortfetzen unter ihren Ärmeln heraus, **Martyr**, **Götzenopfe**, **Passion**, **ilch und Blut** – doch wenigstens konnte sie sich wieder konzentrieren und die kopierten Dokumente mit den neuesten Erkenntnissen aus Büchern und Zeitungsartikeln vergleichen.

Mit den Jahren war es still um die Aufklärung des Attentats geworden, alle Spuren liefen ins Leere, Verdächtige ließ man frei. Als sich das Herrhausen-Attentat zum achtzehnten Mal jährte, wurde erstmals behauptet, die Stasi wäre an dem Attentat beteiligt gewesen. Sie hätte die RAF-Terroristen ausgebildet und die technische Ausstattung geliefert. Doch diese Erkenntnis blieb ohne Folgen. Zwei Jahre später, Herrhausen war zwanzig Jahre tot, fassten viele Journalisten die Widersprüche zusammen; inzwischen waren die Täter, die dritte Generation der RAF, völlig gesichtslos geworden. Die Umständlichkeit der Baustelle rückte in den Blickpunkt; auffälliger konnte man einen Tatort nicht inszenieren. Was also, wenn es nur eine Attrappe gewesen war, um von einer Fernzündung an Herrhausens Fahrzeug abzulenken? Außerdem hätte die Bombe den angeblich panzersicheren Wagen nicht durchschlagen dürfen. Kurz nach der Explosion lebte Herrhausen noch; er verblutete, weil ein Metallstück von der Tür ihn am Oberschenkel getroffen hatte. Die Leibwächter hätten ihn vielleicht retten können, aber sie trauten sich aus Angst vor einer weiteren Detonation nicht näher heran – zumindest wurde das später behauptet. Hatte vielleicht jemand den Wagen manipuliert? Die Innenausstattung hätte sich nicht lösen dürfen, das ergaben Tests nach dem Attentat. Nichts war doch so sicher wie ein deutscher Mercedes. Wer, wenn nicht Herrhausen als Vorstand des Daimler-Benz-Unternehmens, hatte ein Recht auf den besten und sichersten Wagen?

Es schien, als wäre das Attentat, das es eigentlich laut »K 106« gar nicht geben durfte, von allen nur denkbaren Seiten vorbereitet worden. Herrhausen sollte nicht davonkommen; falls er nicht gleich durch die Bombe umkam, dann würde man ihn im Wrack sterben lassen.

Wieso hatte das erste Begleitfahrzeug beschleunigt, als es die angebliche Lichtschranke durchfuhr? Wussten die Personenschützer, dass hinter ihnen gleich eine Bombe explodieren würde? Welchen Sinn ergab eine vorausfahrende Leibwache, wenn sie die Schutzperson im Stich ließ? Rosa wusste, wer den Wagen gefahren hatte, ein BKA-Beamter, der sich über Sonderschichten beklagte – der Brief lag den kopierten Dokumenten bei. Der Beamte war auch auf einem der Zeitungsfotos zu sehen, hinter Herrhausens Wrack. Er drehte sich leicht weg und gab sein Feuermal preis, das man auch für einen Druckfehler halten konnte, ein paar Punkte zu viel Magenta. Wäre sie eine Heilige, würde sie zu einer Zeitung gehen, ihnen die Dokumente hinlegen und sagen: Hier, rollt den Fall neu auf. Aber glaubte man einer Mörderin? Ihr Sohn und ihre Schwester lebten besser mit dem Wissen, dass sie nicht mehr existierte. Regina Sommer lebte, Rosa war tot.

56.

»Warum gehst du nicht ans Telefon? Fromm erreiche ich auch nicht. Es eilt. Ruf zurück!«, lautete die erste Nachricht auf Carinas Mailbox. Wenige Minuten später hatte ihr Vater gesagt: »Was ist, warum meldest du dich nicht? Ein Kollege von der Streife hat jetzt Frau Dornbeck, Wandas Nachbarin, befragt. Es war kein Geigenkasten, den sie da gesehen hat, eher ein Akkordeon meinte sie – ihr Bruder hatte auch mal eines –, es könnte aber auch ein Keyboard oder ein anderes elektronisches Gerät gewesen sein. Sie hat ja nur die geschwungene Form gesehen mit den Schließen wie bei einem Instrumentenkasten. Wanda hat wohl laut gesungen, und er hat dazu mit den Händen auf das Treppengeländer getrommelt. Wandas Arbeitskollegin, diese Tina, ihr hat Wanda von einem jungen Musiker vorgeschwärmt, einem Saxophonisten oder Cellisten, glaubt sie. Langsam haben wir das ganze Orchester durch. Aber wo der wohnt, oder wie er heißt, weiß sie auch nicht. Ich fahre nachher zu Tina und zeige ihr das Phantombild, das wir dank der Floristin haben. Aber jetzt stell dir vor: Ich bin in Krallingers Haus in Feldafing. Ein Nachbar hat mich vor der Einfahrt abgefangen, weil er dachte, das Haus stünde endlich zum Verkauf frei. Krallinger sei nie wieder hier gewesen, behauptete er. Ein Mief hier, kaum auszuhalten. Das uralte Blut auf dem Sofa wird's kaum sein, was so stinkt. Vermutlich ist seit Jahren nicht mehr gelüftet worden. Und du glaubst nicht, was ich in einer Sofaritze gefunden habe: Rosa Salbecks Personalausweis. Sie sieht wirklich so aus wie in deinem Skizzenbuch. Ich habe sie für diese Herbig gehalten, als ich sie damals vorm Innenministerium mit Krallinger sah. Sie hat sich mit dem Namen vorgestellt und ich bin darauf reingefallen. Aber warum dieses ganze Szenario? Seine wirkliche Lebensgefährtin hab ich doch gar nicht gekannt. Und wo ist die überhaupt, hat er die auch umgebracht und in der Isar entsorgt? Denn so, wie es aussieht, hat er Rosa Salbeck hier erschlagen und in die Isar geworfen. Na ja, sollen sich die Kollegen darum kümmern. Die Spurensicherung müsste gleich hier sein.« – »Nochmal. Ich bin im ersten Stock, hier gab es eine Schießerei. Blutflecken an der Wand, Einschusslöcher. Wo bloß die Kollegen bleiben, das dauert wieder. Also, ich muss dir was sagen, wenn ich's nicht tue, reißt mir Silvia den Kopf ab. Und ich weiß nicht, wo ich anfangen soll. Deine richtige Mutter und ich, also …« Er holte hörbar Luft. »Sie war meine Geliebte, als ich bereits mit Silvia zusammen war. Ich wusste nichts von der Schwangerschaft. Wir haben uns nicht wiedergesehen. Du warst gerade zwei Monate alt, als sie …« Er hielt inne, sprach dann so leise weiter, dass sie den Atem anhielt, um ihn zu verstehen. »Sie konnte sich nicht mehr um dich kümmern. Silvia hat dich adoptiert, als sie mit Wanda schwanger war, und wir haben geheiratet.« Es knackte in der Leitung. »Verstehst du jetzt, warum ich mich immer um dich … Du, ich hör die Kollegen, hab die Tür aufgelassen. Krallinger ist übrigens zur Fahndung ausgeschrieben. Also bis gleich.«

Ende. Er hatte aufgelegt. Carina starrte das blinkende Handy an. Eine weitere Nachricht. Das konnte doch alles nicht wahr sein. Ihr Vater überführte seinen ehemaligen Freund eines Verbrechens und offenbarte ihr ganz nebenbei, was er einunddreißig Jahre lang verschwiegen hatte. Ihre Mutter hatte sie weggegeben.

Sie versuchte sich zu fassen. Am besten gar nicht darüber nachdenken, was das bedeutete, nur handeln. Einen Schritt nach dem anderen, kein Loch entstehen lassen, keinen Blick in den Abgrund werfen.

Automatisch drückte sie auf die letzte Nachricht, die mit einem Keuchen begann. Ihr Vater sprach ganz leise. Sie verstand nichts. Rasch stellte sie auf volle Lautstärke, rief die Nachricht nochmal auf und presste das Handy ans Ohr. Es rauschte, ihr Vater flüsterte: »Kra-ha-llinger gescho-hssn.« Das Atmen ihres Vaters verebbte. Das Band lief weiter. Sie hörte Schritte, Stimmen, Gepolter, dann ein Klicken, jemand hatte sein Handy ausgeschaltet.

57.

Die nächsten Stunden verliefen völlig mechanisch. Frau Kirchleitner fand Carina am Boden kniend und erklärte ihr behutsam, dass ihr Vater verletzt, aber bereits in der Unfallklinik war. Sie bot an, sie hinzubringen, ihre Mutter sei schon verständigt. Welche Mutter, klang es in Carinas Ohren. Frau Kirchleitner fragte, ob sie sonst jemandem Bescheid geben sollte. Meiner Schwester oder Halbschwester, wenn Sie sie auftreiben können, dachte Carina, bat dann aber nur darum, ihrer Chefin im Institut zu sagen, dass sie ins Krankenhaus musste. Sie lief zum Tisch in der Asservatenkammer zurück, legte das Projektil in eine schaumstoffgepolsterte Schachtel und steckte es ein. Hinten im Streifenwagen sitzend dachte sie an tausend Sachen und an nichts zugleich. Was, wenn ihr Vater starb? Wie sollte sie nach seinem Geständnis Silvia begegnen?

»Wanda ist immer noch nicht aufgetaucht«, stürzte Silvia in der Notaufnahme auf Carina zu. Sie fielen sich in die Arme, so als wären sie noch Mutter und Tochter. Sollte sie ihr sagen, dass Matte endlich gestanden hatte? Sie suchte nach Worten, aber da war nichts. Nur ein zerkratztes Mutterbild.

Dann begann das Warten. Carina hockte auf einem der Drahtstühle.

»Warum dauert das so lange?« Silvia setzte sich, sprang auf, eilte den Klinikflur hin und her, betupfte sich die Nase, die zu bluten begonnen hatte.

Carina reichte ihr Taschentücher. »Soll ich jemanden holen? Hast du Schmerzen?«

Silvia presste sich ein Taschentuch unter die Nase und legte den Kopf zurück.

»Komm, leg dich hin.« Carina bettete sie auf die Stühle, schob ihr ihre Jacke unter den Kopf. »Gibt es schon ein Ergebnis von der Untersuchung?«

»Ein Brief, aber ich bin noch nicht dazu gekommen, ihn aufzumachen.«

Einunddreißig Jahre lang war sie für sie da gewesen, weil ihre richtige Mutter versagt hatte. Was sollte sie sagen, wie beginnen? *Ich weiß inzwischen, dass du mich nicht geboren hast*? Wer war ihre richtige Mutter gewesen? Carinas ganzes Leben lang hatte Silvia so getan, als wären sie eine Familie, ein Fleisch und Blut. Silvia Kyreleis, engagierte Münchner Hebamme, hatte die Adoption vertuscht. Oder vielleicht wussten es ja alle, nur sie, die einfältige Carina, hatte nichts bemerkt. Vielleicht wusste sogar Wanda, wo auch immer sie steckte, dass sie nur Halbschwestern waren.

Endlich kam ein Arzt und berichtete, dass Matte außer Lebensgefahr war. »Die Operation ist gut verlaufen, ein Bauchschuss. Wir konnten das Projektil entfernen. Er liegt im Aufwachraum.«

Carina schluckte, dann räusperte sie sich. »Kann ich das Projektil sehen?«

Da drehte Silvia durch. »Fängst du jetzt auch an, so rumzuspinnen wie Matte? Gibt es denn nichts anderes auf der

Welt als Verbrecher? Eure Scheißarbeit kotzt mich an, nur Leid und Tod, und das haben wir nun davon! Ich hab immer gewusst, dass es irgendwann so weit kommt. Jede Polizistenfrau weiß das. Die Angst war mein Trauzeuge. Wehe, er macht sich jetzt davon, wehe!« Sie schleuderte das Taschentuch beiseite und funkelte den Arzt an. »Kann ich zu ihm?«

Der Arzt nickte. Als Silvia losmarschierte, blieb sie einfach stehen. Nach wenigen Schritten drehte sich Silvia um. »Was ist?«

Carina musste hier raus, es schnürte ihr die Luft ab. Sie wollte ihren Vater jetzt nicht sehen. Hastig zog sie die Schachtel mit dem Projektil aus ihrer Tasche. »Können Sie das noch der Polizei übergeben?« Sie wartete gar nicht die Zustimmung des Arztes ab, sondern wandte sich um und lief zum Ausgang. Ihr Handy klingelte, da sie vergessen hatte, es auszuschalten, und sie ließ es klingeln, bis sie draußen war. Erst auf dem Gehweg, als das Krankenhaus außer Sichtweite war, blieb sie stehen, atmete durch und ging dran.

Es war Clemens. »Wie geht's dir?«

Er wusste nichts von ihrem Vater, wie auch. Mehr als ein leises »Gut« brachte sie nicht zustande. Er wirkte erleichtert, plapperte etwas von seiner Exfrau, mit der er im Bad diskutiert hatte, nur diskutiert, als Carina anrief. Seit elf Monaten waren sie getrennt, doch seine Tochter wünschte sich, dass sie wieder zusammenkämen.

»Und, ist das so?«, fragte Carina tonlos. Es interessierte sie nicht wirklich, sie klammerte sich nur an seine Stimme, jede Ablenkung war ihr recht.

»Ich wollte Becky abholen, da hat mich meine Exfrau ins Bad gerufen. Ich meine, wir waren drei Jahre verheiratet, ich habe sie schon mal nackt …«

Sie klickte ihn weg und schob das Handy in ihre Tasche zurück. Erst da bemerkte sie, wie ihre Hände zitterten. Sie drehte sich an eine Plakatwand und ließ den Tränen freien Lauf.

58.

Als Erstes beschloss sie, den Hund loszuwerden. Sollte sich doch Eva Bretschneiders Verlobter oder Geliebter oder was auch immer um ihn kümmern. Ihr eigenes Leben reichte für zwei, auch wenn sie das vor Mattes Geständnis noch nicht gewusst hatte; sie musste das Erlebte erst mal sortieren. Dabei konnte sie keinen Leihhund gebrauchen. Als Nächstes wollte sie Wanda suchen, ihre richtige oder nur halbe Schwester, egal. Hauptsache, sie tat etwas, irgendwas, damit sie nicht denken musste.

Zu Hause sprang ihr Gandhi schon entgegen, er freute sich aufs Gassigehen. Sie hängte ihn an die Leine, steckte einen neuen Bleistift in die Tasche. Zeichnen oder Modellieren hatte sie immer noch am ehesten beruhigt.

Am Karlsplatz stieg sie die Unterführung hoch. Es hatte zu regnen aufgehört. Der Wind raschelte in den Bäumen, als sie in der Abenddämmerung durch das Tor am Alten Botanischen Garten trat. Genau wie vor ein paar Tagen nachts auf dem Ostfriedhof. Schnell verdrängte sie die Gedanken an Clemens, sollte er doch herumplanschen, mit wem er wollte.

Der Spielplatz war noch mit Absperrbändern gesichert, die im Wind flatterten. Ein Unimog der Stadtverwaltung stand verlassen vor einem großen Sandhaufen. Ob Kinder je wieder ganz unbedarft in dem Sandkasten spielen würden? Hatte Maries Mörder bedacht, dass der Sand regelmäßig ausgewechselt wurde? Das hatte ihr Vater bestimmt schon überprüft. Aber auch an ihn wollte sie jetzt nicht denken. Sie trat zu dem großen Klettergerüst, dessen gespannte Seile rot leuchteten. Trotz des vielen Regens der letzten Tage stand in der Grube kein Wasser. Sie rief sich ihre Sicht von oben in Erinnerung, als sie die in Folie verpackte Tote unter der Plane aus der Elsterperspektive begutachtet hatte. Dieser kleine Junge, der die Leiche ausgebuddelt hatte, hatte es ganz richtig erkannt. Marie war in einem trockenen, gut belüfteten Sandgrab bestattet worden, die ideale Bedingung, um zu mumifizieren. Wie eine ägyptische Königin. Gandhi setzte einen Haufen in den neuen Sand. Aus dem Spender zog Carina eine Tüte, klaubte die Kacke auf, verknotete das Plastik, entsorgte es in einem Abfalleimer und zerrte den Hund vom Spielplatzgelände.

Ein Motorroller kam durch den Garten gerast. Schnell zog Carina Gandhi an der Leine zurück. Der Fahrer hielt seine Vespa vor ihr an und zog den Helm ab. Eine Frau mit silbergrauem Haarschopf begrüßte sie. »Habe ich Sie erschreckt? Normalerweise fahre ich hier nicht durch. Aber heute pressiert es«, rechtfertigte sich Luise Salbeck und schaltete den Motor ab. »Wollen Sie zu mir?«

»Äh, nein.« Carina war verwirrt. Wie hätte sie wissen sollen, dass Frau Salbeck hier durchbrauste? »Ich bin nur mit dem Hund hier.«

Sie schien Gandhi erst jetzt zu bemerken. »Welche Rasse

ist das? Der sieht aus wie der von den kleinen Strolchen, kennen Sie die Serie?« Wenigstens tätschelte sie ihn nicht gleich.

»Der ist nur ausgeliehen, ich bin Hundesitterin sozusagen.«

Luise Salbeck nickte. »Wie gesagt, ich bin etwas in Eile, aber darf ich Sie zu einem Getränk einladen?«

Carina verstand nicht.

»In meinem Restaurant dort, im *Glaspalast*, meine Angestellten erwarten mich.« Sie schob die Vespa den Weg entlang.

Carina zögerte. Wie sollte sie ihr beibringen, dass ihre Schwester die Isartote war? Vielleicht lebte Rosa Salbeck nicht mehr, als sie ins Wasser geworfen wurde, vielleicht war sie durch einen Schuss verletzt worden und dann ertrunken. Dass Rosa spioniert hatte, würde Luise Salbecks Schmerz auch nicht lindern. Es warf eher neue Fragen auf. Wer konnte sagen, ob Luise Salbeck das überhaupt wissen wollte. Wenn ihr jemand erklärte, Wanda sei eine DDR-Spionin gewesen, dazu von einem Stasimitarbeiter verführt worden – würde sie das glauben? Durfte Carina überhaupt etwas von den Ermittlungen preisgeben? Sie pfuschte damit dem Bundeskriminalamt erneut ins Handwerk und riskierte ihre Stelle in der Rechtsmedizin; ihre Chefin hatte sie deutlich ermahnt. Wie sollte Carina nur das Chaos in ihrem Inneren ordnen. Sie stöhnte auf.

»Na, Sie scheinen mir aber auch Sorgen zu haben.« Luise Salbeck ergriff Carinas Arm. »Kommen Sie mit und erzählen Sie, das hilft.«

Sollte sie einer Fremden all das berichten, was sie, seit

sie wieder in Deutschland war, erlebt hatte? In den letzten Tagen war sie neben Maries Rekonstruktion fast nur mit dem Fall Rosa Salbeck beschäftigt gewesen. Carina und Luise waren fremde Vertraute füreinander geworden. Sie straffte sich und löste sich aus Luise Salbecks Griff. »Danke, es geht schon.« Es war einfach zu früh, um darüber zu sprechen. Sie beschloss, in den nächsten Tagen einen Bericht zu schreiben, alle Fakten zu sammeln und dann noch einmal vorbeizukommen. »Wenn Sie Fragen haben, wenden Sie sich bitte …«

»… an Ihren Arzt oder Apotheker«, ergänzte Luise Salbeck. »Hören Sie auf. Polizei, Bundeskriminalamt, die stecken doch alle unter einer Decke und haben den ganzen Zirkus inszeniert: Leichenschau, Befragung … Eine Zumutung war das.«

Carina hatte es satt, in den Tragödien anderer herumzustochern, sie sehnte sich nach einem Schalter, mit dem sie sich in ein gefühlloses Nichts knipsen konnte. Ohne Umschweife sagte sie: »Sie müssen sich getäuscht haben, Ihre Schwester ist tot.« Sie wollte sich abwenden.

Luise Salbeck hielt sie zurück. »Halt, halt, so schnell kommen Sie mir jetzt nicht davon. Nur zehn Minuten, und der Hund kriegt auch was, Sie wollen ihn doch nicht ganz abgemagert zurückgeben, oder? Außerdem haben Sie es mir versprochen. Ich habe mich nicht getäuscht. Meine Schwester lebt.«

Carina zuckte mit den Achseln und wollte gehen.

»Was sagt denn Ihr Vater dazu?«, fragte Luise Salbeck.

»Mein Vater?«

»Er war damals einer der Polizisten. Kyreleis, den Namen

habe ich mir gemerkt. Deshalb wollte ich ja auch zu Ihnen in die Rechtsmedizin.« Sie zögerte. »Was ist denn, Sie weinen ja.«

Tränen nahmen Carina die Sicht. Luise Salbeck stellte den Roller ab und hielt sie. Sie heulte in den Armen einer fremden Frau. »Er ist …«, sie schniefte, »bei einem Einsatz angeschossen worden.«

59.

Außen hell gestrichen, war der *Glaspalast* innen ganz aus dunklem Holz bis zur Galerie hoch, auf der schwarze Sessel an niedrigen Tischen standen. Geschwungene Glaslampen tauchten das Restaurant in warmes Licht. An einer Wand hing ein großer Flachbildschirm. Allerdings zeigte er kein Fernsehbild, sondern ein Kaminfeuer. Carina versank in einem Korbstuhl. Luise Salbeck versprach, gleich bei ihr zu sein, überprüfte das Gästebuch und begutachtete die Tischdekorationen, die eine Mitarbeiterin zusammenstellte. Den Kellner wies sie an, ihr einen Espresso und etwas für den Hund zu bringen. Auf einem Silbertablett bekam Gandhi einen Knochen mit Fleischresten serviert und verkroch sich brav unter dem Tisch. Carina bestellte einen Kakao.

»Was hat mein Vater damals zu Ihnen gesagt?«, fragte Carina, als Frau Salbeck sich zu ihr setzte.

»Er riet mir zu einer Feuerbestattung. Normalerweise macht das das Beerdigungsinstitut, aber er ist extra gekommen und hat sich bereiterklärt, alle Fragen zu beantworten.«

Typisch Mattes Vernehmungskunst, dachte Carina, er gab vor, Fragen zu beantworten, aber eigentlich wollte er etwas über Krallinger und die genauen Umstände erfahren.

»Nach einem halben Jahr in der Isar wäre nicht mehr viel

von meiner Schwester übrig, sagte er.« Luise schüttelte den Kopf. »Aber ein Urnengrab wäre das Letzte gewesen, was Rosa gewollt hätte. Sie hatte schon als Kind Angst vorm Feuer. Unsere Mutter erzählte uns immer wieder von dem Flugzeugunglück in der Nähe der Theresienwiese. Wissen Sie davon?« Sie hielt inne. »Entschuldigen Sie, ich plappere einfach los, dabei sollen Sie doch erzählen.«

»Ist schon in Ordnung, das lenkt mich ab.« Carina wusste sowieso nicht, wo sie beginnen sollte.

Luise Salbeck holte Luft. »1960 war das, dafür sind Sie noch zu jung. Unsere Mutter ist der Tragödie nur um ein Haar entkommen. Wenn nicht – dann hätte es meine Schwester und mich gar nicht gegeben. Meine Geburt stand kurz bevor, als sie nach einem Arztbesuch in die Tram auf der Schwanthalerstraße einsteigen wollte. Vor der Landsberger Straße an der Hackerbrücke geht es bergab, und man kann fast über ganz München schauen. Meine Mutter hat sich noch gewundert, weil ein riesiges Flugzeug so tief flog, dass man meinen konnte, es würde die Paulskirche streifen. Sie dachte noch: Was ist das für eine Erscheinung – da brach die Turmspitze ab, das Flugzeug schwankte, senkte sich auf die Häuserzeile, stürzte dann auf die Straßenbahn und beschädigte mit den Tragflächen ein Haus. Zweiundfünfzig Menschen kamen damals ums Leben. Es war, als wäre der Krieg wieder ausgebrochen, verstümmelte Menschen irrten in den brennenden Trümmern herum. Rosa und mich hat ihre Erzählung später so erschreckt, dass wir immer einen Koffer unterm Bett hatten, für den Notfall, falls es bei uns mal brennen sollte. Wir malten uns aus, gemeinsam Hand in Hand auf ein Sprungtuch zu springen.«

Ganz lebendig sah Carina die beiden Mädchen vor sich, wie sie sich ihrer Angst entgegenstellten. Ihr fiel etwas ein. »Hatte Rosa Zahnprobleme?«

»Ich war diejenige, die immer fleißig nach jedem Essen putzte, aber im Gegensatz zu mir hatte Rosa nie Karies. Dabei hielt sie vom Zähneputzen gar nichts.« Luise Salbeck schmunzelte. »Sie schrubbte einfach die Waschbeckenkante, wenn Mutter an der Tür lauschte. Warum fragen Sie?« Sie leerte ihren Espresso und schob die Tasse zur Seite.

Carina hatte ihren Kakao noch nicht angerührt. »Ach, nichts.« Es stimmte also, die Röntgenbilder waren von Rosas erstaunlich perfekten Zähnen. Dann waren die beiden Bilder, wie sie vermutet hatte, tatsächlich in der Zahnarztpraxis vertauscht worden. »Warum sind Sie sich eigentlich so sicher, dass es Ihre Schwester war, die Sie auf dem Königsplatz gesehen haben?«

»Sie war es einfach, ihr Gang, ihre Haltung, ihr Profil. All die Jahre habe ich gespürt, dass Rosa noch lebt, und habe gleichzeitig versucht, mir das Gefühl auszureden. Am Ende wäre es mir auch fast geglückt. Natürlich wollte mir jeder weismachen, dass das eine Form der Trauerverarbeitung wäre, weil ich nicht richtig Abschied nehmen konnte. Mein Unterbewusstsein hätte ihren Tod nicht akzeptiert. Und ich muss zugeben, oft habe ich Rosa sogar in Menschen gesehen, die ihr gar nicht ähnelten. Gäste, hier im Restaurant. Eine Frau stützte den Arm genauso auf oder lachte so wie sie.« Luise Salbeck schüttelte den Kopf. »In der Zeit kurz nach ihrem Verschwinden war ich unglaublich wütend auf sie, ich dachte, sie wäre mit diesem Russen durchgebrannt. Doch als dann der Anruf kam, dass man sie gefunden hätte ... Da war ich zwar entsetzt von den Umständen, aber auch erleichtert, dass das Warten ein Ende hatte. Erst dann nach der Leichenschau fing ich zu zweifeln an. Das ging bis nach der Beerdigung; ich dachte die ganze Zeit, irgendwas stimmt da nicht. Schon allein, dass sie Selbstmord begangen haben sollte ... Und diese ganze Geheimniskrämerei, als sie im Innenministerium gearbeitet hat.« Sie lehnte sich zurück. »Dann tauchte irgendwann dieser Russe auf. Ich habe sie zwar nie mit ihm gesehen, aber ich habe mal ihre Freundin, die dann ihre Nachfolgerin beim Staatssekretär wurde, halb im Scherz gefragt, ob sie was von einer Liebschaft wüsste. Sie hielt zuerst dicht, sagte, da gäbe es keinen. Dann verplapperte sie sich aber doch, als ich einfach irgendwas erfand. Ich behauptete, ein Mann wäre da gewesen, und hätte Rosa gesucht, ob sie ihr was ausrichten könnte.«

»Wie hieß diese Freundin?«

»Jutta, nein, warten Sie ... Julia, den Nachnamen weiß ich nicht mehr. Sie fiel prompt darauf rein, fragte, wie er ausgesehen hat. Ich flunkerte wild drauflos, sagte, er wäre Ausländer und nur kurz hier. Sie fragte, ob er einen Akzent gehabt hätte. Ich meinte, er hätte irgendwie russisch geklungen, und sich außerdem einen Wodka bestellt. Ich wurde dann aber misstrauisch wegen der DDR. Meine Schwester hatte wenige Wochen vor dem Mauerfall gekündigt. Auch wenn Ostdeutschland von Bayern aus weit weg ist, die Bilder im Fernsehen und überhaupt die ganzen Ereignisse haben jeden berührt. Nur Rosa äußerte sich nicht dazu, sagte, sie müsste über ihre Kündigung hinaus die Schweigepflicht wahren und dürfte über Interna nicht sprechen;

angeblich hat das so in ihrem Vertrag gestanden. Der alte Ministerpräsident Strauß hat doch in den achtziger Jahren diesen Milliardenkredit mit der DDR eingefädelt. Der neue Innenminister, unter dem Rosa gearbeitet hatte, hatte die Beziehungen zur DDR-Staatssicherheit bestimmt verlängert. Und später, als diese Tote in der Isar gefunden wurde, fragte ich mich, wieso sich das BKA einschaltete. Merkwürdig, dass die extra aus Wiesbaden anreisten, bloß wegen einer ehemaligen Sekretärin, die seit über sieben Jahren nicht mehr im Ministerium arbeitete.«

»Können Sie sich noch an die BKA-Beamten erinnern? Wie die hießen?«

»Das war nur einer, und den Namen weiß ich nicht mehr, nur dass er so ein Mal am Hals hatte wie der Gorbatschow auf der Glatze. So was merkt man sich.«

Krallinger, klar, wer sonst, dachte Carina. Den hatte die Polizei vermutlich längst geschnappt. Sie kippte den lauwarmen Kakao in großen Schlucken hinunter. Die Schokolade würde hoffentlich ihr inneres Durcheinander zusammenkleben, wenigstens einigermaßen. Auch wenn sie selbst nicht zum Erzählen gekommen war, hatte sie sich etwas beruhigt. »Danke für die Einladung. Ich muss jetzt los.« Sie griff nach Gandhis Leine, die über der Stuhllehne hing.

Luise reagierte nicht, schien ganz in Gedanken versunken und schaute durch sie hindurch. »Dabei wollten wir uns doch zusammen um das Kind kümmern. Rosa hätte zwar nach dem Mutterschutz weiterarbeiten können, aber wir haben beschlossen, ein neues Leben zu beginnen und das Restaurant hier gemeinsam zu betreiben, wie es sich unsere Eltern immer gewünscht hatten.«

Carina stutzte. Welches Kind? In der Rosa-Salbeck-Akte war nichts von einer Schwangerschaft vermerkt. Spuren am Beckenknochen, an Kreuz- und Schambein hätten das verraten. Sie wollte sich erheben.

»Warten Sie, noch was.« Luise Salbeck hielt sie zurück. »Halten Sie mich bitte nicht für verrückt. Einige Jahre nach der Beerdigung ist was Merkwürdiges passiert. Ich habe es bisher niemanden erzählt, es war wie ein Zeichen aus dem Jenseits.«

Carina seufzte. Sie hätte auf ihre Chefin hören sollen, nun wurde es esoterisch.

Luise Salbeck erriet ihre Gedanken. »So ging es mir auch. Ich hab schon geglaubt, jetzt fange ich zu spinnen an. Eines Tages kam per Post nämlich ein Abholschein für einen Film, dabei fotografiere ich gar nicht. In der Filmdose war dann der Ring unserer Mutter, um den wir uns als Kinder immer gestritten haben, Rosa und ich.«

»Ein Ring?« Carina horchte auf. »Dürfte ich den vielleicht mal sehen?«

»Das geht leider nicht, sonst wäre ich damit anstatt mit dieser Kinderhaarschleife zu Ihnen ins Institut gekommen. Er ist nicht mehr da, verschwunden seit einigen Jahren, vielleicht hat ihn auch das BKA beschlagnahmt. Die haben sich zwar nicht mehr blickenlassen, aber garantiert ihre Mittel und Wege, sich heimlich Zutritt zu Wohnungen zu verschaffen.«

Damit konnte sie richtigliegen, falls Krallinger auch bei Carina gewesen war, um die Akte zu holen.

»Sie glauben, Rosa hat Ihnen den Ring geschickt?«

Frau Salbeck nickte.

Carina kramte in ihrer Umhängetasche. Erst als sie den gesamten Inhalt auf den Stuhl neben sich gelegt hatte, fand sie das Asservatentütchen mit Eva Bretschneiders Ring. Sie hatte Dr. Herzog bitten wollen, ob er vielleicht irgendwelche Anhaftungen fand, außer denen von Eva und ihr. Das hatte sie ganz vergessen.

»Das ist er!«, rief Luise Salbeck aufgeregt. »Wo haben Sie den her?« Sie streckte die Hand danach aus. »Der ist was ganz Besonderes, darf ich es Ihnen zeigen?«

»Ich wollte ihn untersuchen lassen. Jemand anders hat ihn getragen. Wenn ich ihn aus der Tüte nehme, gehen vielleicht Spuren verloren«

»Na gut. Also, die Fassung hinter dem Stein besteht aus zwei feinen Ringen. Hinter dem Stein befindet sich ein Hohlraum, für was sehr Kleines, ein winziges Bild oder einen Diamanten.«

Eine ganze Gruppe Gäste drängte jetzt ins Restaurant, und Luise Salbeck grüßte den einen oder anderen. Carina war bis aufs Äußerste gespannt, hoffentlich verlor sie jetzt nicht den Faden.

Luise Salbeck wandte sich wieder ihr zu. »Damals, als ich den Ring erhielt, war ich fix und fertig, das können Sie sich vorstellen. Die Beerdigung lag schon über drei Jahre zurück, Anfang zweitausendeins war das.«

»Und war was drin in dem Hohlraum?«

»Nur eine Zahlenreihe, winzig kleine Ziffern und zwei Buchstaben.« Luise Salbeck fixierte das Tütchen mit dem Ring, als säße ein giftiges Tier darin.

Plötzlich klirrte es. Sie und auch Carina zuckten zusammen. Ein Mitarbeiter hatte aus der Küche einen Stapel Kartons zwischen den Leuten hindurchbalanciert und war an den Tisch mit den Dekorationen gestoßen. Einige Vasen waren umgefallen. Wasser tropfte herab und lief über den Boden.

»So pass doch auf!« Luise Salbeck wollte aufstehen. Diesmal drückte sie Carina zurück auf den Stuhl.

»Was waren das für Zahlen, haben Sie den Zettel noch?«

»Nein, der muss mir runtergefallen sein, und dann habe ich ihn aus Versehen aufgesaugt. Ich konnte sowieso nichts damit anfangen. D und B, Deutsche Bahn oder was?«

»Was ist aus Rosas Kind geworden, hat sie es zur Welt gebracht?«

Luise lachte. »Zur Welt gebracht, ha! Der Junge ist über zwanzig und macht mir das Leben schwer. Der da, das ist er.« Der junge Mann, den sie gerade beschimpft hatte, bückte sich, um aufzuwischen und zeigte Carina sein Profil. Den kenn ich doch, durchfuhr es sie. Das war der mit der Bäckerhose, ihn hatte sie mit Wanda in der Glyptothek gesehen! Luise Salbecks Neffe, Rosas Sohn. Sollte sie ihn nach Wanda fragen? »Spielt Ihr Neffe Geige?«, fragte sie.

»Schön wär's«, erwidert Luise, »dann wäre der Tollpatsch zu was nütze. Er spricht nicht mehr, seit er mit sieben fast ertrunken ist. Das war, kurz bevor seine Mutter verschwand.«

Carina war wie elektrisiert. »Er ist stumm?« Maries Herzen um den Buchstaben »D« im Gebärdenlexikon tauchten vor ihrem inneren Auge auf.

Sie beobachtete ihn, wie er jede Blume einzeln aufhob und in die Vasen zurücksteckte, mit den Fingerspitzen die Blüten liebkoste, als hätten sie Gesichter und redeten mit ihm. Die Floristin, Frau Muth, hatte sie nicht etwas Ähnliches gesagt?

»Nicht mal die Hauptschule hat er geschafft, obwohl ich ihm alle Förderung und Therapien hab zukommen lassen. Die Ärzte haben mir versichert, dass kein Schaden von der Reanimation zurückgeblieben ist, aber trotzdem hat er mich erst nicht erkannt, als er aus dem Fieber erwachte. Wahrscheinlich merkte er gar nicht, dass seine Mutter nicht mehr da war. Auch die Krankenschwestern und Ärzte hat er nicht wiedererkannt, das zieht sich seither durch sein ganzes Leben.«

Prosopagnosie, Gesichtsblindheit, dachte Carina. Eine erst vor kurzem entdeckte Krankheit, deren Ursachen noch nicht erforscht sind.

»Wie erkennt er Sie denn?«

»Meine Stimme ist ihm von klein auf vertraut. Manchmal glaube ich allerdings, er täuscht das mit den Gesichtern nur vor, und ich glaube auch, dass er sprechen kann. Er tut nur so, weil es ihm gefällt, Billigjobs von der Stadtverwaltung anzunehmen, im Tierheim auszumisten und den Gärtner zu spielen. Vielleicht ist er zu faul zum Sprechen oder einfach nur stur. Ich kann froh sein, dass er Lieferungen von der hauseigenen Konditorei für uns austrägt.«

»Auch zur Glyptothek?«, fragte Carina. Sie musste sofort ihren Vater verständigen. Nein, dachte sie, die Polizei, einfach nur die Polizei. Hatte er vielleicht Wanda in seiner Gewalt?

»Mehr oder weniger«, sagte Luise. »Ganz zuverlässig ist er nicht. Vorletzten Mittwoch hab ich es übernommen, und da habe ich Rosa auf dem Königsplatz vor der Glyptothek entdeckt. Vielleicht sollte ich ihn nicht so hart beurteilen, schließlich verdanke ich es ihm, dass ich sie wiedergesehen habe. Er hätte seine Mutter vermutlich gar nicht wiedererkannt.«

»Wie heißt er?« Carina behielt ihn im Blick, während sie sich langsam erhob, die Hand schon an der Tastatur ihres Handys.

»Dimitri, wie der aus einem Lieblingsbuch meiner Schwester.«

Alles passte zusammen: das Foto, das den Ring an Maries Hand zeigte, die sein erstes Opfer gewesen war. Eva Bretschneider, der er als ihr »Verlobter« den Ring geschenkt hatte – ihr das Gesicht abzuziehen, war ihm nicht geglückt.

Und das hieß, er versuchte es jetzt bei … nein, sie wollte es nicht einmal denken. Wanda, lebte sie noch?

Ein ganzer Schwung Leute drängte ins Restaurant. »Ach, die Paare des Candle-Light-Dinners.« Luise Salbeck erhob sich.

Carinas Herz raste, ihr war schlecht und in den Ohren sirrte es. Hastig stopfte sie ihre Sachen in die Tasche zurück, sprang auf und zerrte Gandhi zum Ausgang.

Dimitri war nicht mehr zu sehen.

60.
Deggendorf im Oktober

Der Bezirksleiter der Drogeriekette, den Rosa noch nie zu Gesicht bekommen hatte, sprach von Umstrukturierung. Leider habe sie in der Mitarbeiterbewertung schlecht abgeschnitten. Rosa musste lachen. Hörte das nie auf? Anstatt von der Staatssicherheit der DDR, wurde sie jetzt von einem Drogeriebesitzer benotet?

»Es ist ernst«, sagte der Hawaiihemdträger und musterte sie streng. Der war bis zur Südsee gekommen – oder träumte davon –, sie nur nach Niederbayern. »Wir wollen unser Kosmetiksortiment erweitern und müssen Ihnen leider mitteilen …« Nun druckste er herum, schielte in ihren Halsausschnitt, wo noch **Mühlstei** und **ostien** zu lesen waren. Rosa kratzte sie weg. Sie wusste, auf was es hinauslief. Eine Verkäuferin mit Hautausschlag schreckte die Kunden ab, erst recht in einer Drogerie. Sie wurde entlassen.

Doch wo sollte sie hin, wenn dieses neue Leben wieder vorbei war? Wie viele Jahre, Tag für Tag mit der Angst vor Enttarnung, hatte sie hinter sich? Würde sie woanders auch so viel Glück haben und unerkannt leben können? Würde sie gezwungen sein, ihr Schneckenhaus unterm Dach aufzugeben?

Als sie ihre eigene Todesanzeige im Internet las, hatte sie ihrer Schwester ein Lebenszeichen senden müssen. Über den Fotoservice der Drogeriekette, die sämtliche Filialen in Bayern belieferte, schickte sie den Ring in einer Filmdose an die Münchner Filiale. Es war schon mal vorgekommen, dass eine Fotopackung beim Transport vom Stapel fiel und in der Deggendorfer Filiale landete, die hatte sie dann nach München zurückgeschickt. Genauso machte sie es nun auch, riss den Abholschein ab und sandte ihn ihrer Schwester per Post ohne Absender. Leider konnte sie nichts dazuschreiben, legte nur den winzigen Zettel mit DB für Deutsche Bank und der Schließfachnummer in den Hohlraum des Rings. Sie hoffte, dass Luise den Mikrofilm der Polizei übergab, damit das Herrhausen-Attentat endlich aufgeklärt wurde. Aber nichts geschah. Dutzende Male hatte sie seither den Telefonhörer in die Hand genommen, um ihre Schwester anzurufen. Wenn das BKA Luise überwacht hatte, nachdem Rosa verschwand, hörten sie dann immer noch ihr Telefon ab?

Vor zwei Jahren hatte die Postfiliale im Ort geschlossen, und eine private Postagentur ohne Telefonservice aufgemacht. Rosa musste zum Bahnhof, um zu telefonieren.

61.

Draußen im Park drückte Carina die Nummer des Notrufs, unterbrach die Verbindung aber, bevor jemand abhob. Was sollte sie denn sagen? Sie wüsste jetzt, wer Eva Bretschneider verstümmelt hatte, und hätte ihn in Verdacht, ihre Schwester in seiner Gewalt zu haben? Bis sie das erklärt hatte, war Dimitri abgehauen.

Was würde ihr Vater tun? Nun war sie da, wo sie immer hingewollt hatte, sie konnte, sie *musste* selbst entscheiden, Matte kontrollierte sie nicht mehr.

Inzwischen war es dunkel geworden. Einige Laternen beleuchteten die Wege. Hätte sie Frau Salbeck von ihrem Verdacht etwas sagen sollen? Aber was, wenn er sich als unbegründet erwies oder wenn sie ihren Neffen warnte? Sie hatte zwar nicht gut von ihm gesprochen, aber Dimitri war das Einzige, was ihr noch geblieben war. Familienbande waren das Stärkste, was es gab, das hatte sie selbst erfahren, dem konnte man nicht entrinnen. Gandhi pisste an den Fahrradständer vorm Restaurant und zerrte sie weiter. Verflixt, wozu kümmerte sie sich auch noch um den Hund anderer Leute? Sie bückte sich und hakte Gandhi von der Leine. Sollte er doch allein zu seinem Frauchen oder Herrchen oder sonst wohin finden. Der Hund sprintete los und verschwand in der Dunkelheit. Carina zog den Reißverschluss ihrer Jacke zu und stapfte schnell am Kunstpavillon vorbei. Keine Menschenseele weit und breit.

Fast wäre ihr das Handy runtergefallen, als es plötzlich zu klingeln anfing. Eine unbekannte Nummer.

»Frau Dr. Kyreleis? Hier Seltenlach.«

Wer? Ach, Rosa Salbecks alter Zahnarzt. Sie wollte jetzt nicht mit ihm reden, sie hatte keinen Kopf dafür. Doch bevor sie einen Einwand erheben konnte, redete er drauflos.

»Ihr Anruf hat mir keine Ruhe gelassen. Zum Glück war Ihre Nummer in meinem Telefon noch gespeichert. Also, ich habe noch ein Röntgenbild der jungen Rosa Salbeck gefunden. Ich hatte es 1985 für meine Studie über Implantate aufbewahrt, war ja damals ein ganz neues Feld. Aber der Alltag in der Praxis, Sie verstehen. Es blieben nur die Wochenenden für meine Forschung, dabei jammerte meine Frau schon, wenn ich Überstunden machte …« Er redete und redete, Carina hörte zu, registrierte aber nichts.

»Können wir das ein anderes Mal besprechen?« Sie fror, und die Bäume um sie her wisperten. Sie wollte hier raus.

Er ließ sich nicht abwimmeln. »Sie hatten mich doch nach Auffälligkeiten an Rosa Salbecks Gebiss gefragt. Als Zwölfjährige verlor sie bei einem Fahrradsturz die Schneidezähne. Die habe ich ihr dann so gut wie unsichtbar ersetzt. Soll ich Ihnen die Aufnahme ins Institut schicken?«

Implantate, die waren sofort auf einer Röntgenaufnahme als leuchtendes Weiß zu erkennen, im Gegensatz zum Grau der natürlichen Zähne. Also war die Tote nicht Rosa Salbeck. Carina nannte die Adresse des Instituts für Rechtsmedizin und hastete zum Torbogen des Alten Botanischen Gartens. Zwei Straßen weiter befand sich eine Polizeistation.

62.

Dimitri kannte die Frau mit dem Hund, die mit seiner Tante im Restaurant gesprochen hatte. Er wusste nur nicht, woher. Auch den Hund hatte er schon einmal gesehen, nur wo? Sosehr er in seinem Gedächtnis wühlte, er brachte kein Gesicht zum Vorschein, weder von Tier noch Mensch, das er ihr zuordnen konnte. Leider sprach sie nicht viel, sonst hätte er ihre Stimme irgendwie zuordnen können. War sie vielleicht die gerahmte Frau des Kaisers, dieses Sozialarbeiters? Was wollte sie von seiner Tante? Ihn in seinem Auftrag zum Mensch-ärgere-dich-nicht abholen, oder was?

Aber egal, zuerst musste er die Verpfuschte dahin bringen, wohin sie gehörte. Sie musste weg, sie stank ja seine ganze Glypothek voll. Überall wimmelte es von Fliegen, trotz der Decke, in die er sie gewickelt hatte. Vom Regen der letzten Tage war Wasser unter der Türschwelle durchgelaufen. Trotzdem würde er alles schrubben müssen, bevor er nach einem neuen Gesicht Ausschau hielt.

Und das Päckchen am Boden störte ihn zusätzlich. Ständig stieg er darüber oder tänzelte darum herum.

Von seiner Tante bekam er schon lange keine Geschenke mehr. Seine Geburtstage bestanden aus Vorwürfen und Schimpftiraden: Er solle endlich eine richtige Ausbildung beginnen, irgendwann mit dreißig sei es dann zu spät. Dreißig, das war noch fast, ja fast eine Ewigkeit und … soundso lange hin. Im Rechnen war er noch nie gut gewesen, obwohl ihm Zahlen gefielen. Die reimten sich und ergaben eine Melodie, die man klopfen oder stampfen konnte. Wie die, die auf dem Papierschnipsel in dem Ring gestanden hatte. Seine Tante wusste nicht, dass er das Fitzelchen Papier gefunden hatte. Bestimmt war es das Hochzeitsdatum seiner Eltern. 030 287 … oder war es 020 378 gewesen? Deshalb durften auch seine Geliebten diesen Ring tragen. Es wurmte ihn, dass Eva ihn behalten hatte. Wie sollte er es nur anstellen, ihn zurückzubekommen?

Und dieses Geschenk am Boden nervte. Als er den Leichnam anheben wollte, blieb er mit der Schuhspitze in der Schleife hängen. Er setzte die Tote wieder auf den Stuhl, packte das Geschenk und riss das Papier ab. Er schluckte. So was hatte er sich schon als ganz kleiner Junge gewünscht. Dimitri drückte auf den Knöpfen herum. Ach nein, schon wieder ihre Plapperstimme, die hatte er doch zerstört. Sie redete von ihrer Schwester und ihrem Sohn. Brachte er sie nie zum Schweigen? Er lauschte, versuchte einen Rhythmus herauszuhören. Leid, leid, leid, Stich, Stich, Stich, gelassen, tut mir leid, im Stich gelassen. Er patschte mit den Füßen in eine Pfütze. Trotzdem, das Geschenk passte, wie für ihn gemacht.

63.

Bisher war Carina nicht aufgefallen, dass sich zwischen den vier roten Säulen am gemauerten Torbogen links und rechts Türen befanden. Grau gestrichen, fügten sie sich unauffällig zwischen die Steine. Aber jetzt stand eine offen und verschmälerte den Durchgang. Sie spähte in den Türspalt, erkannte im schräg einfallenden Licht einer Laterne die Umrisse einer Gestalt und zuckte zusammen, als sie einen Schrei hörte. Es drang ihr bis ins Mark. Gandhi bellte irgendwo im Garten hinter ihr. »Hallo, sind Sie verletzt? Kann ich Ihnen helfen?«, rief sie und schob die Tür ein Stück weiter auf. Dort saß jemand, in eine Decke gewickelt, und rührte sich nicht. Sie lauschte. Doch der Verkehrslärm vor dem Eingang übertönte alles. Vage machte sie den Umriss einer Hand aus, die aus der Decke ragte. Wanda, durchfuhr es sie, dann sah sie Dimitri aus einer dunklen Ecke treten und spürte einen Schlag gegen den Kopf. Sie stürzte.

64.

Die Plapperstimme reihte Zahlen aneinander und redete von Fischen. Wusste sie von der Forelle in seinem Kopf? Von kleinen Fischen redete sie, Babyfischen in der Isar und wühlte damit in seinem Gedächtnis herum. Dann nannte sie ihn beim Namen. Vor Schreck drückte er auf den Knopf. Er schwankte. Eine Welle aus Erinnerungen schwappte über ihn hinweg. Die Forelle zappelte darin und schnappte nach Luft. Und dann brach es über ihn herein, eine riesige Woge, in der die Forelle wie um ihr Leben sprang. Plötzlich begriff er, wer die Verpfuschte war und was er getan hatte. Er schrie. Die Worte, die er so lange in sich getragen hatte, die er noch wusste, als Einziges von ihr. M für ihren Mund und A für ihre Augen. Wie hatte er es nur vergessen können? Er brüllte es hinaus.

Jemand spähte zur Tür herein. Niemand durfte ihn in seinem Schmerz so sehen. Er packte eine Schaufel und schlug zu. Eine Frau fiel ihm vor die Füße. Was sollte er tun? Mit *einer* Toten hatte er genug zu tun, konnte nicht alle beide gleichzeitig beseitigen. Und noch immer tobte die Forelle. Sie schrie nach ihrem Element.

65.

Ihr Schädel dröhnte, als sie wieder zu sich kam. An den Schläfen hatte Carina eine Platzwunde, und das Blut lief ihr in die Augen. Im Finstern eingezwängt zwischen allerlei Gerümpel fiel ihr das Atmen schwer, alles drehte sich, selbst wenn sie die Augen wieder schloss. Warum musste sie nur immer wieder irgendwo eingesperrt, eingezwängt oder eingeklemmt werden? Musste sie diesen Alptraum wieder und wieder durchleben? Auf der Heimfahrt von ihrer Versöhnungsreise zu den Olmekenköpfen hatte Lars am Steuer gesessen. Er hatte sich zu ihr hinübergebeugt, ihre Beine gestreichelt, so getan, als suche er eine CD. Sie rief noch: »Da ist was auf der Straße!« In der Abenddämmerung war es schwer zu erkennen, sah wie die Umrisse eines Gürteltiers aus. Lars verlor die Kontrolle über die Lenkung, und in einer Kurve stürzten sie den sandigen Abhang hinunter. Die Welt stand Kopf, das Fahrzeug überschlug sich und prallte auf einen Felsen.

Als sie zu sich kam, teilte die glutrote Abendsonne Himmel und Erde. Das Auto wippte, wenn sie sich kopfüber in den Gurten hängend bewegte. Das Armaturenbrett leuchtete. Erst glaubte sie, die Anzeige glühe noch, doch dann stank es nach verschmortem Gummi, und kleine Flammen züngelten unter dem Lenkrad hervor. Die Fahrertür hing schief in den Angeln. Lars war nicht mehr neben ihr. Sie rief nach ihm, hakte die Gurte auf, kroch wie eine Fliege an der Decke langsam vorwärts und musste dabei den kippelnden Wagen ausbalancieren. Lag ihr Liebster schwer verletzt irgendwo draußen oder war er noch weiter den Hang hinabgestürzt? Sie wusste nicht, ob sie verletzt war, alles war taub. Sie wollte nur hinaus und Lars finden. Der vordere Teil des Wagens brannte inzwischen. Sie zwängte sich über die Rücksitze nach hinten. Ihr Skizzenbuch, wo war es? Der Wagen schaukelte, verharrte wieder. Sie trat gegen die Tür, stemmte sich dagegen. Mit dem Warndreieck, das mitsamt dem Skizzenbuch unter die Kofferraumverkleidung gerutscht war, hebelte sie die Seitentür auf und floh ins Freie. Von der Wucht ihres Absprungs schwankte der brennende Wagen, löste sich vom Felsen und rollte als lodernde Feuerkugel in der Dunkelheit den Berg hinunter. Sie suchte Lars, glaubte ihn entdeckt zu haben, doch es war nur ein Steinhaufen zwischen Gestrüpp. Langsam zog sie sich den Berg hinauf, rutschte immer wieder ab. Als sie endlich oben auf der Straße war, verschwand die Sonne am Horizont, weit unten im Tal glimmte das Auto wie ein Glühwürmchen.

Vor Erschöpfung schlief sie am Straßenrand ein. Jemand rüttelte sie wach. Doña Lupita, die einen Laden zwei Orte weiter betrieb, nahm sie in ihrem Lieferwagen mit. Carina wollte zur Polizei, sie mussten nach Lars suchen. Schnell. Sie fuhren an einer Taverne vorbei. Unter dem Sonnendach zur Straßenseite saß er, streute sich Salz auf die Hand und trank mit zwei Mexikanern Tequila.

Noch Wochen später hatte sie von den Gurten Blutergüsse an Schultern und Brust, aber wie durch ein Wunder war sie sonst unverletzt geblieben.

Sie blinzelte. Dann musste sie es doch auch hier herausschaffen. Die Augen fielen ihr immer wieder zu, brachten sie zurück nach Mexiko. Sie presste sich den Ärmel gegen die Stirn, zwang sich wach zu bleiben. Langsam nahm sie Umrisse wahr. Die Kammer war hoch, ein Gewölbe wie in einem Verlies. Als sie sich langsam aufrappelte, wankte sie, ihr wurde schlecht, der Kakao drängte wieder nach oben. Sie schluckte dagegen an und versuchte sich zu orientieren. Licht fiel unter der Tür durch. Laternenlicht. Sie musste sich noch im Alten Botanischen Garten befinden.

Sie stemmte sich gegen die Tür und rüttelte an der Klinke, obwohl ihr Kopf zu bersten schien. Dimitri hatte sie eingesperrt. In einer Pfütze lag ihre Tasche. Hoffentlich war das Skizzenbuch nicht nass geworden, ihre Gesichtsstudien der letzten Jahre, ihr Leben in Bildern. Sie ertastete Stiele und Haken an der Wand, hängte die Tasche daran und zog ihr Handy aus dem Seitenfach. Kein Empfang. Die Mauern waren zu dick, das Fenster mit einer Platte verschraubt. Jetzt hätte sie die kleine Schlüsselanhängerlampe gebrauchen können, aber die hatte sie ja Sandro geschenkt. Mit dem Handylicht tastete sie die Gegenstände ab, so schwach leuchtete das Display. Sie stolperte über eine Gießkanne, blieb an Harken und Rechen hängen und schrak immer wieder vor ineinander verschlungenen Fratzen zurück. Korkplatten, Fliesen, Holzbretter und Trockenblumen, Zeitungsfotos, gerahmt wie Gemälde, Dimitris Gesichtersammlung, an ein riesiges Eichenfass montiert. Außer ihrem eigenen Keuchen hörte sie durch die Mauern gedämpft die Autos. Sie schrie um Hilfe, vielleicht ging zufällig jemand draußen vorbei und hörte ihr Rufen.

Absurd; mitten in der Innenstadt hatte sich Dimitri ein kleines perfektes Gefängnis errichtet, das niemand je entdecken würde. Sie trat auf etwas Weiches und zuckte zusammen, hoffentlich war das kein Tier. Ein Schal lag auf dem aufgeweichten Lehmboden. Sie band ihn sich gegen die Stirnwunde fest um den Kopf, das linderte den pochenden Schmerz. Sie wollte versuchen, das Fenster irgendwie aufzuhebeln, kletterte über das Gerümpel bis zu dem Fass und hob den Deckel an. Hoffentlich lag da keine Tote drin. Sie leuchtete mit dem Handy hinein. Es war randvoll. Täuschte sie sich? Aber das Wasser wirkte rosa verfärbt, und irgendetwas schwamm darin, vielleicht nur Laub. Nahe am Fenster versuchte sie es wieder mit dem Handy. Vergebens. Sie schrie erneut um Hilfe, obwohl ihr Kopf dabei fast zu bersten schien.

Wo hatte er Wanda hingebracht? Erst jetzt wurde ihr bewusst, dass sie ihre Schwester verloren hatte. Sie musste tot sein, warum hatte er sonst ihr Gesicht verdeckt? Hatte er sie auch entstellt, an Wanda sein Werk vollendet und ihr die Haut abgezogen? Wieder spürte Carina den Kakao in ihrem Magen rumoren, noch heftiger als vorhin. Aber sie durfte sich jetzt nicht übergeben, durfte nicht noch mehr Spuren verwischen. Was hatte sie alles berührt, wo ihre Fußabdrücke hinterlassen?

Sie hielt inne. Ihre Schwester war ermordet worden, und sie dachte wie eine Rechtsmedizinerin. Wenn ihr Vater auch noch starb, hatte sie keine Angehörigen mehr, niemanden.

Etwas schwappte unter der Türschwelle durch. Den Geruch kannte Carina nur zu gut. Jetzt erbrach sie sich doch, würgte eine halbe Ewigkeit. Als sie wieder aufsah, war das Benzin bereits entflammt. Ein leises Bellen drang an ihr Ohr, vielleicht bildete sie es sich auch nur ein. Schon brannte die Tür, das Feuer erhellte das Gesichtermuseum und leckte an ihrer Tasche. Dichter Qualm breitete sich aus. Carina hustete. Nur noch wenige Augenblicke und sie würde ersticken.

Ihr blieb nur eine Wahl.

66.
München im Oktober

Sie weinte, als sie zum ersten Mal nach so vielen Jahren wieder die Münchner Fußgängerzone betrat. In der Menge baden und doch ganz anonym sein. Ihre alte Heimat, ihr früheres Leben, Rosa Salbeck, nicht mehr die gealterte, von Nesselsucht entstellte Regina Sommer. Sie irrte zwischen den Kaufhäusern umher, blieb in einer Schmuckabteilung hängen und kaufte eine Uhr für ihren Sohn. So eine hatte er sich als Kind gewünscht und nie bekommen, eine wasserdichte, die fotografieren konnte und aufnehmen. Unter der Glaskuppel des Kaufhausrestaurants begann sie ihre Lebensgeschichte für Dimitri aufzusprechen. Sie hatte sich nicht überwinden können, ihn anzurufen, war einfach hergefahren. Wenn sie sich begegneten, würden ihr schon die richtigen Worte einfallen, hoffte sie. Sie wollte der Uhr alles erzählen, von Anfang an, seit sie ihn im Krankenhaus, mit einer Lungenentzündung kämpfend, verlassen hatte. Leute, die mit ihrem Tablett zu dem freien Tisch neben ihr steuerten, wichen auf andere Tische aus; vielleicht war es ihnen unheimlich, wie sie da gleichmäßig, in den Schal gehüllt, vor sich hin murmelte.

Zuerst wusste sie nicht, wie sie beginnen sollte, entschuldigte sich tausendmal, sprach von seinem Vater, von ihrer

Liebe zu ihm und davon, dass sie ihn nie wiedergesehen hatte. Es gab so viel zu sagen, sie würde es gar nicht an einem Tag schaffen. Hoffentlich reichte die Aufnahmekapazität; sieben Stunden, hatte der Verkäufer gesagt und ihr die Geschenkschachtel mit spitzen Fingern in die verschorfte Hand gelegt. Sie drückte auf Stopp, würde später weitermachen. In die Nähe des *Glaspalastes* traute sie sich nicht, schlich darum herum, weiter zum Königsplatz und zur Glyptothek. Dort schlenderte sie durch die Skulpturensammlung. Ein Japaner knipste sie vor der Büste der Römerin, ihn störte ihr Ausschlag nicht, den sie, so gut es ging, mit dem Schal verbarg. Vielleicht war der Japaner ja auch beim BKA. Sie fröstelte. Doch dann reckte sie das Kinn und lächelte in die Kamera. Sie hatte aufgegeben.

In das Café hatten sie immer Backwaren geliefert. Ob das immer noch so war? Eher unwahrscheinlich, nach so vielen Jahren. Und wenn doch, würde sie ihre Schwester überhaupt wiedererkennen? Die Auslagen der Theke waren leer. Die Bedienung erklärte, sie öffneten erst in ein paar Minuten, konnte ihr aber versichern, dass die Schmalznudeln noch immer von den Salbecks geliefert wurden, immer um elf Uhr fünfzehn, jeden Mittwoch und Sonntag, ganz frisch. Ihre Mutter hatte damals Sägespäne auf dem Boden der Restaurantküche ausgestreut, um das spritzende Fett aus den Töpfen aufzusaugen. Vielleicht war Dimitri ja Bäcker geworden oder Koch.

Und da auf einmal sah sie ihn. Felix, dachte sie, und das Herz wollte ihr fast aus der Brust springen. Endlich hatte er sie gefunden. Tränen schossen ihr in die Augen und ließen alles verschwimmen. Er trug eine Bäckerhose mit schwarz-weißen Karos und balancierte die Tabletts mit dem Gebäck. Der vertraute Geruch wehte sie an.

Doch so jung hatte sie Felix nie erlebt. Sie wischte sich schnell über die Augen. Es war ihr Sohn, der seinem Vater aufs Haar glich. Sein Gang, seine schlaksigen Bewegungen, wie er den Kopf hielt, schüchtern und geheimnisvoll; bestimmt war er bei den Frauen begehrt. Er setzte sich ihr gegenüber auf die Steinstufen und betrachtete die Leute. Wieder holte sie das Geschenk hervor, hielt es nahe an die Lippen und sprach mit ihm, so als säße er neben ihr. Dabei ließ sie ihn nicht aus den Augen, bis sein Blick endlich auf sie fiel.

Sie hatten sich wiedergefunden.

Siebter Tag

Die Wahrheit ist dem Menschen zumutbar.

Ingeborg Bachmann, Inschrift an der Gedenkstätte für Alfred Herrhausen

67.

Carina blinzelte durch die Wimpern. Weiß und hellblau; und der vertraute Geruch nach Desinfektionsmitteln überlagerte den ekelhaften Geschmack in ihrem Mund. Sie war im Krankenhaus. Ein Flecken Haut, ein Gesicht dicht neben ihr. Sie dachte sich ein Lächeln, doch ihr Mund hatte keine Kraft dazu. Auch die Worte, die ihr in den Sinn kamen, bewegten ihre Lippen nicht. Rauch und Bezingestank waren noch immer in ihr. Doch sie hatte überlebt, ihre Schwester nicht. Jemand streichelte ihre schrumpelige Hand mit der Kanüle. Was gaben sie ihr? Hoffentlich kein Wasser, davon hatte sie in dem Fass genug geschluckt.

Langsam kehrte die Erinnerung zurück. Aus der brennenden Kammer war sie in eine noch größere Enge geflohen, sperrte sich noch mehr ein. Lieber ertrinken als verbrennen, hatte sie gedacht und war in das Fass geklettert. Sie holte nicht einmal mehr Luft, der Rauch hatte sowieso allen Sauerstoff verbraucht. Binnen weniger Augenblicke würde sie wieder nach oben stoßen müssen. Das Wasser schmeckte nach Eisen. Das Rosa stammte wirklich von Blut, wie sie im Licht der Flammen, die inzwischen die ganze Kammer ausfüllten, erkannte. Gewebefetzen umschwammen sie.

Sie schloss kurz die Augen, stieß an etwas Hartes, dachte schon, es sei ein Knochen. Doch es war ein Schlauch, der aus der Fasswand ragte. Wenn es regnete, war sie verloren, aber das musste sie riskieren. Mit den Lippen umschloss sie den Schlauch, wollte das Wasser noch nicht durch die Zähne lassen, hielt den Atem weiter an. Dann drückte sie sich die Nase zu und öffnete den Mund, atmete aus. Und atmete ein. Sie saß unter Wasser und starrte in den Feuertanz über ihr. Nicht mehr lange, und auch das Fass würde brennen. Auf einmal riss jemand sie nach oben. Jemand mit Atemmaske und Helm.

Wieder blinzelte sie. Das Gesicht war immer noch da, vertraute Konturen. Wanda.

»Hey, du bist wach. Wie geht's dir? Mensch, bedank dich bei dem Hund, wenn der nicht gewesen wäre, dann hätte die Feuerwehr nicht gewusst, dass da noch jemand in dem brennenden Torbogen steckt. Gandhi der Held, lautet die Schlagzeile im Tagblatt.« Sie hielt eine Zeitung hoch.

Ihre Schwester lebte. Ihr Gesicht war zwar stark geschminkt, aber nicht, um Schnittwunden zu überdecken. Wieder wollte Carina etwas sagen, noch immer ging es nicht.

»Stell dir vor, der Typ, der dich eingesperrt hat, hat seine eigene Mutter erstochen und verstümmelt.«

»Wo warst du?«, krächzte Carina endlich, ihr Hals fühlte sich wund an.

»In Freimann, Nick hat dort ein Tonstudio für die Probeaufnahmen. Das hab ich dir doch erzählt. Das wird super mit dem Hörspiel, wir haben drei Tage durchgemacht.«

Nick, nicht Dimitri, dachte Carina.

»Nicks Nummer stand auf dem Zettel, den ich Sandro gegeben habe. Hast du den nicht gekriegt?«

Der verflixte Zettel, den Sandro auf den Klodeckel gepappt hatte und der leider nicht wasserfest gewesen war.

»Wie geht es Papa?«

»Besser, glaub ich, bei ihm weiß man ja nie, weil er genauso wenig redet wie du, aber die Ärzte sagen, er wird wieder ganz der Alte. Du musst mir alles genau erzählen, das muss ja fürchterlich spannend gewesen sein. Na ja, bei mir war auch einiges los. Aber ruh dich erst mal aus. Nick und ich haben auch ein paar Möbel für dich, und ich will doch schon längst ein größeres Bett, dann kannst du mein altes haben. Und ein paar Schränke und den alten Teppich von Frau Dornbeck und …« Sie holte Luft. »Ach ja, und deinen Wohnungsschlüssel hatte Robert, ein alter Freund. Er hat ihn doch hoffentlich eingeworfen? Ich hatte ganz vergessen, dass er mal in deiner Wohnung gepennt hat, bevor du aus Mexiko gekommen bist.«

Epilog

Zwei Wochen später

Der kleine Bagger schob den Grabstein und die Einfassung zur Seite und hob gemächlich einen Meter Erde aus. Anschließend arbeitete der Totengräber mit der Schaufel weiter. Als er auf die Sargreste traf, gab er Carina ein Zeichen. Sie überwachte die Bergung und bettete die Gebeine in einen Zinksarg um. Nach der Überführung vom Ostfriedhof ins Institut obduzierte sie zwei Leichen im Seziersaal. Die Isartote, nur mehr ein Skelett mit makellosem Gebiss, hatte eine kleine Fraktur an der Schläfe, aber daran war sie nicht gestorben. Tödlich war der Bauchschuss gewesen. Julia Herbig hatte nicht so viel Glück gehabt wie Carinas Vater, das Projektil war in die Wirbelsäule gedrungen, hatte die Körperschlagader durchschlagen und fiel heraus, als ihr Körper in der Isar verweste. Entweder hatte der Obduzent damals die Beschädigung am Wirbel übersehen, oder Krallinger hatte auch hier den Obduktionsbericht gefälscht.

Der Frau auf dem Stahltisch daneben fehlte das Gesicht. Nun würde Rosas Leiche doch noch im Salbeck-Grab ruhen. Luise würde das Todesdatum auf dem Grabstein ändern lassen müssen, aber diesmal konnte sie es genau auf den Tag festlegen. Im Neptunbrunnen, nicht weit von der Torkammer, in die er Carina eingesperrt hatte, hatte Dimitri versucht, sich selbst zu ertränken. Neben dem Leichnam seiner Mutter war er aus dem Wasser gezogen und lange reanimiert worden. Wie weit sein Gehirn geschädigt war, stand noch nicht fest.

Es raschelte. Ihr Vater betrat mit einer Plastiktüte den Seziersaal. Er humpelte und konnte noch nicht schmerzfrei sitzen, aber er weigerte sich zu Hause zu bleiben. Die Vernehmungen mit Krallinger, der am Flughafen geschnappt worden war, wollte er sich keinesfalls entgehen lassen.

Seine Haschpapi-Augenringe waren noch schlaffer geworden – vielleicht auch aus Sorge um Silvia. Sie wollte sich ihren Nasentumor nicht operieren lassen, dokterte stattdessen lieber selbst homöopathisch an sich herum.

»Schlechte Nachrichten«, verkündete er.

Carina fuhr herum. »Ist was mit M… äh Silvia?« Ihre Krebsdiagnose bildete einen unverrückbaren Schutzschild gegenüber der längst fälligen Aussprache zwischen Carina und ihr.

»Nein, ich meine Krallinger. Das BKA hat ihn abgeholt, war ja zu erwarten.« Er lehnte sich an einen freien Stahltisch. »Sie wollen angeblich selbst klären, was mit ihm geschieht. Na ja, das meiste konnte ich rausfinden. Das Projektil, das du entdeckt hast, und das andere, das sie aus mir herausgefischt haben, sind identisch. In seinem Schlafzimmer in Feldafing muss es damals eine Schießerei gegeben haben. Nicht zwischen Rosa und Wennwirkurti, wie wir gedacht haben, sondern zwischen Julia und ihm. Bei einem Streit hat Rosa, laut Kurti, seine Geliebte erschlagen. Doch die lebte noch und hat ihn mit einer Waffe bedroht, als er nach der Inszenierung beim Innenministerium, wo Rosa als verkleidete Julia Herbig floh, nach Feldafing zurückkehrte. Sie hat ihn beschimpft: Nur wegen ihm hätte sie Rosa hergelockt und sei jetzt fast daran verreckt. Da hat er sie offenbar in Notwehr erschossen und aus Angst um seine Stellung beim BKA in der Isar versenkt. Wenn du die Sache nicht wieder hervorgeholt hättest, wäre auch alles andere nie ans Licht gekommen. Er hat tatsächlich die Akte aus deiner Wohnung gestohlen.« Er machte eine Pause. »Die Ermittlerstelle bei uns ist übrigens noch frei.«

»Papa!«, ermahnte ihn Carina.

»War nur Spaß, aber du hattest Recht, so einfach, ohne Gegenleistung für die Staatssicherheit, kam man vor der Wende nicht über die Grenze. Krallinger war ein DDR-Spitzel, seine ganze Zeit bei der Münchner Polizei über. Und später sollte er als Fachmann für das Bundeskriminalamt die Westspioninnen aufspüren. Aber die Öffentlichkeit wird wohl nie erfahren, dass Krallinger bei dem Herrhausen-Attentat im vorausfahrenden Begleitwagen saß. Dann müsste das BKA ja vor der eigenen Türe kehren. In der Terrorbekämpfung gegen die angebliche RAF ist da nicht alles so sauber gelaufen, wie sie es der Öffentlichkeit weismachen wollten.« Er seufzte. »Zeit, das abzuhaken. Aber nun zu dir.« Wie der Nikolaus die Glocke schwenkte er die grüne Plastiktüte. »Ich hab dir was mitgebracht, von Luise Salbeck.«

Carina konnte es kaum glauben. Ihr Skizzenbuch. Es hatte weder Rußflecken, noch war es vom Löschschaum gewellt. Dabei war Dimitris Gesichtersammlung in der Kammer völlig ausgebrannt.

»Du hast es im *Glaspalast* liegen lassen, schau nach, ob alles drin ist.«

Sie zog die Handschuhe aus und schlug es auf. Ein paar vergilbte Polaroidfotos lagen darin. Carina als Baby in den Armen einer fremden Frau.

Das Gesicht ihrer Mutter.

Nachwort

Das Attentat auf Alfred Herrhausen am 30. November 1989 in Bad Homburg ist bis heute ungeklärt. Ob der Vorstandssprecher der Deutschen Bank von RAF-Terroristen ermordet wurde und ob diese sogenannte »dritte Generation« der RAF überhaupt existierte, ist nicht bewiesen. In den vergangenen zwanzig Jahren wurden Zeugen als unglaubwürdig entlarvt, Verdächtige freigesprochen, Spuren verworfen. Spekulationen, die Staatssicherheit der DDR hätte drei Wochen nach der Wende solch einen Terroranschlag geplant, versandeten.

Die Autoren Gerhard Wisnewski, Wolfgang Landgraeber und Ekkehard Sieker zeigen alle Ungereimtheiten in ihrem Buch »Das RAF-Phantom« auf.

Ähnlich gesichtslos wie die Herrhausen-Attentäter blieben die »Romeo«-Agenten: Männer, die von der Staatssicherheit der DDR dazu ausgebildet wurden, Liebhaber westdeutscher Mitarbeiterinnen in Sicherheitsbehörden oder Bundesministerien zu werden, um über sie an Dokumente und Geheiminformationen zu gelangen. Nach der deutschen Wiedervereinigung ließ eine Amnestie die Agenten straffrei davonkommen, die Frauen, die die geheuchelte Liebe für ehrlich hielten, wurden hingegen verurteilt und standen vor Gericht ihren »Romeos« als Zeugen gegenüber.

In Anlehnung an wahre Ereignisse ist dieser Roman trotzdem fiktiv. Alle Figuren und Zusammenhänge sind erfunden.

Dank

Herzlich bedanken möchte ich mich bei:

der Rechtsmedizinerin und Gesichtsrekonstrukteurin *Dr. Constanze Niess*, die mit mir nicht nur ihr Wissen teilte, sondern auch die Obduktionsszenen auf ihre Richtigkeit überprüft hat, ohne zu vergessen, dass es sich hierbei um Fiktion handelt.

meinem Agenten *Holger Kuntze*, der an mich glaubte, als ich selbst zweifelte.

Kirsten Naegele, die mit dem Team des Heyne Verlags Carina Kyreleis ein Gesicht verliehen hat.

meiner Redakteurin *Tamara Rapp*, die den Text durchschüttelte und so manches verdrehte Wort an den richtigen Platz rückte.

Dr. Melanie Metzenthin und *Dr. Michael Schmitt* für die Erstdiagnose meiner Figuren.

meinen Autorenkolleginnen *Karla Schmidt*, *Stephanie Schmitt*, *Eva Baronsky* und *Tanja Riedel* für ihre wertvolle Hilfe.

Christoph Altmann für wichtige Impulse, die mein Unterbewusstsein in Schwung brachten.

meiner besten Freundin *Martina Baumbach* für ihre Inspiration, Einfühlung und Kraft.

meiner Familie, die jede Schreibphase geduldig ertragen und mich immer unterstützt hat. Ihr seid mein Glück!

meiner Tochter *Theresa* für die Skizzenbuch- und die Vogelfisch-Idee.

meiner Tochter *Veronika* für die Vespa-Tipps.

meinem Sohn *Jonas* für die wissenschaftlichen Gespräche.

David Ebner für seine Tipps zur Gebärdensprache.

meinem liebsten *Thomas*, dem besten Geschichtenerzähler der Welt, dem Meisterplotter, dem geduldigsten Zuhörer, dem verständnisvollsten Partner. Ohne seine Liebe wäre ich nichts.

Quellennachweis

S. 13: Paul Britton, Das Profil des Mörders, Econ Verlag, Berlin

S. 85: Anton Tschechow, Die Dame mit dem Hündchen, © 2004 Bibliographisches Institut / Artemis & Winkler, Mannheim

S. 269: Michael Ende, Der Spiegel im Spiegel, © 1994 Piper Verlag GmbH, München

S. 297: Astrid Lindgren, Im Wald sind keine Räuber, © Verlag Friedrich Oetinger GmbH, Hamburg

S. 355: Ingeborg Bachmann, Werke, Bd. 4, Essays, Reden, Vermischte Schriften, © 1978 Piper Verlag GmbH, München